SI SEULEMENT

CORINNE MICHAELS

PROLOGUE
DANIELLE

— Je vais me marier !

La voix perçante de ma sœur Amy retentit dans le téléphone, alors que je rentre du supermarché.

— Quoi ? je m'exclame en donnant un coup de volant.

— Javier a fait sa demande, et j'ai dit oui !

— Oh ! Waouh ! Génial… ! réponds-je en feignant d'être enthousiaste.

Ma sœur est certainement la dernière personne qui devrait se marier. Premièrement, elle n'a jamais travaillé, ni payé une facture ou même contribué d'une manière quelconque à la société. Deuxièmement, je suis quasiment sûre que son fiancé est… gay.

— Javier m'a offert la plus belle bague qui soit, Danni. Genre, elle brille et réfléchit des arcs-en-ciel quand elle accroche la lumière. Oh, et il veut se marier dans un mois.

— Pourquoi êtes-vous si pressés ?

Elle soupire, et je l'imagine en train d'admirer sa bague.

— Il préfère le faire tout de suite, plutôt qu'attendre.

Je lève les yeux au ciel et me mords la langue. Ce n'est pas le moment idéal pour lui expliquer le fond de ma pensée. Clairement, elle est ravie, alors je ne peux décemment pas lui dire qu'il ne l'aime pas et qu'il veut se marier pour une autre raison. Une carte verte par exemple.

Donc pour l'instant, je vais être une gentille sœur et garder tout ça pour moi.

— Très bien, je t'aime et je suis sûre que Peter et les enfants vont être enchantés, lui réponds-je en fixant l'embouteillage qui s'étire devant moi.

Je regarde l'heure et je commence à m'inquiéter un peu. Je dois être à la sortie de l'école dans vingt minutes pour récupérer ma diablesse de quinze ans, Ava, et mon ange de cinq ans, Parker. Et je dois passer déposer mes courses à la maison pour éviter que les surgelés décongèlent dans le coffre. Je tape mon pouce sur le volant alors que j'avance de quelques centimètres.

— Moi aussi, je t'aime ! Ah ! Je suis si heureuse !

Mon téléphone se met à biper.

— Amy, une seconde, Peter essaie de m'appeler.

Je raccroche et réponds au nouvel appel, soulagée de ne plus devoir faire semblant de me réjouir pour ma sœur et ses mauvaises décisions. Je l'adore, mais elle est complètement perchée. Peter et moi ne l'avons jamais comprise.

— Salut bébé, tu ne devineras jamais la dernière idiotie de ma sœur ! Elle se marie avec ce tocard ! Tu y crois ? Quelle bécasse !

— Hum, Mme Bergen ?

— Oui, qui est à l'appareil ? je demande quand j'entends une autre voix que celle de mon mari au bout du fil.

Il se racle la gorge.

— Je suis l'officier VanDyken de la police de Tampa.

Mon cœur s'emballe et ma bouche devient pâteuse.

— Est-ce qu'il y a un problème ?

— Madame, je vous demande de bien vouloir vous rendre au commissariat.

Je sens la panique se diffuser dans mes veines. Peter travaille avec des gens pas très nets et il a parfois fait des choses que j'ai trouvées étranges. Mais il dit que c'est pour protéger ses clients.

— Quel commissariat ?

Il me donne l'adresse et je fais rapidement demi-tour pour aller dans cette direction. Je ne sais pas si Peter a des problèmes, mais mes émotions oscillent entre l'inquiétude et la colère. Je déteste son boulot. C'est une des raisons pour lesquelles nous avons failli divorcer il y a trois ans. Ça, et Parker, qui nous est tombé dessus par surprise et qui a chamboulé nos vies.

J'envoie un rapide message à ma meilleure amie Kristin.

Moi : Tu peux aller chercher les enfants ? Je viens d'avoir un appel du commissariat. Je ne sais pas ce qu'il s'est passé, mais je suis en galère parce que je ne pourrai pas aller les récupérer.

Kristin : Bien sûr. Je dois aller chercher Finn et Aubrey de toute façon, je ferai un crochet pour les tiens.

Moi : Merci !

Kristin : Peter a des soucis ou il est en garde à vue ?

La question du jour.

Moi : Aucune idée. Je te jure que s'il s'agit du dossier sur lequel il travaille en ce moment et qu'il s'est fait arrêter pour avoir planqué le client ou autre… Je vais le massacrer.

Kristin : Appelle Heather ! Ne parle à personne d'autre tant que tu ne l'as pas vue.

Je n'y avais même pas pensé. Heather est dans la police de Tampa depuis des années. Elle connaît tout le monde.

Moi : Bonne idée. Je passe chercher les enfants dès que j'ai fini.

Kristin : Ne t'inquiète pas, on va bien s'amuser.

Ou alors Ava va la rendre dingue. Mais c'est généralement un traitement qu'elle me réserve. Du haut de ses quinze ans, elle nous pourrit la vie. Elle sait tout. Elle déteste tout le monde sauf son père, et elle pense que je suis la pire personne ayant jamais foulé cette terre. Les repas familiaux sont fantastiques.

Et il y a mon adorable bébé, Parker. C'est l'ange qui vient compenser l'engeance démoniaque que j'ai générée en premier. Je sais bien qu'une mère ne doit pas avoir de préférence, mais c'est dur avec un enfant comme lui. Il m'adore, il pense que je suis fabuleuse, et je n'imagine pas ma vie sans lui.

Il n'a jamais été désiré, mais c'est le plus bel accident qui nous soit arrivé.

Je presse sur le bouton qui me permet d'envoyer un message vocal à Heather.

Moi : Salut ! Tu peux me retrouver au commissariat ? Peter a des ennuis.

Le trafic est plus fluide dans cette direction, et j'arrive à destination avant d'avoir reçu une réponse d'Heather. Merde. J'appelle l'assistante de Peter, mais je tombe directement sur son répondeur. *Classique.* Pour une fois que son téléphone n'est pas greffé à sa main.

Je décide d'entrer et de gérer directement la situation. Je sais où se trouve la réserve d'argent en cas d'urgences. Je vais payer sa caution, puis je vais lui arracher les bras et le frapper avec .

Dès que j'entre, je vois Heather dans le couloir.

— Salut ! je souffle, soulagée. Je t'ai envoyé un message.

— Salut, me lance-t-elle avec un pâle sourire.

— Dieu merci, tu es là. Tu sais ce qu'il a fait ? Je ne sais pas comment m'y prendre pour payer une caution...

Elle opine.

— Danni... m'interrompt-elle d'une voix douce. Ce... n'est... pas ça.

— Quoi ? je lui demande, la bouche soudainement sèche. Ce n'est pas quoi ? On ne peut pas le faire sortir ? Il a fait une grosse bêtise ? Mon Dieu, c'est ça, pas vrai ?

Je sens la panique me saisir, tandis que j'ignore toujours ce qui est en train de se passer. Heather me fuit du regard. Elle soupire profondément et ses yeux se remplissent de larmes. Ça doit être mauvais. Elle ne pleure pas facilement, et surtout pas pour Peter. Mes meilleures amies tolèrent mon mari, mais elles ne lui ont pas pardonné tout ce qui s'est passé il y a des années.

Si elle se retient de pleurer, ce n'est même pas mauvais. C'est pire que ça.

Heather fait un pas en avant.

— Danni, Peter s'est fait tirer dessus à son bureau plus tôt dans la journée, m'annonce-t-elle, la lèvre tremblante.

J'entends ses mots mais je n'y crois pas.

— Mais qu'est-ce que je fais ici alors ? je commence en faisant demi-tour. Je dois aller à l'hôpital.

— Danielle, reprend-elle avec sa voix de policière. Il n'est pas à l'hôpital.

— Mais pourquoi ? je hurle. Pourquoi ne l'avez-vous pas emmené là-bas ? Qu'est-ce que je fais ici, putain ?

— Parce que je voulais te l'annoncer moi-même.

Une simple phrase. Lourde de sens.

— Ne dis rien, je la supplie. Ne dis rien parce que ce n'est pas vrai. C'est impossible.

— Il nous a quittés, ma chérie.

Elle vient vers moi, je m'effondre et elle me rattrape. Nous tombons toutes les deux à terre et je reste dans ses bras.

— Je suis désolée, tellement désolée. Nous avons fait tout notre possible. J'ai reçu l'appel, je suis allée sur les lieux aussi vite que j'ai pu. Mais nous n'avons pas pu le sauver.

CHAPITRE UN
DANIELLE

Seize mois plus tard

— J'aime beaucoup ce bien, Callum. Le terrain est déjà partiellement défriché. C'est l'emplacement parfait pour ce projet, j'explique d'une voix que je veux ferme.

Le prix est un peu plus élevé que prévu mais c'est un terrain fantastique. Au cours de cette dernière année, je me suis rendu compte que mon patron ne doutait pas souvent de mes opinions. Il sait que je suis compétente, même si je ne travaille qu'à temps partiel. Et puis, c'est le mari de ma meilleure amie Nicole, notre relation est donc basée sur la confiance. Mon éthique professionnelle est venue cimenter le tout.

— C'est beaucoup d'argent, Danni. Beaucoup plus que je n'avais prévu de dépenser, fait-il remarquer le regard dur, avec toutefois une pointe de douceur.

Son accent anglais le fait passer pour plus sévère qu'il ne l'est en réalité. J'imagine que pour toute autre personne, il paraîtrait dépourvu de cette gentillesse que je lis sur son visage.

— Je sais, j'acquiesce en m'asseyant. Mais si tu choisis l'autre terrain, tu perdras de l'argent à long terme. Il y a trop de compétition dans ce quartier pour les boutiques que tu souhaites installer.

Mais de ce côté-ci, il y a une communauté florissante qui n'a pas beaucoup d'options. Le prix est légèrement plus élevé mais ton retour sur investissement le sera également.

J'ai vécu ici toute ma vie, et je suis douée pour analyser les gens. Mon travail consiste à explorer les environs pour trouver des terrains abordables sur lesquels Dovetail Enterprises pourra se développer, et d'apporter mon assistance pour les projets particuliers comme celui-ci.

Normalement, Dovetail déniche un complexe décrépi, le démolit et pour y construire un nouvel immeuble plus attrayant à la place. Cette fois-ci, Callum voulait rafraîchir un lotissement vieillissant. C'est un homme généreux, c'est pour ça que je voulais travailler pour lui.

— Je vois.

Callum étudie longuement la proposition.

Au lieu de lui proposer l'option la moins chère, j'ai essayé de lui montrer la valeur de celle-ci. C'est risqué, mais il est intelligent et il sait reconnaître une opportunité quand elle se présente à lui.

J'ai vécu là avant de déménager en banlieue avec mon mari. Nous n'avions pas les moyens de vivre ailleurs que dans cette partie défavorisée de la ville. Je me souviens de notre premier appartement, à quelques rues d'ici. Nous venions d'avoir notre premier enfant. Nous étions sans le sou, devenus parents plus tôt que prévu, et nous faisions semblant de savoir ce que nous faisions . Peter était collaborateur dans son cabinet et je venais de me lancer dans l'immobilier. Nos salaires étaient ridicules et nous remboursions nos prêts étudiants. Quand Ava a commencé à marcher, il a insisté pour que nous déménagions et nous nous sommes endettés encore plus pour payer la maison.

Dès que je pense à Peter, ma poitrine se serre. Il me manque.

Parfois, il me manque tellement que je ne peux plus respirer.

Le temps est passé, mais la douleur est encore là, elle me brûle le ventre, elle me bloque la gorge. Je suis devenue maître dans l'art de dissimuler ma souffrance.

Mes amies me répètent que je suis forte et que je me débrouille bien. Elles me disent à quel point elles sont fières de la femme que je suis. Mais c'est parce qu'elles ne me voient pas la nuit, quand je m'effondre. Quand je cherche son parfum sur l'oreiller à côté de moi. Quand je laisse mes larmes couler librement, la tête enfouie dans les couvertures pour qu'on ne m'entende pas sangloter.

Mes yeux commencent à piquer dès lors que je ne contrôle plus mes pensées.

— Danielle ?

La voix de Callum me fait revenir à moi.

— Désolée, fais-je en secouant la tête pour enfouir mes émotions plus profondément. Je pense que ce serait une erreur de passer à côté de ce terrain, Callum, j'en suis convaincue.

— C'est ton opinion professionnelle ?

— Oui.

— Si tu étais à ma place, tu lâcherais un demi-million de plus ?

Si j'avais un demi-million, je ne m'en séparerais jamais. Mais je sais, au vu de précédents projets, que le prix de ce terrain ne ruinera pas Callum, loin de là.

— Oui.

— OK, fais une offre.

Mes yeux s'écarquillent de surprise, parce qu'il m'a écoutée sans que j'aie à lui sortir le grand jeu. J'étais prête, j'avais toutes sortes de statistiques et de comparatifs sous le coude, avec une foule d'idées pour économiser ailleurs.

— Je règle tout ça dans la journée, réponds-je avec un sourire.

— Nous devons parler d'autre chose, poursuit Callum en joignant le bout de ses doigts.

Callum Huxley est un homme intimidant, même si nous sommes amis. Il est juste, mais en même temps, il a une tolérance zéro pour les conneries. Je n'en reviens toujours pas qu'il soit marié à Nicole. C'est la femme la plus à même de sortir des conneries . Ils se complètent d'une façon qui me rend jalouse. Peter et moi ne partageons pas ça.

Bien sûr, nous nous aimions. Mais si je n'étais pas tombée enceinte d'Ava, nous ne nous serions jamais mariés à vingt-trois ans. Pourtant, notre vie est finalement devenue agréable. Nous allions bien. Bien mieux que nous l'avions été pendant des années.

Et puis on me l'a volé.

Je repasse en mode professionnel.

— Bien sûr, de quoi s'agit-il ?

Il s'appuie contre le dossier de sa chaise.

— Tu te sens bien chez Dovetail ?

— Oui, c'est une expérience géniale, réponds-je en souriant.

Ce travail m'a donné un objectif, une raison de me battre tous les jours, de me lever, de prendre une douche, de manger et de vivre à nouveau. Évidemment, je faisais au mieux pour mes enfants, mais quand ils étaient à l'école...

Je me roulais en boule sur le canapé pour manger de la glace et pleurer devant les mauvais films romantiques qui finissent toujours bien.

Un jour, Kristin est passée, elle m'a mis un bon coup de pied aux fesses pour que je me reprenne. On m'a proposé une place ici et, tout d'un coup, j'ai compris comment recommencer à exister.

— Comme tu le sais, mon frère Milo est resté à Londres, commence Callum en soupirant bruyamment. J'espérais qu'il finisse par réagir mais... Milo refuse de grandir. J'ai besoin de quelqu'un pour le poste de Directeur adjoint des acquisitions et de la logistique.

— Oh super. Tu veux que je t'aide à trouver quelqu'un ?

Il éclate de rire.

— Non, je veux que ce soit toi.

J'en reste bouche bée.

— Quoi ?

Il est fou. Ça fait à peine un an que je travaille ici . Je bosse à temps partiel, bon sang.

— Callum, tu n'es pas sérieux.

— Je suis très sérieux, reprend-il avec un sourire en coin. Tu es qualifiée, intelligente, motivée et tu présentes des projets de qualité à chacune de tes interventions.

— Je ne travaille pas ici depuis assez longtemps.

— Ça n'a pas d'importance pour moi.

Il s'appuie contre le dossier de sa chaise en me regardant. Je ne sais pas quoi dire.

— Je travaille à temps partiel, ici... J'ai mes enfants et...

— J'aurais besoin que tu sois à temps plein, mais j'ai bien conscience de ta situation, Danielle. Je comprends parfaitement que tu aies besoin de travailler de chez toi de temps en temps: Mais quand je suis en voyages ou en vacances, il faudra que tu me remplaces. Le salaire est attractif, avec d'autres avantages, m'explique-t-il en me tendant une enveloppe. Toutes les infos sont là, réfléchis-y.

Je prends les papiers et me relève.

— Je vais y penser, je promets.

Je rentre chez moi pour occuper mon autre emploi, celui de mère entièrement défaillante, avant que le bus de l'école n'arrive. Je range la conversation avec Callum au fond de mon cerveau. Ma fille quitte le lycée une heure avant Parker et elle le surveille jusqu'à mon retour. Bien sûr, elle adore répéter qu'elle devrait se faire payer pour « faire mon travail ». Satanés ados. Vivre aux côtés d'Ava, c'est comme faire partie de l'unité de démineurs. Il faut s'approcher de l'engin en espérant très fort qu'il ne va pas vous exploser à la figure avant d'avoir pu tenter quoique ce soit. Toutefois, je n'ai pas reçu la même formation et souvent, l'explosion est déclenchée par un sourire que je lui ai adressé, ou par le simple fait de respirer.

Le trajet depuis Dovetail n'est pas long, mais je prends mon temps, je savoure cette petite parenthèse de calme avant un nouveau bombardement. Entre le karaté de Parker, la danse d'Ava et le tout sans aucune aide extérieure, je pourrais aller me coucher tout de suite.

Je me gare devant la maison dans laquelle je vis depuis plus de treize ans, et je pousse un long soupir. De petites choses commencent à se remarquer. Le treillis sur l'avant du porche s'est un peu décalé sur le côté. Peter l'aurait déjà redressé. Les gouttières sont remplies de feuilles et de brindilles depuis le dernier orage, elles auraient besoin d'être nettoyées. La pelouse présente dorénavant de grosses auréoles marron. J'oublie tout le temps d'arroser cette foutue pelouse. C'était Peter qui s'en occupait. Il avait beau être très pris par son travail, il était bien décidé à avoir l'herbe la plus verte de la rue.

Le compte à rebours de la bombe a commencé.

Trois.

Deux.

Un.

Par pitié, n'explose pas.

— Salut les enfants ! je lance en ouvrant la porte.

— Maman ! s'écrie Parker en accourant vers moi.

Je l'attrape dans mes bras et dépose un baiser sur le haut de sa tête.

— Salut mon petit Spiderman, lui dis-je d'une voix douce en essayant de le reposer en dépit du fait qu'il s'accroche à moi. Oh, tu deviens lourd.

— Je grandis.

— C'est vrai.

Les yeux bleus de Parker se plongent dans les miens, et je remercie le ciel de me l'avoir envoyé. Peter et moi ne voulions pas d'autres enfants après Ava. Je voulais reprendre le travail, il était récemment devenu associé dans son cabinet, la vie était belle. J'ai pris rendez-vous chez le docteur pour me faire ligaturer les trompes mais à mon grand dam, j'étais déjà enceinte.

Des larmes ont coulé, des disputes ont éclaté, des accusations ont été lancées, puis nous avons fini par l'accepter. C'était un magnifique cadeau que nous n'avions jamais réclamé.

— J'ai eu 20/20 à mon devoir, s'exclame Parker en me tendant la feuille.

— Waouh ! Bon travail mon grand !

Parker rayonne de fierté. Je suis contente qu'il étudie aussi sérieusement.

— Merci maman.

— Où est Ava ? je lui demande en remarquant son absence dans le salon.

— Elle est dans le jardin. Elle m'a dit de rester ici.

Je lève les yeux au ciel Je sais que peu importe ce que je vais trouver, je ne vais pas apprécier.

— Finis tes devoirs, je reviens tout de suite.

Je traverse la maison et j'entends sa voix sur la terrasse. Quand j'ouvre la porte, la fumée de cigarette me frappe de plein fouet.

— Ma mère me prend trop la tête. Elle est chiante. Je ferai le mur ce soir dès qu'elle dormira, lance-t-elle en riant au téléphone.

Elle va voir qui est la chiante. Je m'empare de son téléphone et le porte à mon oreille.

— Ava ne sera pas là ce soir, parce que son idiote de mère l'a prise en flag. Mais pas de souci, dans un mois, quand elle ne sera plus punie... je commence en la regardant droit dans les yeux. Elle pourra te raconter à quel point je suis conne.

— Maman ! hurle-t-elle.

Je lui prends sa cigarette de mes mains et la jette au sol.

— Tais-toi, Ava, je ne veux pas entendre un mot de plus. Je te confisque ton téléphone. Tu iras à l'école, à la danse et tu rentreras directement à la maison. Pas de détour.

— Je te déteste.

— Parfait, ça veut dire que je fais bien mon travail.

— J'aurais préféré que tu meures à la place de papa !

Boum fait la bombe en explosant.

CHAPITRE DEUX
DANIELLE

— Elle fumait, putain ! je fulmine en faisant les cent pas alors que Nicole essaie de me raisonner.

— Et alors ? On en a fait pire que ça, rappelle-toi.

Je la fusille du regard.

— C'était différent.

Je ne sais pas pourquoi je suis ici. J'aurais dû me douter que Nicole serait incapable de prendre mes problèmes au sérieux. C'est la copine délurée qui nous a attiré des tonnes de punitions. Cette chipie arrivait toujours à nous convaincre de participer à ses plans foireux parce qu'elle avait besoin de complices. Heather, Kristin et moi étions invariablement les morveuses qui la suivaient partout aveuglément.

Et tout à coup, tout s'illumine. Je suis la mère d'une autre Nicole.

Je suis dans la merde.

— En quoi c'était différent ? C'est toi qui t'es fait choper en train de fumer sur le parking de *l'église* dix minutes avant ta confession, me rappelle-t-elle.

— C'était *ton* idée !

Elle éclate de rire.

— Peut-être, mais je ne t'ai pas forcée à le faire.

— Je vais me faire de nouvelles copines.

Nicole hausse les épaules et contourne son bureau.

— Écoute, la vie n'a pas été clémente pour elle. C'est dur de perdre son père à son âge.

Je me laisse aller en arrière en gémissant.

— Je sais bien. Mais elle boit, elle fume, elle me déteste, et c'est même possible qu'elle ait commencé à avoir des relations sexuelles.

Je suis en panique. C'est la première fois que j'y pense. Et maintenant, je m'imagine dans une émission de téléréalité sur les adolescentes enceintes. Génial, la cerise sur le gâteau de ma vie de merde.

— Oh, elle prend carrément son pied avec les garçons, s'amuse Nicole.

— Putain, je murmure en me prenant la tête dans les mains.

— Arrête ! m'enjoint-elle en rigolant. Je plaisante... Je crois. Mais écoute, de toute façon, c'est une fille intelligente. Je peux essayer de lui parler si tu veux.

Je relève le visage, mes yeux se rétrécissent de méfiance. Elle ne va pas la dissuader, elle va l'encourager encore plus dans ses bêtises.

— Non.

— Je te promets de ne pas aggraver la situation, se défend-elle. J'ai changé, je suis responsable. Laisse-moi parler à mon petit diable de nièce pour la faire revenir sur le droit chemin. Je vais lui faire peur.

De toute façon, ça ne peut pas être pire.

— Comment en es-tu venue à arrêter les conneries ?

Elle soupire et s'appuie contre son grand bureau en acajou.

— Je ne sais pas. Je crois bien que c'est grâce à toi, Kristin et Heather. Ou à tes parents ? J'avais peur de les décevoir. En revanche, ça ne me dérangeait absolument pas de faire enrager ma propre mère.

Je souris à ces souvenirs. Parfois, je trouvais qu'elle dépassait les limites mais la plupart du temps, c'était tordant de voir Esther perdre les pédales. Nicole savait exactement comment la mettre en colère. Et maintenant, je vois bien qu'Ava fait la même chose.

— Je pense qu'Ava suit le même chemin que toi. Je comprends

sa colère vis-à-vis du meurtre de son père, moi aussi j'ai la rage. Mais ça ne lui donne pas le droit de me prendre pour son punching-ball. Je fais du mieux que je peux.

Nicole place sa main sur mon bras.

— Tu t'en sors très bien. Les ados sont comme ça. Elle en veut au monde entier. Elle adorait Peter. Ils s'étaient disputés juste avant sa mort. Imagine le fardeau qu'elle se traîne, Danni.

— Il l'aimait, elle le sait.

— Est-ce qu'elle le sait vraiment ? Elle ne peut pas le lui demander. Je sais qu'au fond d'elle, elle en est sûre, mais elle est furieuse et tu es la seule personne qui lui reste et tu n'as pas d'autres choix que de l'aimer, quelles que soient les pilules qu'elle te fait avaler.

— Je suis vraiment obligée ?

Elle pourra faire ce qu'elle voudra, mon amour pour elle restera intact. Je préférerais simplement qu'elle me facilite la tâche pour me laisser *apprécier sa compagnie*.

Nicole hausse les épaules.

— J'ai perdu le sens de la morale il y a des années. Ne me demande pas. Si mon gosse devient comme moi, je le vends au plus offrant.

Elle raconte vraiment n'importe quoi. Elle a beau faire sa dure à cuire, son cœur est cent fois plus grand que toutes ses conneries. Elle aime les gens qui font partie de sa vie, beaucoup plus qu'ils ne le méritent. Je me suis pointée à son bureau et elle a décommandé un client, juste parce que je pétais un plomb. Ce client était peut-être son mari mais ce n'est pas rien.

— Et bien, moi je donne une ado gratis, je rétorque en plaisantant à moitié.

— Elle est défectueuse. Si tu veux que quelqu'un s'intéresse à ton produit, tu dois faire des efforts pour le présenter sous son meilleur jour.

— Idiote.

— Oui, oui, si tu le dis, réplique-t-elle en penchant la tête. Mais je vais lui parler aujourd'hui. Je l'inviterai peut-être à dîner ? Puisque personne ne peut me dénoncer aux services sociaux, je vais la bousculer un peu. Je te la ramènerai toute neuve et sans défaut.

Si seulement ça marchait comme ça.

— Merci pour ce que tu essaies de faire, réponds-je en regardant par la fenêtre.

Personne n'a jamais réussi à convaincre Nicole de changer, donc je ne crois pas qu'elle y arrivera avec Ava. En même temps, personne n'a jamais résisté à Nicole, donc l'espoir est permis.

— Écoute, je ne te promets rien mais je sais ce qu'il se passe dans la tête d'Ava en ce moment.

Je la regarde posément.

— De la colère ?

Elle acquiesce.

— Quand mon père nous a quittées, j'étais révoltée ! Je les détestais tous ! Lui, ma mère, la fille qu'il a suivie. Il n'en avait rien à faire de ma pomme, ça m'a facilité la tâche, je pouvais me comporter n'importe comment. Ava vient aussi de perdre son père, et elle ne s'en remets pas.

J'ai tout essayé pour qu'elle se confie à moi, et Nicole le sait déjà. Je l'ai emmenée consulter un psy et j'ai passé du temps avec elle en tête à tête. Même mes parents ont tenté leur chance, mais ils se sont cassé les dents sur sa carapace.

Chez le psy, elle est restée immobile et muette pendant toute la consultation. Littéralement. J'étais la fière détentrice d'une facture de deux cents dollars et de zéro mot prononcé.

— Je ne sais plus où j'en suis. J'ai l'impression de les avoir perdus tous les deux quand Peter est mort.

Nicole me prend la main.

— Je vais lui parler.

Je serre la sienne en retour.

— Merci.

— Tu sais, Heather pourrait également t'être utile. Ses parents ont aussi été tués et elle peut t'aider à mieux comprendre Ava.

— La vie a été dure pour Heather. Elle a perdu tant de proches. Ça me gêne de la mêler à mon propre deuil.

— T'es vraiment trop bête.

— Hé ! je proteste.

— Mais si, c'est vrai. Tu crois réellement que ça va déranger Heather ? Elle veut t'aider, Danni. Tu nous as toutes repoussées aux limites de notre amitié durant ces dix-huit derniers mois. Kristin te parle de moins en moins, les appels d'Heather restent sans réponse. La seule raison pour laquelle on se parle encore, c'est que je me fiche des limites qu'on m'impose. Tu as essayé de m'en mettre, mais je ne t'ai pas laissé faire. Je ne suis pas gentille comme elles, et je ne te laisse pas d'espace. Je sais bien que tu te sers de cette excuse pour t'enfuir et te cacher dans un coin.

Je me redresse, prête à en découdre.

— Va te faire voir !

— Non merci, je suis une femme mariée.

Toute ma colère s'évanouit alors qu'elle garde un sourire tranquille aux lèvres. J'éclate de rire.

— Seigneur, qu'est-ce que tu peux m'énerver des fois.

— Je ne cherche pas à te faire du mal, tu le sais, pas vrai ?

Je regarde mon amie et acquiesce.

— Je le sais.

Nicole s'approche de moi.

— Je n'imagine même pas ce que tu traverses. J'ai perdu Callum pendant une semaine, et je me suis effondrée. Si je devais ne plus jamais le revoir, cela me détruirait. Alors je ne vais pas te faire bêtement la leçon. Je ne vais pas t'expliquer comment vivre. Mais je vais te demander une chose : est-ce que tu penses à toi ?

Je n'ai pas besoin de répondre à sa question. Je me lève le matin, je fonctionne, je survis, mais je suis en colère. J'ai la rage contre ce connard qui m'a volé mon mari. J'enrage parce que je n'ai aucune réponse à mes questions, parce que le système judiciaire dont Peter faisait partie continue à me décevoir. Je ressens une injustice profonde du fait que nous soyons les seuls à en souffrir.

J'ai perdu mon mari.

Mes *enfants* ont perdu leur père.

Nos vies ont été bousillées par quelqu'un d'autre.

Par quelqu'un qui n'a pas encore répondu de son crime devant la justice.

Si c'est ce qu'elle entend par vivre, alors, non, je ne vis pas.

— Je fais de mon mieux.

— Callum m'a dit qu'il t'avait proposé le poste de son frère ? s'enquiert-elle pour changer de sujet.

Nicole m'observe et je la regarde fixement. Je sais qu'elle va me conseiller d'accepter. Elle va me dire que Parker est assez grand pour que je recommence à travailler à temps plein. Elle aurait raison. Je ne doute pas qu'Ava et lui en sont capables mais je me demande seulement si je suis assez stable émotionnellement pour faire du bon boulot.

Une seconde plus tard, les lèvres de Nicole esquissent un sourire narquois alors qu'elle lève les yeux au ciel.

— Ne me regarde pas comme ça, je la préviens.

— Comme quoi ?

— Comme ça.

Elle hausse les épaules.

— J'imagine que tu t'es trouvé une excuse bancale pour refuser le job ?

Nicole sait que j'ai eu de l'ambition par le passé. Je construisais un empire quand Ava portait encore des couches. Je vendais de nombreuses maisons, je me forgeais un carnet d'adresses bien fourni. J'avais pour objectif de lancer mon agence immobilière dès qu'elle commencerait l'école. Mais au lieu de ça, Peter m'a supplié de lever le pied parce qu'il avait une chance de devenir associé. Il avait de plus en plus de dossiers à défendre, il passait de moins en moins de temps à la maison. Nous aurions pu réussir à nous en sortir, mais Ava est tombée très malade et a fait de nombreux séjours à l'hôpital. Quelqu'un devait s'en occuper, et ce quelqu'un, c'était moi.

Et maintenant, je dois m'occuper d'Ava, de Parker et de moi-même sans avoir eu de vrai travail.

— En réalité, je n'en ai pas cherché.

— Cherché quoi ?

— De raisons de refuser, je l'informe en m'appuyant sur le bureau à ses côtés.

Nic sourit.

— Ah bon ?

— Je me suis dit que, comme tout foirait dans ma vie en ce

moment, autant avoir au moins un domaine dans lequel j'assure. Et puis Ava va bientôt partir à la fac si elle ne finit pas en prison ou enceinte. L'argent de l'assurance-vie me permettra de lui payer ses études ou une voiture. Je suis en mesure d'accepter une promotion.

Elle opine lentement.

— Je suis impressionnée. J'ai parié avec Callum que je lui taillerai des pipes pendant un mois si tu acceptaisle job.

— C'est une information que tu aurais pu garder pour toi.

— T'inquiète, j'accepterai la défaite comme une championne, dans le cul.

— Vraiment, je préfère ne rien savoir.

Nicole éclate de rire.

— Callum aime que je lui...

— Stop ! je lui ordonne en la tapant sur le bras. C'est mon patron, et je n'ai absolument pas besoin d'avoir des images de toi et lui dans ma tête quand j'essaie de le convaincre d'accepter un projet en réunion.

— Je suis heureuse pour toi, me concède-t-elle en me donnant un léger coup de coude.

— Merci.

Nous restons immobiles pendant un moment pour réfléchir à la tournure qu'ont pris nos vies respectives. Elle est mariée, elle a un bébé, et j'ai l'impression que nous avons échangé nos existences. J'étais mariée, j'avais des enfants, j'étais heureuse. Et maintenant, je suis seule et j'essaie de trouver ma place dans ce monde.

— OK, je vais au bureau pour informer ton mari.

Elle m'embrasse sur la joue en se relevant.

— Va casser la baraque et moi je vais botter le cul de ta fille ce soir.

J'espère qu'elle sait où elle met les pieds.

***

— J'accepte ton offre.

— Génial, sourit Callum. J'étais sûr que tu dirais oui.

— J'aimerais qu'on parle de la possibilité que je puisse travailler de chez moi un jour par semaine, si besoin. Si Parker est malade, ou...

Callum lève la main.

— Je sais où tu veux en venir. Mon adorable femme fera de ma vie un enfer si je te complique la tienne. Je souhaite tout de même que tu viennes au bureau plus souvent que tu ne l'as fait jusqu'à présent. Cette partie-là est non négociable. Mais je comprends que ta situation est particulière.

— Bien sûr. Je sais que ce poste implique une plus grosse charge de travail. Et je suis prête à m'y atteler.

— Fabuleux.

Avec cette augmentation, je vais pouvoir mettre un peu de beurre dans les épinards. Nous nous en sommes bien sortis l'année dernière, mais mes économies fondent comme neige au soleil. Maintenant que je vais avoir de solides revenus, je vais pouvoir renflouer mes comptes au lieu de les vider.

— OK. Tu vas devoir engager une assistante pour lui déléguer les bricoles sur lesquelles je ne veux plus que tu perdes de temps. Et tu as les pleins pouvoirs pour renvoyer quiconque n'a pas sa place dans ton équipe.

Et juste comme ça, je me sens différente.

Je suis devenue quelqu'un. Je ne suis plus sur le premier barreau de l'échelle. L'échelle m'appartient dorénavant, et je vais la faire s'élever haut dans le ciel.

— Je m'y mets tout de suite. Merci Callum.

Il se lève et me tend la main.

— Ne me remercie pas, tu es la personne idéale pour ce travail.

Je lui serre la main et je vais travailler.

Je ne vois pas la nécessité de démanteler l'équipe aujourd'hui mais le fait que j'en ai la possibilité est révélateur. L'inconvénient, c'est que je ne remplace pas quelqu'un qui travaillait régulièrement à ce poste. L'avantage, c'est que je ne peux pas être pire. Je peux me positionner comme je l'entends.

Les heures défilent. J'ai parlé au responsable des ressources humaines, j'ai examiné plusieurs dizaines de candidatures et j'en ai sélectionné plusieurs. Globalement, je m'en sors bien... jusqu'au moment où j'ouvre ma boite mail.

Et merde.

La galère.

En quatre heures, j'ai reçu plus de deux cents messages.

Je commence à les lire, et je m'interromps quand mon téléphone sonne.

— Allo ?

— Bonjour, Mme Bergen ? me demande une voix sucrée.

— Oui, c'est moi.

— Mme Crenshaw du lycée d'Ava. Je vous appelle parce qu'elle était absente de quinze à seize heures et ce sans motif.

Je ferme les yeux et pince l'arête de mon nez.

— Ça signifie qu'elle a séché les cours.

À ce rythme-là, elle va finir à l'école militaire.

Madame Crenshaw soupire.

— Je le craignais. Je sais qu'elle a eu une année difficile mais nous allons finir par appliquer les actions disciplinaires qui s'imposent.

— Très bien.

J'espère qu'Ava s'en souciera. Quoique, je ne crois pas qu'elle se soucie de quoi que ce soit maintenant.

— Mais je vous en prie, ne la renvoyez pas. Collez-la le samedi matin pendant un mois ou donnez-lui plus de devoirs, mais il me semble qu'un renvoi serait contre-productif. Qu'en pensez-vous ?

Je n'ai jamais compris cette approche. Si on se fait renvoyer pour avoir séché les cours, alors c'est l'étudiant qui gagne. Pour l'heure, tout ce qui m'importe, c'est de la faire souffrir. Elle s'est déjà fait confisquer son téléphone et elle est privée de sorties. Je ne vois pas vraiment pas quoi d'autre, hormis de mon bon sens.

— J'en ferai part au proviseur.

— Merci. Je m'occuperai d'elle dès mon retour à la maison.

— Bonne chance, répond-elle en gloussant doucement.

Dieu seul sait que j'en ai besoin.

CHAPITRE TROIS
DANIELLE

— Tu te fiches de moi, de toute façon ! me hurle Ava alors que je m'empare du poste de télévision qui se trouve dans sa chambre.

— Oui, c'est ça, tu as raison, dis-je en sortant de la pièce.

Elle a séché les cours, elle en paie les conséquences. Elle a droit au strict minimum. J'ai essayé de rester diplomate. Je lui ai demandé pourquoi, j'ai voulu savoir ce qu'il se passait dans sa vie, mais elle m'a répondu d'aller me faire foutre. Donc elle va découvrir à quoi ressemble l'enfer, et elle va y passer un peu de temps.

— Je te déteste !

Je me retourne et acquiesce.

— Ça signifie que je fais bien mon travail. Tu vas apprendre que la vie craint parfois, Ava. Obligations, déceptions, et le pire c'est que nous y sommes déjà confrontés au quotidien. Mais ça ne te donne pas le droit de te comporter ainsi. Tu es en colère parce qu'on a assassiné ton père et tu as raison de l'être. Tu as le droit d'exprimer toutes ces émotions, mais tu peux le faire de façon saine. Sécher les cours, boire, fumer, et tout le reste, ça, ce sont de mauvais choix. Prends de meilleures décisions, et tu ne seras plus punie.

Ava m'a probablement écoutée un dixième de seconde avant de passer à autre chose, mais ça m'a fait du bien de m'exprimer quand même.

J'envoie un SMS à Kristin.

Moi : Bon courage pour quand Finn sera un ado.
Kristin : Ava fait à nouveau sa peste ?
Moi : À nouveau ? Elle s'est arrêtée ?
Kristin : C'est pour cette raison qu'on fait deux enfants. On foire le premier, et puis on répare toutes nos erreurs avec le deuxième. Parker est ta deuxième chance.

Elle est trop bête.
Ou alors elle est géniale.

Moi : Nicole est en route pour lui parler.
Kristin : Tu t'es dit que Nicole était la plus qualifiée pour lui donner des conseils ? Tu as bu ?
Moi : Je suis désespérée.
J'en suis au point où j'accepte toute l'aide qu'on m'offre. Mes parents sont partis en croisière en Europe pour deux mois. Ceux de Peter ne servent à rien. À leurs yeux, nous sommes morts en même temps que lui. Je suis la fille qui est tombée enceinte et l'a forcé à se marier. Je leur ai volé leur fils. Pour eux, j'ai toujours été l'antéchrist et maintenant, ils n'ont même plus besoin de faire semblant. Et ma sœur Amy a déménagé au Brésil avec son nouveau mari. Je suis quasiment seule.

— Maman ?

La douce voix de Parker me tire de mes pensées.

— Salut mon grand.

Je lui ouvre mes bras et il n'hésite pas une seconde.

Il me grimpe dessus et se blottit tout près de moi.

— Tu crois que papa peut m'entendre quand je prie ?

Je le regarde en essayant de masquer mes émotions.

— En tout cas, je l'espère.

Ses yeux se remplissent de larmes.

— Il me manque.

— À moi aussi il me manque.

— Pourquoi est-ce qu'il a dû aller au paradis ? m'interroge Parker.

Parce qu'un connard égoïste ne voulait pas plaider coupable pour un crime qu'il avait commis. Il a décidé d'assassiner ton père parce qu'il avait accepté le contrat .

Je lui donne une version plus adaptée à son âge.

— Il arrive que les gens qu'on aime doivent aller au paradis pour devenir des anges.

Il pose sa tête sur mes genoux en soupirant.

— Si seulement Dieu l'avait laissé rester avec nous.

— Je suis d'accord avec toi, Spiderman.

— Pourquoi tu m'appelles comme ça ? me demande-t-il avec un sourire entendu.

Je lui souris en retour. Il adore cette histoire et j'adore la raconter.

— Et bien, quand nous avons appris que tu allais naître, ton papa voulait te donner un nom super cool et je n'aimais pas le prénom Peter.

Nous gloussons ensemble.

— Je me moquais de lui parce qu'il suggérait des noms complètement fous comme Hulk ou Ironman, je poursuis en écarquillant les yeux. J'ai voulu faire une blague à papa, et je lui ai dit, ah OK, alors on pourrait l'appeler Peter Parker.

— Et il a dit Spiderman !

— Oui, c'est ce qu'il a répondu, je conclus en le chatouillant. J'aimais mon Peter, et j'aime mon Parker.

— Je t'aime, maman.

Ma gorge se serre et je refoule mes larmes.

— Je vous aime, toi et Ava, de tout mon cœur.

Je remercie le ciel que Parker ne se souvienne pas des difficultés que nous avons rencontrées à sa naissance. Tout ce dont il se rappellera, c'est que son père l'aimait. Il pourra chérir ce trésor dans son cœur, alors qu'Ava conservera le souvenir des nombreuses disputes entre Peter et moi, souvent au sujet du petit bonhomme dans mes bras.

Peter l'aimait, mais notre budget étant serré, il fallait que je reprenne le travail. Moi, je voulais l'élever en lui donnant la même affection que j'avais donnée à sa sœur. Ce choix impliquait de faire quelques sacrifices dans notre vie et j'étais prête à les faire, mais pas Peter. Il voulait de nouvelles voitures, faire des aménagements dans la maison, envoyer Ava dans une école privée. En plus de tout ça, Parker a dû se faire opérer d'un bec de lièvre et les factures de l'hôpital ont failli nous laisser sur le carreau.

Parker et moi restons assis un moment. Je pense à toutes les choses que Parker ne pourra pas faire avec son père et mon cœur saigne.

C'est moi qui lui apprendrai à lancer une balle de baseball, ou plus probablement, c'est lui qui me montrera. Quand il sera plus grand et fera ses trucs dégueu d'ado, c'est moi qui vais devoir trouver une façon de le guider dans cet univers de mecs, sans m'y connaître le moins du monde. Là où je pourrai mieux assurer, c'est quand il s'intéressera aux filles. Peter n'était pas un grand séducteur, donc j'espère que Parker me laissera lui enseigner une chose ou deux pour plaire aux filles.

Quelqu'un frappe à la porte et interrompt ce doux moment de partage avec mon bébé. Il se lève brusquement et court vers la porte pour l'ouvrir alors que je suis juste derrière lui.

— Tante Nicole !

— Ange Parker !

Je lève les yeux au ciel.

— Arrête de te moquer de son prénom.

— Tu l'as choisi, rétorque-t-elle.

— Tu penses que ton fils a un meilleur nom ?

— Colin est un très joli nom.

— C'est proche de côlon, plein de matière fécale.

— Très mature, répond Nicole, impassible.

— Parker, tu peux aller regarder la télé dans la salle de jeux s'il te plaît ?

Il opine et part en courant. Habituellement, il n'a pas le droit de regarder la télévision en semaine. Mais je préfère l'éloigner pour qu'il n'entende pas tout ce que sa sœur a à nous dire.

— Merci d'être venue, dis-je à Nicole.

— Ne me remercie pas encore. Je ne sais pas si je réussirai à faire la différence, me répond-elle en me serrant le bras avant de se diriger vers la zone de déflagration.

Nicole y reste une éternité. J'arpente la pièce, je vérifie que Parker va bien deux fois, et puis, je ne peux plus attendre une minute supplémentaire. Je colle mon oreille à la porte, et j'essaie d'écouter ce qu'il s'y passe. Ce que j'entends, pourtant, n'est pas ce que j'imaginais.

Des rires.

De nombreux éclats de rire.

Mais bordel, pourquoi rigolent-elles comme ça ? Nicole est supposée me seconder pour apprivoiser la bête, pas pour se marrer avec elle.

Je fixe le bois de la porte, souhaitant désespérément avoir une vision à rayons X, parce que mon ouïe me fait certainement défaut.

Avant que je réalise ce qui est en train de se passer, la porte s'ouvre et Nicole tombe nez à nez avec moi.

— Salut ! me lance-t-elle dans un sourire.

— Salut, j'étais juste...

— Mais oui, c'est ça, me coupe Nicole avant de se tourner vers Ava. N'oublie pas ce que je t'ai dit, OK ?

— Promis, merci tante Nic.

Les lèvres d'Ava se courbent pour former un sourire, chose que je n'avais pas vue depuis des mois. Je croyais même qu'elle avait oublié comment faire, étant donné qu'elle ne souriait plus. Mais pendant une seconde, j'ai retrouvé la petite fille heureuse qu'elle était autrefois .

Cette petite fille me manque plus que tout. Je déplacerais des montagnes pour qu'elle revienne.

———

J'ai essayé de tirer les vers du nez de Nicole toute la soirée, mais elle n'a rien lâché d'utile. En gros, ma fille ne lui a rien promis et je suis dans la merde. Je lui suis reconnaissante d'avoir essayé. Au moins, Nicole a pu lui parler des moyens de contraception. Je ne serai pas grand-mère avant mes quarante ans.

Quarante ans.

Ce chiffre résonne comme une malédiction.

Je sors un miroir de mon tiroir et scrute mon visage. Mes cheveux bruns sont longs et sont probablement mon meilleur atout en ce moment. Ils ondulent naturellement et tombent en boucles parfaites dans mon dos. Mes yeux ne sont pas trop mal non plus. Leur couleur bleue détourne l'attention des cernes profonds que j'essaie de dissimuler sous une couche de maquillage. Mais pour tout le reste... beurk. Je trouve des ridules qui n'étaient pas là il y a trois semaines, ma peau manque de fermeté et j'ai l'air fatigué. Fais chier de vieillir. Ça craint.

Honnêtement, j'accepterais les rides et les seins qui tombent si je pouvais éternuer sans me faire pipi dessus. C'est ridicule, je m'inquiète quand je tousse, ris ou autre, parce que je n'ai pas envie de porter des couches. Pas encore.

— Mme Bergen, votre rendez-vous de dix heures est arrivé, m'informe la réceptionniste.

— Faites-la entrer, Staci.

J'ai déjà rencontré une candidate aujourd'hui, que je ne vais certainement pas recontacter. Je doute qu'elle arrive à s'extirper toute seule d'un sac en papier, donc je ne crois pas qu'elle puisse être mon bras droit.

Quand la porte s'ouvre, j'esquisse un mouvement de recul.

Dans l'encadrement se tient un homme brun de haute stature, avec des yeux verts soulignés de cils qui rendraient jalouse n'importe quelle femme. Il porte un costume luxueux qui épouse parfaitement les lignes de son corps. Il me regarde de haut en bas et je me sens nue, même si je suis entièrement habillée.

Ce n'est pas l'étudiante fraîchement diplômée qui veut passer un entretien d'embauche.

Je me racle la gorge.

— Je peux vous aider ?

— Certainement, répond-il d'une voix teintée d'un accent anglais.

Je le fixe à travers mes paupières alors qu'il fait un pas en avant.

— Tu peux sortir de mon bureau, ma belle.

— Pardon ?

— Tu es assise dans mon fauteuil.

Staci me jette un regard, et s'éclipse.

— Staci, appelle la sécurité. Désolée, Monsieur, mais je vais vous demander de quitter les lieux.

L'homme s'installe sur une chaise, et passe une jambe par-dessus l'autre.

— Je ne vais nulle part. Tu peux appeler le patron. Dis à ce blaireau arrogant que je suis là pour mon poste.

Je comprends tout. Ses yeux sont les mêmes que ceux de Callum. Ses cheveux sont différents, magnifiques et épais mais l'accent... Je sais exactement qui il est et pourquoi il est ici.

Milo Huxley est revenu pour son poste. Non, mon poste.

CHAPITRE CINQ
DANIELLE

— Mon assistant ? je lui demande.

— Je sais que ça n'est pas idéal, mais je lui donne trois jours, tout au plus. Il ne restera jamais plus longtemps. C'est mon frère... Milo.

Génial, donc en gros, je viens d'adopter un adolescent. *Beurk.* Ce n'est pas du tout comme ça que j'avais prévu de débuter ma carrière chez Dovetail. Je voulais faire mes preuves, pas jouer les baby-sitters pour le frère du patron.

Et en plus, je suis nulle comme mère, si on considère le comportement de ma fille.

— Callum, je ne sais pas si c'est une bonne idée, je commence dans un soupir.

— Ce n'est pas une punition, si c'est ce que tu penses.

— Non, je l'interromps rapidement, ce n'est pas ce que je pense, c'est juste que...

— J'espérais que tu relèverais ce défi, lance-t-il en souriant.

Je plante mes yeux dans les siens et redresse le dos. Je sais ce qu'il est en train de faire et, malheureusement, ça fonctionne. Je ne recule pas devant les épreuves, je les affronte. Surtout au travail. Ma vie part en cacahuète mais ici, je gère.

— Je vais le faire, mais ce n'est pas un challenge, c'est personnel.

Il hoche la tête.

— C'est vrai, mais je t'offre aussi la chance de remettre cet homme pourri gâté à sa place. Il sera ton larbin, ajoute-t-il en souriant.

— Tu veux que je lui pourrisse la vie ?

— Autant que possible.

Et bien, ça, c'est dans mes cordes. Mais je ne suis pas sûre d'être d'accord.

— Mais, c'est ton frère.

Ma sœur est la personne la plus insupportable de la terre mais elle reste ma sœur. C'est vrai ce qu'on dit sur la famille : je peux m'en prendre à elle, mais gare à celui qui voudrait faire pareil.

— Certes, mais il a toujours donné les ordres. Ça va lui faire du bien de voir comment on se sent en bas de l'échelle.

En réalité, il m'est impossible de refuser. Callum est mon patron, et je viens juste d'obtenir ce poste. Est-ce que ça me fait plaisir de me retrouver au milieu d'une dispute familiale ? Non. Mais j'aime l'argent. J'aime le travail, les promotions, la voiture de fonction et l'accès aux résidences de vacances de la boîte. Donc, je vais cirer ses pompes et faire en sorte que Milo déguerpisse au plus vite pour avoir enfin un vrai assistant.

— OK, si c'est vraiment ce que tu veux, c'est toi le boss.

Callum opine en se relevant.

— Merci.

— Pas de problème.

Ce que je voulais vraiment répondre, c'était : ça me gonfle.

Je remonte le couloir en priant pour que Milo soit déjà parti, mais pas de chance. Il est assis dans mon bureau avec un bloc-notes.

Génial.

Il reste immobile et je prends une minute pour me donner une contenance. Si la moitié des anecdotes au sujet de Milo sont vraies, je suis dans le pétrin. C'est la version masculine de Nicole, à la différence qu'elle arrive à se contrôler dans la sphère professionnelle. Si on en croit les ragots, lui n'y parvient pas.

— OK, il s'avère donc que tu es mon nouvel assistant, je commence en me plaçant derrière mon bureau.

— C'est le cas, même si j'ai fait ce travail pendant... oh, sept ans, me lance-t-il avec un sourire forcé. Mais une fois de plus, mon frère m'a sous-estimé. Je te suggère de ne pas faire la même erreur, ma belle.

— Danielle ou Mme Bergen.

— Pardon ?

— Tu ne m'appelles pas ma belle, je suis ta supérieure.

Si je ne tue pas cette habitude dans l'œuf, ça va empirer. J'ai besoin d'un assistant et c'est son travail. Il va devoir commencer à se comporter comme tel.

— Oh, réagit-t-il avec un sourire malicieux. Je vois, tu es la patronne et je suis le sous-fifre. Ça me plaît.

Ce serait plus simple si le son de sa voix ne me charmait pas autant. J'ai envie de lui demander de continuer à parler juste pour l'écouter.

Pourquoi l'accent anglais a le même effet sur les femmes que l'herbe à chat pour ces félins?

Je chasse cette pensée de ma tête.

— Oui, donc, je voudrais que tu commences à travailler sur certains projets que nous sommes en train de démarrer.

— Tu es sérieuse ? demande Milo.

— Pourquoi pas ?

— Tu vas me limiter à des tâches subalternes ?

— Ta définition de subalterne ?

Il éclate de rire et se claque la cuisse.

— OK, je comprends, j'ai retenu la leçon. Je vais être bien sage à partir de maintenant.

Je n'ai aucune idée de ce qu'il me raconte.

— Puisque Dovetail est dorénavant une société basée aux États-Unis, tu dois remplir quelques formulaires et descendre aux Ressources humaines. A ton retour j'aurai placé tout ce dont tu as besoin sur ton bureau pour commencer.

Le visage de Milo se décompose légèrement quand il réalise que je ne plaisante pas. Toutefois, il se lève et se dirige vers la sortie.

— Milo, je l'appelle pour obtenir son attention.

Ses yeux croisent les miens et je sens toute la colère qu'il essaie de contenir. Au lieu de reculer, je prouve encore plus soli-dement ma position d'alpha dans notre relation.

— Ferme la porte derrière toi en sortant. J'ai énormément de travail.

— On va bien s'amuser, sourit-il en sortant avant de tirer la porte derrière lui.

Une seconde plus tard, j'expire profondément et ferme les yeux.

— Bien s'amuser, effectivement.

Je me sers un verre de vin que j'avale en une gorgée, et je me ressers. Après la journée que j'ai passée, je pourrais me permettre de le boire à la bouteille avec une paille, mais je choisis de rester classe.

Il est vingt-et-une heures. Parker dort, Ava m'ignore et franchement, ça ne pouvait pas tomber mieux. Je préfère le calme plutôt que ses hurlements en cet instant.

J'allume la télévision et dévore une autre part de pizza. Les calories ne comptent pas un jour comme celui-ci. Demain, je passerai une heure à la salle de sport pour compenser ma crise d'aujourd'hui.

Je fais défiler les chaînes quand j'entends qu'on frappe à la porte.

Mais qui ça peut bien être ?

J'ouvre et découvre Richard Schilling, l'associé de Peter au cabinet, devant moi.

— Danielle, me salue-t-il avec un sourire.

— Richard, est-ce que tout va bien ? je l'interroge en regardant ma tenue.

J'ai l'air d'un sac.

— Oui, désolé, j'aurais dû appeler avant de venir mais j'ai vu la lumière et j'ai préféré passer directement.

Je n'ai pas vu Richard depuis des mois. Quand mon mari a été assassiné, tout le monde voulait m'aider. Les gens m'apportaient de la nourriture, ils tondaient la pelouse, quelqu'un a réparé le volet cassé, un autre amenait Parker aux scouts. Tout ça parce que... j'avais perdu quelqu'un. Puis, petit à petit, ils ont arrêté d'appeler ou de venir. La vie continuait de leur côté et ils nous oubliaient.

Je comprends.

Je ne leur en veux pas, parce que lorsque notre voisin est mort, j'ai fait pareil. J'ai apporté des petits plats, recousu un costume, tout ce que je pouvais faire pour aider, et puis, j'ai fini par passer à autre chose.

— Oui, bien sûr, réponds-je en ouvrant grand la porte. Entre.

Il pénètre dans la maison et j'imagine ce qu'il pense. C'est le foutoir mais je m'en fiche. Je suis une épave, mes enfants sont perturbés, c'est normal que notre foyer soit en chantier. Je fais du mieux que peux et j'emmerde ceux qui me jugent.

— Tu veux boire quelque chose ?

— Non, merci. Comment vas-tu ?

Je hausse les épaules.

— Aussi bien que possible.

Depuis quelques mois, j'ai arrêté de dire aux gens les mots qu'ils ont envie d'entendre sur nous. La vérité est moche mais c'est comme ça. Personne ne va bien après le décès brutal de son mari. Oui, on finit par retrouver une « nouvelle normalité », mais n'en demeure un gouffre béant. C'est la réalité et tant pis si je passe pour quelqu'un de faible. Je colmate les brèches avec du scotch et du chewing-gum en ce moment.

— Lisa te passe le bonjour, poursuit-il.

— Tu lui diras qu'on l'embrasse.

Je connais Richard depuis longtemps. C'est un avocat agressif et ambitieux. Avec Peter à ses côtés, ils formaient une équipe imbattable. Là, j'ai l'impression qu'il préférerait se trouver dans un tribunal à défendre un assassin plutôt que dans mon salon. Il se dandine inconfortablement et se masse la nuque.

— Richard, je l'encourage un moment plus tard. Que se passe-t-il ?

Il me lance un regard et passe en mode avocat. C'est triste, mais ce visage m'a manqué. Peter faisait pareil, et je n'avais pas vu cette expression depuis longtemps.

— Nous avons une date de jugement.

— Oh, fais-je, étonnée.

Elle a été repoussée par deux fois et j'ai enfoui ce problème tout au fond de mon cerveau. J'avais presque oublié.

— Quand ?

— Dans deux semaines.

— C'est bientôt.

Ma poitrine se serre quand je pense que tout va être ramené sur le devant de la scène. Le procès est supposé me permettre de tourner la page mais je vais devoir endurer énormément de souffrance pour en arriver là.

— Nous avons demandé à être déchargés de sa défense mais il a contesté.

Je relève la tête brusquement.

— Quoi ? Tu veux dire que tu vas défendre l'homme qui a tué Peter ?

Richard se dirige vers le canapé et pose une main sur la table basse.

— Le juge se rangera de notre côté étant donné les circonstances.

— Je ne comprends pas. Mais comment est-ce que c'est possible ?

Ma voix tremble de nervosité. Tout ça n'a aucun sens.

— L'assassin de Peter était mon client. Il avait signé le contrat et Peter m'aidait parce que j'étais occupé par un autre procès. C'est un labyrinthe administratif. Mais nous devons présenter une requête officielle pour être déchargés de sa défense.

J'expire bruyamment et les larmes me montent aux yeux.

— Mais le juge peut refuser, pas vrai ?

— Oui, mais il ne le fera pas, Danni.

Comment peut-il le savoir ?

— Mais pourquoi est-ce qu'il veut te garder comme avocat ? C'est a l'air si stupide.

— Tu as raison, répond Richard. C'est pour ça que nous ne

nous inquiétons pas. Le problème, c'est que tout ce qu'il nous a dit est protégé par le secret professionnel. Je ne... peux pas t'en dire plus... mais il y a une raison pour laquelle il veut me garder comme avocat. Ça pourrait compromettre son dossier et s'il me garde, je ne peux pas témoigner.

— Donc, il y a une possibilité pour que je doive aller au tribunal et que je te voie assis aux côtés de l'homme qui a assassiné de sang-froid mon mari, ton associé et meilleur ami ?

— Danielle, me rassure-t-il en me prenant par le bras. Aucun juge ne l'acceptera. Ils ne... nous... Nous faisons tout notre possible pour que ça n'arrive pas.

Je me déplace dans la pièce pour essayer de calmer l'intensité de mes émotions. Je n'y crois pas. Et même si c'est juste une éventualité, je ne pourrai pas le supporter. Si Richard ne pensait pas que cette alternative était plausible, il ne m'en aurait jamais parlé. Je me sens trahie.

— Voilà ! c'est pour ça qu'il est mort ! Parce que vous défendez des *criminels*. Ces gens sont des meurtriers, des violeurs, des pédophiles et Dieu sait quoi encore, parce que...

Je marque une pause et lève mes doigts en l'air pour mimer des guillemets.

— ...ça rapporte.

— Je n'essaie pas de te contrarier, je voulais juste que tu sois au courant.

C'est irréel.

— Donc, que se passera-t-il si le juge te force à le faire ?

— C'est très improbable, réplique-t-il aussitôt.

— Mais c'est *possible*, n'est-ce pas ?

— Bien sûr que c'est possible mais ce n'est pas probable. Je t'en prie, calme-toi.

— Alors pourquoi tu m'en parles ?

Il passe une main dans ses cheveux.

— Parce que si ça arrive, je ne veux pas que tu sois prise de court.

Je n'imagine même pas comment je l'aurais vécu. J'essaie de me calmer, mais je me joue mille scénarios dans la tête. Je vois

Richard assis aux côtés de l'assassin de mon mari, il le libère sur la base d'un infime détail technique, parce qu'il en est capable. Ce serait horrible de voir cette personne, le parrain de ma fille, défendre l'assassin de son père.

— Si ça se déroule comme ça...

— Ça n'arrivera pas, tente de me rassurer Richard. Maintenant, nous devons passer devant le juge parce que le client fait appel. Comme je l'ai déjà dit, je sais des choses et je suis sûr que le client veut protéger ce secret.

— Le meurtrier, je le corrige.

Richard me regarde, confus.

— Quand tu dis client ou suspect, tu l'humanises. Ce n'est pas un humain pour moi. C'est un monstre. Ce n'est pas juste un suspect, Richard. Il est entré dans ton bureau, il a vu mon mari assis au sien et il lui a tiré dessus avant de repartir. Ça a été filmé. On a vu son visage. Ce n'est pas un client, c'est un meurtrier. En le nommant différemment, tu nous insultes moi, lui et nos enfants.

Je ne suis pas insensible. J'ai passé ma vie à essayer de voir le bon côté des gens et à pardonner. Mais il y a des choses que l'on ne peut pas pardonner.

— Je suis désolé, Danni, je le suis vraiment. C'est... une sale histoire pour le cabinet.

Une fois de plus, je me souviens des choses que je détestais dans le travail de Peter. Dans mon monde, il y a le bien et le mal. Ceux qui font le mal doivent être punis, et le travail de Peter consistait à démonter les faits et créer des illusions et des points d'ombre dans le dossier.

Je ne compte plus les fois où lui et Heather se sont pris la tête quand nous dinions ensemble.

— Je vois que ça l'est pour toi, réponds-je en frottant mon front. Je ne sais pas quoi te dire.

— Je te promets, personne chez nous ne veut le défendre. Personne au bureau n'a envie de se battre pour lui mais nous ne décidons pas. Nous pourrions être forcés d'assurer sa défense. Mais je ne crois pas que nous ayons à envisager cette éventualité tout de suite.

Je sais qu'il pense que nous n'en arriverons pas là, et j'espère seulement que le juge aura pitié de nous, mais j'ai vu des choses plus étranges que ça dans un tribunal.

Nous ne savons pas comment cela va se terminer mais le procès commence bientôt, c'est une réalité. Je dois l'affronter, je dois entendre son histoire et entamer une nouvelle étape de mon deuil. Comme si ce n'était pas déjà assez difficile.

CHAPITRE SIX
DANIELLE

— Alors, il est sexy en vrai ? m'interroge Kristin pendant que nos enfants jouent dans le jardin.

— Qui est sexy ?

Elle lève les yeux au ciel.

— Ton nouvel assistant.

— Pourquoi est-ce que tu me poses cette question ?

— Parce que tu évites le sujet, réplique-t-elle en me regardant par-dessus son verre de vin.

— Pas du tout.

OK, un petit peu, parce qu'il n'y a rien à dire. C'est le frère de Callum, mon assistant et… je suis en deuil. Je ne trouve pas les mecs sexy en ce moment.

La seule chose qui me fasse *envie*, c'est un bain moussant avec un verre de vin et des bougies, sans enfants qui passent la tête par la porte pour me demander quelque chose. Ou une soirée sans dispute entre Ava et Parker. Ça, ça me fait saliver. Mais mon assistant ?

Bien sûr, il est séduisant, il a des bras musclés et une voix sensuelle. Mais il n'est pas sexy. C'est juste un homme. Un homme qui, selon ce que j'ai entendu, est un dragueur qui se croit tout permis. Non merci, j'ai déjà une fille de seize ans.

— Si tu n'évites pas le sujet, alors crache le morceau. Il est sexy ou pas ?

Je souffle, agacée. Je ne sais pas mentir à Kristin. Je n'ai jamais eu besoin de le faire mais je ne veux pas parler de ça.

— On peut parler d'autre chose ? Son physique n'a aucune importance.

— On parlera d'autres choses quand tu m'auras dit s'il est sexy ou pas, me défie-t-elle en levant les sourcils.

— Mais quel intérêt ? C'est le beau-frère de Nicole, mon employé, et il m'a gonflée pendant les deux heures que j'ai dû passer avec lui.

Kristin pose son verre de vin et se penche en avant.

— Ce n'est pas ce que je te demande, Danni. Je veux savoir s'il est mignon, mais j'ai vu comment tu as rougi, je sais que la réponse est oui.

— T'es chiante.

Elle s'appuie sur son dossier avec un sourire narquois.

— Tu es juste énervée parce que j'ai raison. J'ai vu les photos, nous savons toutes qu'il est absolument canon.

Kristin, c'est mon roc. Je pourrais enterrer un cadavre pour elle. Je le ferais aussi pour Heather et Nicole mais Kristin me comprend mieux qu'elles. Nous étions enceintes en même temps, nous étions demoiselles d'honneur l'une pour l'autre parce que ma sœur est complètement givrée et nous savons tout l'une de l'autre.

Il n'y a rien au monde que je ne ferais pour elle.

Pourtant, à cet instant précis, je pourrais lui mettre une claque.

Elle reprend une gorgée et me regarde fixement. Je ne réponds pas, alors elle continue.

— Si canon que je suis surprise que Nicole n'ait pas convaincu Callum d'embarquer son frère dans un plan à trois. Tu l'imagines avec les deux ?

— Seigneur... je gémis en me couvrant les oreilles. Je t'en supplie, arrête de parler. Callum est mon patron, et Milo... mon assistant... jusqu'à ce qu'il décide de démissionner. Je ne veux pas d'images de Nicole au lit avec eux.

Kristin glousse.

— Très bien, alors parle-moi de lui.

Je ne sais pas pourquoi elle me pousse ainsi dans mes retranchements.

— Est-ce que Noah revient bientôt ?

— Pourquoi ?

Son compagnon retourne des scènes pour le film qu'il vient de terminer. Il est très demandé depuis que son dernier film a décroché une tonne de récompenses. C'est génial de le voir heureux et de penser qu'il peut désormais mieux sélectionner ses rôles. Noah est vraiment un homme fabuleux. Il prend soin de Kristin comme personne ne l'avait fait avant lui. Son ex-mari est une sous-merde alors que Noah l'aime comme elle le mérite.

Et quand il est là, elle est assez distraite pour ne pas se mêler de ma vie.

— Je te demande juste quand tu seras trop occupée pour te soucier de mes histoires débiles et te concentrer sur l'essentiel.

— Tu n'es pas débile.

— Je n'ai pas dit que j'étais débile.

Kristin pose sa main sur la mienne.

— Je sais, tu penses que je te parle de Milo et de son corps de rêve, mais pas du tout.

Je la regarde, confuse.

Elle soupire et poursuit.

— Je te parle de sortir. De voir les choses sous un autre angle.

Nous y voilà.

— Je sors, Kris. J'avais besoin d'argent, j'ai trouvé un travail. Un bon travail. J'ai ma famille, mes amis, je ne reste pas là à pleurer. Est-ce que je suis triste ? Oui, je le suis . Il me manque. Mais je sors, je vis, je fais tout ce que je peux.

— Je ne te juge pas. Je te dis juste que ça te ferait du bien de te confier.

Je comprends où elle veut en venir et j'apprécie sa démarche. Vraiment. Mais je ne vois pas en quoi parler de mon bel assistant anglais pourra m'aider à faire mon deuil. Ça m'attirera plus de problèmes que ça n'en réglera.

Mon mari pouvait se comporter comme un abruti mais c'était un homme bon. Il nous aimait, les enfants et moi. Il s'occupait de nous. Notre mariage a connu des crises mais Peter n'était pas méchant. Il ne m'a jamais trompée. Il aimait son travail et avait du mal à trouver un équilibre avec sa vie de famille.

Je pose ma main sur la sienne.

— Je sais qu'au fond de ton cœur d'artichaut, tu souhaites que je m'intéresse à nouveau à un homme, mais je ne suis pas encore prête.

— Je te conseille juste d'ouvrir un peu plus ton cœur.

— Comme tu l'as fait avec Noah ?

Kristin s'est battue longtemps contre ses propres démons. Elle s'était bâti une muraille en métal, mais Noah a persévéré jusqu'à ce que ses défenses tombent.

— Et qui m'a conseillé d'accepter mes sentiments ? Qui m'a dit que je méritais d'être heureuse à nouveau ? me demande-t-elle.

— C'est différent.

Kristin esquisse un léger sourire.

— Oui, c'est différent, et non, ça ne l'est pas. Je te laisse tranquille, me promet-elle. Mais jure-moi que tu ne t'empêcheras pas de vivre des choses. Pas avec Milo, parce que, d'après ce qu'on m'a dit de lui, c'est un imbécile, mais ne te ferme pas pour toujours à un autre homme.

Je ne m'empêche pas de vivre des choses, je n'éprouve simplement aucun désir pour l'instant. J'ai cette colère qui persiste au fond de moi, qui veut savoir *pourquoi*, mais je pourrais ne jamais connaître la réponse.

De toutes mes amies, c'est Kristin qui me connaît le mieux. Elle m'a vue quand j'étais à terre, incapable de me relever. Elle m'a entendu hurler, pleurer, elle m'a vu fracasser des objets, elle m'a prise dans ses bras et elle m'a tenue contre elle.

Je n'étais pas une bonne mère durant cette période. Je le sais, je me suis forcée à expier cette faute. D'ailleurs, je le fais encore.

— Je dois me concentrer sur Ava et Parker. Je dois me rattraper après ce qu'ils ont vécu à la mort de Peter.

— Arrête. Tu as fait ce que tu as pu pour survivre.

— Je n'étais pas là pour eux quand ils ont eu besoin de moi.

Je repense à tout ce que j'aurais dû faire et que je n'ai pas fait. Je ne pouvais pas voir les choses au-delà de ma propre perte. J'ai laissé ma mère et mes amis s'en occuper alors que je me vautrais dans ma douleur. La culpabilité me ronge encore.

— Maman !

Parker arrive en courant et j'essuie discrètement une larme.

— Aubrey m'a dit qu'on allait se marier, c'est vrai ?

Kristin et moi éclatons de rire.

— Tu es beaucoup trop jeune pour te marier.

Aubrey s'approche, les mains plantées sur les hanches.

— Parker, *il faut* qu'on se marie.

— Mais j'ai pas envie, rétorque-t-il.

— Aubrey, intervient Kristin d'une voix sévère. Tu dois arrêter ça. Tu as déjà dit la même chose à quatre garçons cette semaine.

Aubrey secoue la tête.

— Parce que *Margaret*, commence-t-elle d'une voix méprisante, a pris les autres garçons. Donc je prends ceux qui restent.

— Tu as le droit de n'en avoir qu'un seul, ma puce, je lui explique. Tu ne peux pas en avoir plusieurs.

— Oh, fait-elle avec une mine déconfite. Alors je veux Noah.

Kristin va devoir s'armer de courage avec celle-ci.

Nous éclatons de rire et je m'installe confortablement pour regarder Kristin tenter d'expliquer. Ça a beau être drôle, au moins elle n'a pas choisi son père. J'espère qu'Aubrey trouvera beaucoup mieux que Scott dans sa vie.

Kristin me lance un regard pour me demander de l'aide mais je lève les mains.

— Et si on mangeait ? lance-t-elle pour détourner l'attention. Des nuggets et de la glace ?

— Oui ! crient les enfants de concert.

Jeris. Bravo Kristin. Elle leur donne des nuggets et de la glace à onze heures du matin pour éviter une conversation gênante avec sa fille.

— Eh bien, c'est une façon de faire, je m'amuse alors que les enfants se précipitent à l'intérieur.

— J'aurais pu lui proposer bien plus pour changer de sujet, se justifie-t-elle.

Nous passons l'heure suivante à nous occuper des enfants. Puis, Nicole et Heather arrivent. Colin faisait la sieste et Heather travaillait de nuit, donc elles ne pouvaient pas venir à notre barbecue improvisé.

Avant, j'en organisais un plusieurs fois dans l'année et tout le monde restait pendant des heures. C'était l'une des journées préférées de Peter.

L'année dernière, j'en étais bien incapable. Je n'avais pas le cœur de le faire mais mes meilleures amies sont venues quand même.

Cette année, j'ai de nouveau refusé et elles ont décidé de lancer une nouvelle tradition. Nous allons nous réunir une fois par mois, juste entre filles. C'est donc notre premier repas ensemble sans nos maris. Nous pouvons boire un verre, profiter les unes des autres et passer du temps toutes les quatre. Même si nous vivons toutes à Tampa, elles sont toutes mariées ou fiancées, donc nous ne nous voyons plus autant qu'avant.

Heather et Eli voyagent tellement, entre sa carrière et ses tournées. Ils sont toujours dans cette phase post lune de miel et ne peuvent pas se passer l'un de l'autre. Kristin et Noah ne sont pas mariés mais ils vivent ensemble dans la maison qu'ils ont achetée tous les deux. Il voyage souvent entre Hollywood et Tampa. Quand il est ici, Kristin devient inexistante. Nicole... oublions-la. Elle est maman d'un nouveau-né, jeune épouse et dirige en même temps un empire. Quand elle est présente, nous n'en croyons pas nos yeux.

— Où est le pinard ? demande Nicole depuis le jardin.

— J'amène la sangria, répond Heather.

Ava est de corvée de baby-sitting. Comme elle est privée de sorties, ça fait partie de sa punition. Elle est assise dans le jardin avec ses ridicules lunettes de soleil surdimensionnées et les enfants courent tout autour d'elle. J'espère qu'elle en déteste chaque minute.

— Je suis soulagée que Colin en ait fini avec mes nichons, annonce Nicole.

— Voilà un début de conversation tout à fait original, réagit Heather en vidant son verre.

— Quoi ? Je peux à nouveau boire, manger ce que je veux sans m'inquiéter que ça lui donne des gaz ou la courante parce que le brocoli est un laxatif pour les bébés. Je dis juste que c'est chouette de pouvoir recommencer à jouer avec mes seins et ne plus m'en servir pour le nourrir.

Mes amies sont définitivement perchées.

— Ils sont super sensibles ? l'encourage Kristin.

— Oui ! confesse Nicole. Je peux avoir un orgasme rien qu'en les effleurant. Callum est ravi.

— Encore une facette de mon patron que je préférerais ignorer.

Nous n'avons aucune limite entre nous, nous n'en avons jamais eue. Je suis le bébé du groupe et elles m'ont appris tout ce que je devais savoir sur la puberté. Nicole n'a aucune pudeur et n'a jamais eu de problème pour me décrire ou me montrer son nouveau corps.

— Oh je t'en prie ! Il m'a prise si sauvagement hier soir que j'ai vu des étoiles, lance-t-elle en remuant les sourcils. Du sexe, du vrai, avec de la transpiration, des cochonneries et les jambes flageolantes.

— Je suis très heureuse pour toi.

Nicole s'appuie sur le dossier de sa chaise, boit une gorgée et poursuit comme si de rien n'était.

— Je crois que Callum se donnait vraiment à fond parce qu'il est contrarié par le retour de son frère. Il tournait en rond dans tout l'appartement en marmonnant dans sa barbe des trucs au sujet de son blaireau de frère. Il paraît que c'est ton nouvel assistant ?

— Oui. Je te jure que j'ai parfois l'impression que mes relations font partie d'une grande expérience. Genre, on observe le sujet pour savoir combien de temps il va tenir avant de péter un plomb.

Elle éclate de rire.

— T'inquiète Danni, nous avons tous parié qu'il serait parti avant la fin de la semaine.

— Il va démissionner ?

Nicole fait un sourire narquois.

— Ou alors tu vas l'assassiner.

Fabuleux.

— Surtout, ne te sens pas obligée de m'aider en me disant ce que tu sais de lui pour que je puisse faire mon travail et ne pas me planter, je lui lance en levant les sourcils.

— Je ne sais pas grand-chose, admet-elle. Callum le critique et trouve que son existence a été beaucoup plus difficile que celle de son frère. Callum faisait toujours la navette entre les États-Unis et Londres et il n'a pas vraiment profité de son enfance à cause de l'accord de garde passé entre ses parents. Milo, en revanche, était chouchouté, gâté et riche. Je l'ai rencontré une seule fois, je l'aime bien, mais que sais-je...

— Pas grand-chose, répond Heather avant d'éclater de rire. Désolée, c'était trop facile.

— Sale pouffe.

Je lève les yeux au ciel alors qu'elles commencent à se chamailler. Voilà qui nous sommes et nous ne changerons jamais. Nous pouvons bien nous traiter de tous les noms, nous dire les choses franchement, notre amitié est à toute épreuve. Je ne m'inquiète jamais qu'elles puissent me juger, parce que c'est impossible. À un moment donné de ma vie, mes meilleures amies sont devenues ma famille. Ma sœur Amy n'est pas venue me voir tous les deux jours mais elles, oui.

Elles ont mis au point un planning, fait la cuisine, le ménage et ont veillé à ce que mes enfants mangent.

Ma mère est venue quelques fois mais c'est grâce à Heather, Kristin et Nicole que ma vie n'est pas tombée en lambeaux.

Kristin leur tape tous les deux.

— Il va falloir que je vous sépare ?

— Non, maman, répond Heather en faisant mine d'avoir honte.

— On verra bien lundi, je réfléchis à voix haute.

J'espérais que ce serait un nouveau départ pour une nouvelle vie. Une promotion, des tonnes d'idées et la chance de devenir une femme d'affaires. J'avais finalement trouvé un objectif. Maintenant, je n'en suis plus sûre.

— Je t'en prie, tu vas très bien t'en sortir, s'esclaffe Nicole.

Les deux autres opinent en chœur.

— Franchement, tu as élevé deux enfants en bas âge. Ça va être du gâteau avec Milo.

Je jette un œil vers ma fille qui était une enfant adorable. Elle a bien changé depuis.

— Mais si ça peut être pire, après, ils deviennent ado.

CHAPITRE SEPT
DANIELLE

— Tu peux appeler l'expert pour savoir où il en est dans son rapport ? je demande à Milo.

— Certainement, Mme Bergen. Vous avez besoin d'autre chose ?

Sa voix monte légèrement dans les aigus alors qu'il cherche à être serviable.

— Ce sera tout, je le congédie sans lever les yeux.

Ça fait trois jours que ça dure.

Trois jours et toujours aucun signe qu'il désire démissionner.

Le pire, c'est que je ne peux pas me plaindre. Il fait tout ce que je lui demande, avec le sourire, et en plus, il est utile. Puisqu'il a occupé mon poste, il sait des choses que je ne sais pas. Il a même repéré une erreur que je n'avais pas remarquée et, au lieu de me prendre de haut comme je m'y attendais, il me l'a signalée.

Il prépare quelque chose, je le sens dans mes os. Il construit une fausse relation de confiance. Je me méfie de lui.

Je m'appuie contre le dossier de ma chaise et regarde par la fenêtre.

— Qu'est-ce que tu mijotes ? je réfléchis tout haut.

Lui et Callum ne se parlent pas. C'est à peine s'ils se disent bonjour, la tension est palpable. Pourtant, quand je vois Callum, il fait tout son possible pour être agréable. Il est clair que leur relation est tendue.

Quoi qu'il se trame entre les deux frères, Milo n'a pas perdu de temps pour se faire des amis au travail. Il flirte, plaisante et adore être le centre d'attention. Staci est incapable de rester à son bureau plus de trente minutes sans venir « vérifier » s'il a besoin de quelque chose. Elle dit que c'est son travail de s'assurer que tout le monde se sente bien au bureau.

J'ai l'impression que je vais devoir trouver une nouvelle réceptionniste quand il sera parti.

La sonnerie de mes mails retentit et je me retourne pour me concentrer sur ce que je peux contrôler : mon travail.

L'email vient de Nicole et l'objet ne contient que deux mots : *Un service ?*

Prudence.

Je l'ouvre, et j'avais raison de me montrer méfiante.

D -

Je voudrais que tu t'arranges pour que Callum rentre tôt ce soir. Ma mère garde Colin et je projette une soirée très coquine. Tu sais avec une balançoire, du lubrifiant et des jouets. Peut-être une bonne fessée aussi.

J'espère que tu es gênée.

Je t'embrasse,

N

Pour son anniversaire, je lui offre trois séances chez le psy.

Milo frappe alors à la porte et entre. Je tente de masquer le rouge que mes joues doivent afficher car je sens leur chaleur. Nicole sait exactement comment m'embarrasser.

— Tu vas bien ? me demande-t-il.

Ouaip, j'essaie juste d'effacer certaines images de Nicole et Callum de ma tête.

— Ça va, que se passe-t-il ?

Il se dandine légèrement.

— Tu as reçu un autre appel.

— Ah oui ?

— Un certain Richard Schilling qui voulait t'informer que...

Milo s'interrompt pour consulter ses notes avant de reprendre.

— Le procès débute demain, finit-il en soulevant ses sourcils pour exprimer sa curiosité.

— J'espérais que ça n'arrive jamais, je marmonne à voix haute.

Je ne suis pas prête pour ça. Je ne veux pas me rendre dans ce tribunal. Mais je ne peux pas l'éviter non plus. Une partie de moi veut tout savoir, tout connaître afin d'avoir des réponses. Je me souviens que Peter comparait souvent un procès à un spectacle. Il ne faut pas croire tout ce qu'on entend, et seulement la moitié de ce qu'on voit.

Ça va être un foutoir inimaginable.

— Tu t'es fourrée dans le pétrin ? me demande Milo en s'appuyant sur le montant de la porte.

— Quoi ? réponds-je en relevant brusquement la tête.

— J'adore les vilaines filles, me lance-t-il avec un clin d'œil. Tu espérais que ça n'arrive jamais donc ça doit être juteux. Ou pas. Surtout si ça va jusqu'au procès. Tss.

Je penche la tête sur le côté.

— Ça, j'en suis sûre, je réplique en entrant dans son jeu. Je suis *très vilaine*. J'ai peur que ce procès ne me détruise complètement.

Milo s'approche comme pour écouter un ragot vraiment croustillant. Il s'assied et repose son menton dans sa main.

— Raconte, m'enjoint-il avec un sourire en coin.

Je me penche en avant, je le fais mariner un peu vu qu'il n'a aucune idée de ce que je vais lui sortir. Je baisse la voix et garde un visage neutre.

— Tu promets de ne pas me juger ?

— Ma belle, jamais de la vie.

Je laisse glisser le petit surnom pour cette fois.

— Il s'est passé quelque chose il y a quelques mois.

— D'accord.

— C'était...

Je détourne le regard comme pour masquer mon embarras.

Du coin de l'œil, je vois son sourire qui s'élargit. Cet imbécile croit me manipuler pour que je lui dévoile mes secrets.

— Est-ce que mon frère est au courant ?

J'acquiesce.

— Alors ça ne peut pas être si terrible, sinon il t'aurait déjà renvoyée.

Je ne me suis pas autant amusée depuis bien longtemps. Je me retourne vers lui.

— Il ne pouvait pas me renvoyer, il en aurait subi les conséquences.

Il écarquille les yeux.

— Ça concerne mon frère ? Il a aussi enfreint la loi ?

— Non, je chuchote.

— Tu me fais languir. Ça doit être absolument scandaleux. Ils t'ont passé les menottes ?

— Je n'étais pas impliquée dans l'affaire de cette manière...

Milo se rapproche davantage.

— Allez, lâche le morceau, qu'as-tu fait comme bêtise, Danielle ?

J'expire longuement et regarde le plafond.

— Tu as faux sur toute la ligne.

— Raconte ton petit secret à Milo, insiste-t-il.

Quel connard. Je soupire.

— OK. Il s'agit du procès de l'homme qui a assassiné mon mari il y a seize mois.

Le visage de Milo se décompose et je regarde les émotions défiler dans ses yeux vert foncé.

— Pardon ?

Je me repose contre mon dossier et continue à faire pivoter mon stylo pour me calmer.

— Retourne au travail, Milo.

— Non, tu as dit que ton mari avait été assassiné ?

— Oui, maintenant, retourne au travail.

— Quand ça ? m'interroge-t-il.

— Il y a quelque temps, sors !

Je lui indique la porte.

— Tu me faisais marcher ? poursuit-il avec un mélange d'admiration et d'indignation dans la voix.

— Effectivement, et tu as couru. Je te jure, je ne vais pas te le demander une nouvelle fois.

Il se relève mais reste dans mon bureau. J'ai le pire assistant du monde.

— Tu m'as fait croire que c'était toi qui étais jugée !

J'aimerais que ce soit le cas parce qu'alors, mon mari serait encore en vie.

Je n'avais jamais réellement compris le deuil avant d'y être confrontée. Je pensais que les gens qui persistaient dans leur tristesse des années après la tragédie pouvaient quand même se remuer un peu et aller mieux en avançant. J'ai jugé ceux qui éprouvaient les mêmes émotions que moi aujourd'hui. Je ne savais pas à quel point leur douleur était lourde à porter. Vouloir mourir parce qu'on a perdu quelqu'un me semblait être une notion dénuée de sens, mais alors que je nageais dans les eaux troubles du désespoir, j'ai fini par comprendre. La souffrance me paralysait jusqu'aux os et j'aurais tout donné pour que ça s'arrête.

— Je n'ai jamais dit une chose pareille. Tu as fait des suppositions et je ne t'ai pas contredit.

Milo secoue la tête en souriant.

— Bravo, tu étais très crédible. Tu as dit que le procès était celui de l'assassin de ton mari ?

Évidemment, il n'a pas oublié ce détail.

— Oui, je confirme en craignant l'avalanche de questions qui va suivre.

— Je suis désolé, dit Milo. Mon père a été tué, tu le savais ?

— Non, réponds-je d'une voix douce.

Callum a beau faire partie de notre petite famille de fous, je ne sais pas grand-chose sur lui. Nicole et lui ont eu un coup de foudre. Nous l'avons rencontré et avons passé très peu de temps avec lui car elle le voyait en secret. Puis ils se sont tout de suite mariés. Pas très conventionnel, mais puisqu'il s'agit de Nicole, pas très surprenant.

Même si je travaille chez Dovetail depuis plus d'un an, je ne le connais toujours pas. Je sais que c'est un homme d'affaires et je le respecte. Mais personnellement, je ne sais rien de sa famille ni de son passé.

Les traits de Milo trahissent sa colère.

— J'avais seize ans et il a eu un accident de voiture à cause d'une ivrogne. Cette salope s'en est tirée sans une égratignure et mon père est mort.

À mon tour de m'excuser.

— Je suis désolée, Milo.

Il secoue la tête.

— C'est la vie, ce n'est pas à nous de décider, pas vrai ? On prend ce qu'on nous donne et on se débrouille.

— Tu n'as pas tort.

— Bien sûr, répond-il en rigolant, j'ai même plus que raison.

Et voilà, le Milo que je connais est de retour.

Je lève les yeux au ciel.

— Retourne travailler, il y a une tonne de papiers à classer.

Au lieu de soupirer, comme je l'aurais fait si j'avais été autrefois directrice dans cette société, il se redresse et m'adresse un salut militaire.

— Oui madame.

— Tu sais, je commence en plaçant mes mains sur mon bureau. Tu n'es pas obligé de continuer à travailler ici. Je ne t'imagine pas satisfait de ton travail.

— Et laisser gagner mon frère ?

— C'est de ça qu'il s'agit ?

Milo s'approche de la porte et marque une pause.

— Callum a toujours tout gagné. Depuis que nous sommes gosses, il n'a jamais perdu. Il voyageait aux États-Unis tous les ans, il allait dans les meilleures écoles, recevait l'amour de son propre père et du mien, il était le favori de notre mère, même s'il a toujours essayé de me convaincre du contraire. Rien de ce que je faisais n'était assez bien, parce que Callum le faisait indéniablement mieux. Il faisait tout son possible pour démontrer à notre entourage à quel point j'étais insignifiant. Son arrogance me dégoûte,et il me croit faible. Il a tort. Personne ne devrait me sous-estimer.

Sans prononcer un mot de plus, Milo sort de la pièce.

Ses paroles résonnent dans ma tête et tous mes espoirs qu'il finisse par démissionner s'évanouissent. Il ne partira pas. Je vais devoir passer à la vitesse supérieure.

CHAPITRE HUIT
MILO

L'opiniâtreté est un trait de caractère que je préférerais ne pas avoir, je suis sûr que ma mère serait d'accord avec moi. Je me retrouve souvent dans des situations délicates parce que je refuse d'abandonner. Dans mon monde, on s'accroche. On se bat. On triomphe. Pas de quartier pour les faibles.

Jusqu'à ce que je ne me lasse.

Je pourrais faire le travail de Danielle les yeux fermés, même si je ne connais pas aussi bien qu'elle le marché américain. Au lieu de ça, j'en suis réduit à accomplir des tâches ridicules et à attendre le bon moment pour saisir ma chance.

Je pourrais démissionner, mais c'est exactement ce qu'ils veulent.

C'est pour cette raison que je suis en route pour la maison de Danielle pour lui apporter un dossier qu'elle a oublié au bureau.

Un putain de dossier.

Un dossier dont elle n'a probablement pas besoin étant donné qu'elle ne travaille pas sur le projet en question mais, comme je suis son assistant, je dois l'assister.

Tout ça à cause de mon imbécile de frère.

Le GPS m'informe que je suis arrivé, je regarde la maison située à l'adresse indiquée. Le quartier est sans doute sympa. Pas exactement tendance comme le lieu où je vis, mais elle était mariée, donc je comprends l'attrait.

Je m'empare du dossier et me dirige vers la porte. Le jardin est envahi par les mauvaises herbes et la cour est dans un état pitoyable. Je me souviens alors que son mari a été assassiné et ça me rappelle ma mère.

Toutefois, Danielle n'a rien à voir avec mon adorable et tendre maman. C'est la femme qui m'a volé mon travail.

La porte s'ouvre alors que je lève le bras pour toquer.

— Oh ! Bonjour vous ! me salue la version miniature de Danielle. Vous êtes ?

Elle se lèche la lèvre inférieure. Je jurerais qu'elle flirte avec moi.

— Je m'appelle Milo, réponds-je avec hésitation. Et toi ?

— Je m'appelle Ava.

Ses yeux détaillent chaque centimètre de mon corps.

— OK, je suis venu déposer des papiers pour ta mère, je suppose ?

Je ne sais pas si Danielle a des enfants ni combien. Je me fiche de le savoir. Plus j'en sais, plus je me sentirai mal au moment de la détruire et de récupérer ce qui m'appartient. Ou bien je pourrais être plus intelligent et récupérer le plus d'informations possibles pour les utiliser plus tard au cas où.

La situation est délicate.

— Oui, c'est ma mère, répond-elle avec un sourire. Tu es mon nouveau papa ?

— Tu es folle ?

— Tu veux dire, folle de toi ?

Doux Jésus. Danielle doit se faire bien du souci avec celle-là.

— Non, juste folle. Est-ce que ta mère est là ?

Elle secoue la tête.

— Non, juste nous deux.

Fabuleux.

— J'adore ton accent, me complimente Ava en avançant vers moi.

Mon Dieu, elle est carrément folle à lier.

— Tu pourras lui donner ça ?

— Tu veux entrer ? Tu peux l'attendre ici, on pourrait...
discuter.

— Oui, quelle merveilleuse idée, je lui lance en levant les yeux
au ciel. Tu es une petite maligne, toi, pas vrai ?

Ava hausse les épaules et s'approche de moi alors que je
recule. Ça ne se passe pas du tout comme prévu. Je n'ai pas besoin
que Danielle s'imagine que je fais des avances à sa fille.

— J'ai un complexe d'Œdipe non résolu, m'annonce-t-elle.

Son commentaire me fait sursauter. Quelle drôle de chose à
dire. Cependant, elle vient de perdre son père, qu'elle agisse
comme ça fait sens.

Et tout d'un coup, tout s'éclaire. Elle est comme moi.

— Quel âge as-tu Ava ?

— Seize ans.

Elle a le même âge que moi quand mon père est mort. J'étais
en colère contre le monde entier quand je l'ai perdu. Cette salope
qui a trop bu et qui a quand même pris le volant. Elle m'avait volé
quelqu'un que j'aimais, et je voulais que tout le monde paye.

Je dirais qu'Ava traverse la même chose.

Complexe non résolu, effectivement.

Et Danielle n'a aucune idée de ce qu'elle lui réserve.

— C'était un plaisir de te rencontrer, je conclus en reculant
d'un pas.

— Ne pars pas, réplique-t-elle rapidement. Ma mère... Elle
préférerait que tu restes. Tu la connais. Elle déteste que je reste ici
seule. Je suis sûre qu'elle serait ravie que son superbe assistant me
surveille jusqu'à son retour.

J'ai beaucoup de défauts mais je ne suis pas idiot. Je lui
rappelle :

— Tu es mineure. J'apprécie le compliment mais jamais je
n'accepterais une telle invitation. Tu es une jolie gamine, mais je
suis un adulte.

— Je ne suis pas une gamine, tu ne me connais même pas !

Et c'est là qu'elle a tort.

— Je te connais mieux que tu ne le penses. Tu viens de perdre
ton père et tu essaies par tous les moyens de ne plus ressentir cette
colère. Je chauffe ?

Elle tente de riposter mais échoue.

— Peu importe.

Elle essaie de ne rien laisser paraître mais je vois bien que j'ai visé juste.

— Fais-moi confiance, tu devrais être plus prudente quand tu t'adresses à un homme. Je suis un gentleman mais tu pourrais tomber sur un type qui ne l'est pas.

— Merci pour le conseil que je n'ai pas demandé.

Je déteste l'admettre mais je l'aime bien. Elle me rappelle le gosse que j'étais à son âge. Quelqu'un de fantastique, du coup.

— Tout le plaisir est pour moi, réponds-je en souriant comme si son remerciement était sincère et pas du tout sarcastique.

Une voiture se gare dans l'allée et Danielle en sort, ouvre la portière arrière et aide un plus jeune enfant à descendre.

Elle s'approche avec un air désapprobateur.

— Ava, tu n'as pas le droit d'ouvrir la porte.

Ava secoue la tête en levant les yeux au ciel.

— Il est sexy et je voulais rencontrer ton nouveau petit ami.

— Ton petit ami ? répète le garçon.

— Ce n'est pas mon petit ami, le corrige Danielle. Il travaille pour maman.

Le petit garçon s'approche de moi et me tend la main.

— Je m'appelle Parker Bergen.

Je lui serre la main.

— Milo Huxley. C'est une sacrée poigne que tu as là, Parker.

— Papa disait qu'on pouvait juger un homme à la fermeté de sa main, m'explique-t-il.

Je souris.

— Ton papa avait raison.

J'essaie d'ignorer les émotions qui commencent à envahir mon cœur. Je me fiche qu'elle soit veuve avec deux enfants. Elle m'a pris mon travail. C'est mon ennemi numéro un. La règle la plus importante dans un combat, c'est de ne pas ressentir d'empathie pour son opposant.

— Rentre Parker. Je dois parler un instant à Milo de trucs de boulot qui vont t'ennuyer.

Il hoche la tête.

— Ravi de t'avoir rencontré. J'aime bien ton accent. On dirait Thor !

J'éclate de rire.

— Thor aimerait bien être aussi cool que moi. Je ressemble plus à Loki qu'à Thor de toute façon.

— Alors t'es un méchant ? me demande-t-il.

Je décide que oui, je suis le méchant, mais le méchant qu'on ne peut pas s'empêcher d'aimer.

— Je pense que Loki est un incompris. Il a un frère exemplaire qui le rend dingue, tu ne crois pas ?

Parker serre les lèvres pendant qu'il réfléchit à ce que je lui ai dit.

— Je crois que Loki a fait de mauvais choix.

Il pourrait bien avoir raison, mais étant donné que je les compare à ma propre fratrie, je me sens obligé de le défendre.

— Mais si Odin n'avait pas son chouchou, Loki ne serait pas forcé de se battre pour prouver sa valeur.

— Mais si Loki n'était pas méchant, il serait peut-être le héros, contre-t-il.

— Tu as quel âge ?

Il sourit.

— Six ans.

Pourquoi est-ce que je discute avec un enfant ?

— On en reparle quand tu en auras neuf.

Il éclate de rire.

— OK, je pense que ça suffit pour les analyses de super-héros, intervient Danielle en posant une main sur l'épaule de son petit gars.

Parker la regarde tristement et soupire.

— OK, maman.

— Rentre maintenant, répète-t-elle.

— Salut, Milo !

— Salut, Parker.

— Désolée, il est vraiment à fond dans les super-héros. Il regarde les films en boucle, il lit les comics, c'est… toute sa vie. Et puis, il est super intelligent, quand il trouve quelque chose qui l'intéresse, ça l'obsède. Il y a trois ans, c'étaient les trains. Je te promets qu'il en savait plus sur les moteurs et tous les différents modèles que j'aurais préféré en savoir, mais il en est tombé amoureux. Il a passé des heures à nous expliquer à Peter et à moi comment ils fonctionnaient. C'était impressionnant... Eeeeet, je ne sais pas pourquoi je continue à parler.

Parce qu'elle est en train de craquer.

— Je suis moi-même un spécialiste des super-héros. J'aime discuter avec des gens qui s'y connaissent. C'est encore plus impressionnant quand c'est un petit garçon.

— En tout cas, merci d'avoir déposé tout ça, j'apprécie le geste.

Je n'avais pas tellement le choix en fait.

— C'est mon travail de te faciliter la vie.

— Oui, c'est ça, rétorque-t-elle en riant.

— Est-ce que je n'ai pas bien fait mon travail ?

Elle soupire.

— Ne jouons pas à ça, Milo. Tu n'es pas satisfait d'être mon assistant, tout comme je n'étais pas satisfaite que tu le sois. Tu peux voir que j'ai du pain sur la planche, j'aimerais autant qu'on joue cartes sur table et qu'on soit honnête l'un envers l'autre. Je n'ai ni le temps ni l'envie de te mentir.

Intéressant. Voyons si cette théorie tient la route.

— Si je te demandais si oui ou non tu laisserais ta place, tu me répondrais quoi ?

— Jamais de la vie.

Je souris, elle est bagarreuse, ça me plaît.

— Compris.

— Je dois rentrer, s'excuse-t-elle. Merci d'avoir déposé le dossier.

J'incline ma tête et attends qu'elle soit rentrée. Je suis un gentleman après tout.

Je retourne à ma voiture et je reste assis là à me demander ce que je vais faire ensuite.

J'ai un faible pour les femmes comme Danielle. J'aime quand il n'y a pas d'arrière-pensées ni de manipulations. L'honnêteté est la meilleure solution. Ce sera triste quand elle sera redevenue mon assistante dans quelques mois, parce que si elle ne me laisse pas la place, je vais devoir la prendre de force.

CHAPITRE NEUF
DANIELLE

Aujourd'hui je voudrais ne penser à rien. Mon cerveau est grillé, je n'arrive pas à me concentrer. Dès que je ferme les yeux, je vois le visage de Peter.

Pas son visage souriant comme dans le cadre posé sur mon bureau.

Pas l'homme qui le matin précédant sa mort riait et m'envoyait des baisers.

Non, je le vois à la morgue. Froid, immobile, absent.

— Est-ce que tu as entendu un mot de ce que je t'ai dit ? me demande Milo en claquant des doigts.

— Quoi ?

— Clairement pas, soupire-t-il.

— Désolée, j'étais... ailleurs.

Comme au procès où je suis supposée me rendre dans une heure. Techniquement, je ne suis même pas censée être ici. Callum m'a ordonné de prendre ma semaine et de passer du temps avec les enfants, de télétravailler, mais je suis assise ici, le regard dans le vague, à pleurer.

Je lui ai fait promettre de ne pas dire à Nicole que le procès allait commencer. Je ne veux pas du réconfort de mes amies. Elles ne savent pas ce que je traverse. L'impuissance qui me ronge. Je ne veux pas entendre son témoignage. Je ne veux pas voir son visage, le regarder respirer, alors que Peter n'est plus.

— Très professionnel, marmonne Milo. On va travailler aujourd'hui ou tu préfères qu'on s'arrête maintenant ?

Qu'il aille se faire foutre.

— Je fais de mon mieux ! Je suis là, ce qui est déjà mieux que toi si on prend en compte la dernière année.

Je me redresse, un poil plus en colère que je ne devrais l'être.

— Je suis ta supérieure, ne l'oublie pas. Tu n'as pas à te comporter comme ça !

Milo se relève les mains en l'air.

— OK, c'était sarcastique. Mais puisqu'on en parle, j'étais en train d'essayer de refaire ma vie. Mon frère a démonté la société que j'avais contribué à développer personnellement, il a traversé l'océan, pour une fille qui plus est, et n'a pas une seconde pensé à moi. Donc oui, tu es ma supérieure. Tu fais de ton mieux ? Moi aussi !

Mon cœur bat la chamade et j'ai l'impression d'avoir été déchirée en deux. Pendant tout ce temps, j'ai réussi à tenir le coup mais là, je n'en peux plus. Je me bats sur tous les fronts et je perds de partout.

Ça n'a rien à voir avec lui. Ça a tout à voir avec moi et au fait qu'il pense pouvoir m'écraser comme un bulldozer. Rien de tout ça ne devrait être *mon* problème.

— Ça te donne le droit de te comporter comme un con ?

— Désolé, mais je ne vois pas pourquoi mentionner ton professionnalisme fait de moi un con.

— Parce que tu ne le penses pas ! je continue à crier alors que Milo reste planté là les bras croisés. Tu crois que je suis idiote ? Tu crois que je ne vois pas que tu veux me détruire ? Eh bien devine quoi ? Je suis déjà au fond du trou, ma seule option est d'en sortir.

— Tu as pris de la drogue ou quoi ? me demande Milo avec un accent à couper au couteau. Ou si tu n'as rien pris, envisage peut-être de commencer ! Je ne sais pas pourquoi tu te mets dans de tels états !

Il éclate de rire.

— Parce que ! À cause de toi ! Ici ! De mon adolescente complètement dingue qui me pourrit la vie ! De toute cette situation ! Ton frère veut te donner une leçon et je me retrouve coincée entre vous deux.

Je plonge mon regard dans les yeux vert foncé de Milo, furieuse de la façon dont ma vie a changé. Je poursuis les lèvres tremblantes :

— Rien ne devait se dérouler comme ça. Ma vie était parfaite. Je devrais être chez moi en train de m'occuper de mes enfants avec mon *mari* !

À ce dernier mot, un sanglot déchire ma poitrine et je commence à pleurer.

Je ne pleure pas silencieusement, non, mes sanglots sont sonores et désagréables, accompagnés d'un flot de morve.

Les bras de Milo m'entourent et il me retient contre sa poitrine. Je m'accroche à ses habits et je perds le contrôle.

— Je ne peux pas ! je continue en tremblant alors que Milo me serre davantage. Je ne peux pas y aller aujourd'hui, je ne suis pas assez forte.

— Aujourd'hui ? me demande-t-il.

— Le procès, j'arrive à prononcer avant de fondre à nouveau en larmes.

Milo me guide vers le canapé et me fait asseoir avant de serrer ma tête contre sa poitrine. Je ne réfléchis pas. Je prends le réconfort qu'il me propose. Je suis trop fracassée pour me soucier de qui est là pour me consoler. Je coule si profondément dans une mer de souffrance que je ne peux pas revenir à la surface.

J'ai tout perdu et maintenant, je dois à nouveau supporter cette douleur.

Je veux tuer cet homme de mes propres mains.

Je veux que sa famille connaisse l'agonie qu'il a infligée à la mienne.

Je veux que Peter rentre chez nous ce soir mais je sais que ça n'arrivera plus jamais.

Je frotte mon visage contre le torse de Milo et la fragrance de son parfum boisé me fait tourner la tête. Et tout à coup... je comprends ce qui est en train de se passer. Je... pleure... dans les bras de Milo.

Mon assistant qui veut prendre ma place.

Le salaud qui projette de me faire virer de ce bureau.

— Oh mon Dieu ! je gémis en cachant mon visage dans mes mains. Je suis navrée.

— Chut, ordonne-t-il. Le procès pour ton mari commence aujourd'hui ?

J'acquiesce alors qu'une nouvelle vague d'embarras m'envahit.

— Écoute, je ne sais pas ce qu'il vient de se passer, j'ai perdu les pédales.

J'essuie mes yeux et expire longuement.

— Ça fait un moment que tu gardes tout ça pour toi, je présume.

— Oui, j'imagine.

Milo hoche lentement la tête.

— J'avais une assistante géniale à Londres. Elle était intelligente, drôle et elle savait me remettre à ma place. Elle était là quand mon chien est mort et elle m'a été d'un grand réconfort. En tout cas, elle faisait bien plus que de m'aider dans mon travail.

Je le regarde et me demande où il veut en venir.

— Je ne sais pas ce que tu essaies de me dire...

— Moi non plus, admet-il.

— C'est bien qu'on soit d'accord, j'essaie de plaisanter.

Pourtant, Milo ne rit pas.

— Ce que je voulais te dire... c'est que tant que je suis coincé à ce poste, je suis là pour t'aider.

— M'aider ?

— Oui.

Je l'observe prudemment.

— M'aider comment ?

Il souffle, agacé.

— Je ne sais pas, j'essaie juste d'être gentil.

Et c'est vrai, il est gentil.

— J'apprécie ton geste.

— Ça va mieux maintenant ?

Le regard émeraude de Milo étudie mon visage comme si

j'étais un animal blessé. Peut-être est-ce le cas. La mort de Peter m'a poussée dans mes retranchements. J'étais soit une colombe avec une aile brisée, soit une tigresse qui sautait à la gorge de ceux qui osaient s'approcher. Je n'ai pas trouvé de juste milieu et ça m'épuise.

— Je crois que ça va aller, réponds-je en posant ma main sur son bras. Merci.

— Heureux d'avoir pu t'aider.

— Tu sais, tu es un super assistant, je le taquine.

J'attends sa réaction indignée et dégoûtée mais, au lieu de ça, il me regarde avec un mélange d'admiration et de surprise. Quelque chose, je ne sais pas exactement quoi, a changé entre nous. Il paraît plus gentil, moins menaçant, et ce n'est pas bon. Ça fait peur pour être honnête.

— Qu'est-ce que tu fais là aujourd'hui ?

Une voix grave rompt ce moment.

— Callum, dis-je en me relevant.

Son regard se pose sur Milo avant de passer à moi, un sourire en coin.

— Tu es en congé aujourd'hui Danielle. J'ai été très clair, je t'ai demandé de rester avec ta famille. Tu as *besoin* d'être auprès d'eux.

— Tu n'as rien dit à Nicole, hein ?

— Non, j'espérais que tu le fasses, admet-il en glissant ses mains dans ses poches. Je comprends bien que la situation est particulière, mais elle t'aime et elle veut t'aider.

— Je sais mais je ne suis pas prête.

Je lis de la sympathie dans le regard de Callum.

— Je comprends mais nous voulons simplement tous t'aider.

Milo se racle la gorge.

— Ça m'embête de vous interrompre mais quelqu'un devrait se remettre au boulot dans ce bureau.

— Tu insinues que Danielle ne travaille pas ? le défie Callum.

Je reste plantée là, le cœur battant. C'est la chance que Milo attendait pour me dénoncer et lui dire que j'ai foiré le rapport. Son regard croise le mien et retourne vers son frère.

— Non, répond Milo avec conviction. Tu m'as trouvé une excellente remplaçante, frangin.

Surpris, Callum cligne des yeux.

— C'est très mature de ta part.

Je vois Milo ouvrir la main et la refermer, mais il ne répond pas.

À mon tour de faire ce qu'il a fait pour moi.

— Tu sais Callum, Milo a été d'une grande aide, je commence en me tournant vers lui avec un sourire. Il a repéré une erreur dans le rapport et l'a réparée. Il nous a évité de perdre pas mal d'argent si on n'avait rien vu.

Callum secoue la tête et passe la porte.

— Il a fait son travail ? Super nouvelle ! Il y a une première fois à tout.

J'ai envie de le défendre mais Milo attrape mon poignet.

— Ne t'inquiète pas. Il s'est fait son opinion sur moi il y a bien longtemps.

— Certaines habitudes sont difficiles à perdre, rétorque Callum avant de sortir.

Je repense à la conversation entre Milo et Parker sur les frères et les super-héros.

— Tu ressembles plus à Thor que tu ne le penses.

— Ne me fais pas passer pour le héros.

— Tu l'as été il y a juste quelques instants. Tu aurais pu tout dire à Callum et me faire perdre ma crédibilité. Tu aurais pu lui dire que j'ai pété un plomb et que je sanglotais, mais tu ne l'as pas fait.

— Comment sais-tu que je ne jouais pas à notre petit jeu habituel ? me demande Milo.

Je m'aperçois que je n'en sais rien, mais mon instinct me souffle que ce n'est pas le cas.

Milo n'a aucune raison d'être gentil avec moi. Il est riche, arrogant et imbu de sa personne. Il a vécu une vie dont je peux à peine rêver, mais seul un idiot ne comprendrait pas sa raison d'agir. Il cherche désespérément l'affection de son frère. L'homme qu'il admirait, à qui il voulait ressembler. L'homme qui l'a toujours regardé de haut.

Exactement comme Thor et Loki.

— On verra bien. Mais je commence à penser que tu n'es pas le méchant, Milo. Je crois que tu cherches quelque chose.

Il se penche vers moi, ses yeux plantés dans les miens.

— N'essaie pas de voir des choses qui n'existent pas. Tu finiras par être déçue, exactement comme tous les autres. Maintenant, prends ton sac, un procès nous attend.

CHAPITRE DIX
DANIELLE

— Tu es prête ? me demande Milo alors que nous nous garons au tribunal.

— Non.

Est-on un jour prêt à vivre une épreuve aussi difficile ? Cette question me déroute toujours. Quand les enfants allaient se faire vacciner, le docteur leur demandait « Tu es prêt ? » mais c'est une question stupide. Bien sûr qu'ils n'étaient pas prêts. Ils savaient que ça faisait un mal de chien.

Tout comme je sais pertinemment que je vais avoir mal.

Toutefois, je n'ai plus quatre ans. Je suis une adulte et je dois faire face.

— OK, m'encourage-t-il en ouvrant sa portière.

Je le regarde faire le tour de la voiture, ouvrir la mienne et me tendre la main.

— Allons-y.

Allons affronter l'homme qui a détruit ma vie entière.

Je veux avoir l'air de quelqu'un qui sait où il va. Je place ma main dans la sienne et sors de la voiture.

Heureusement, depuis notre échange au bureau, il n'a pas dit un mot. Et moi, j'étais perdue dans mes pensées. J'envoie un message à Richard, qui reste sans réponse. Je ne sais pas comment je vais réagir si le juge ne l'a pas déchargé de la défense.

Milo garde sa main en bas de mon dos pendant que nous passons le contrôle de sécurité. Ça paraît dingue mais je suis contente qu'il soit là. Je ne le connais pas bien et c'est sûrement la raison pour laquelle c'est réconfortant. Il ne s'attend ni à ce que je m'effondre, ni à ce que je tienne bon. Je peux être moi-même, il viendra quand même travailler demain.

Mon estomac se serre quand nous arrivons devant la porte.

— Je ne peux pas, je chuchote.

— Si, tu le peux.

— Non, réponds-je en secouant la tête. Impossible, comment vais-je faire pour ne pas hurler, pleurer ou renverser les tables quand il entrera ? Comment ?

Milo prend mon visage dans ses mains et souffle longuement par le nez.

— Ne t'en empêche pas.

— Quoi ? je réagis d'une voix grinçante en m'emparant de ses poignets pour éloigner ses mains. C'est quoi ces conseils ?

Il hausse les épaules.

— Tu passerais aux infos ce soir. Peut-être même que la vidéo deviendrait virale, réplique-t-il avec un petit sourire. Pense au titre ! À Tampa, une forcenée tente d'attaquer le suspect en sautant par-dessus les bancs. Elle a été arrêtée et menottée. Ce serait plutôt drôle, non ?

— Idiot !

Je ne peux pas m'empêcher d'éclater de rire cependant.

— Je parie qu'Ava serait aux anges.

Je pose ma main sur ma bouche pour arrêter de glousser.

— Oui, elle serait trop contente que ses amies postent la vidéo pour lui coller la honte.

— Tu vois, d'une pierre deux coups.

— OK, donc j'entre là-dedans, je fais une scène et je deviens célèbre sur internet ?

Milo tape son doigt sur son menton en faisant mine de réfléchir.

— Ça me ferait très plaisir. Si tu vas en prison, je suis le prochain sur la liste pour récupérer ton poste.

Je lève les yeux au ciel avec un sourire.

— Eh bien, si je peux te faciliter la vie.

J'expire un grand coup et pousse la porte. Mes yeux restent rivés au sol alors que je rejoins le premier rang pour m'asseoir. Milo s'installe à côté de moi, tout à fait nonchalant et insouciant. Moi, au contraire, j'ai les nerfs à vif. Je regarde autour de moi, j'essaie de m'imprégner de l'atmosphère. Je suis déjà venue ici plusieurs fois mais aujourd'hui, je vois les choses d'un nouveau point de vue.

La salle est décorée de panneaux de chêne clair aux reflets dorés. La chaise du juge nous surplombe, affirmant son autorité sur les décisions prises. Nous sommes assis du côté droit du tribunal, donc derrière l'accusé.

Je ne vois personne du cabinet de Peter. J'essaie de ne pas me laisser gagner par l'inquiétude parce que la défense n'est pas encore arrivée.

Une main se pose sur mon épaule et me fait sursauter.

— Mme Bergen ?

— Oui.

— Rachel Harlow, je suis la procureure pour le procès de votre mari, se présente-t-elle avec un sourire. Désolée de vous avoir fait peur, je voulais me présenter.

Je regarde cette femme de moins de trente ans, la tête remplie de questions.

— Je ne comprends pas, où est passé Joshua ? Je croyais que c'était lui le procureur.

Elle prend cet air contrit qu'arborent les avocats pour masquer sa déception. Peter a inventé cette expression.

— Il le supervise mais, étant donné la nature du dossier, nous sommes très confiants. J'ai un autre associé à mes côtés, ne vous inquiétez pas.

— Oh que si je m'inquiète, Mlle Harlow. Combien de procès pour meurtre avez-vous traités ?

— C'est mon premier mais je suis bien préparée, s'irrite Rachel.

Peter disait toujours que personne n'était préparé à un procès pour meurtre. J'apprécie son assurance mais ça me stresse encore plus. Elle a beau être jeune, ambitieuse et prête à faire ses preuves, j'aurais préféré que ça ne soit pas à l'occasion du procès de mon mari.

Elle est jeune et je me souviens trop clairement de Peter et Richard, persuadés qu'ils étaient les meilleurs alors que c'était entièrement faux.

— Je m'attendais juste à ce que ce soit Josh, c'est tout. Qui représente la défense ?

Je connais la plupart des cabinets du coin parce qu'elles étaient en concurrence avec celui de Peter. Il tenait à observer les autres procès pour déterminer qui était bon ou mauvais. Il se nourrissait du savoir et rien ne l'embrasait plus qu'un autre brillant avocat.

Je prie silencieusement pour que ce ne soit pas Schilling, Bergen & Mitchell. Je serais obligée de quitter la salle et Milo ne pourrait pas m'en empêcher.

— Il me semble que ça a changé la semaine dernière, me répond-elle en consultant son dossier.

Ça ne me rassure pas qu'elle ne sache même pas qui est son opposant pour le procès.

— Danielle, me salue une voix grave derrière moi.

— Richard, tu...

— Non, répond-il immédiatement. Nous ne le défendons pas. Je voulais te le dire plus tôt mais j'étais en procès.

J'imagine que c'était trop difficile de me téléphoner...

— Richard, prononce Mlle Harlow d'une voix terne.

— Rachel.

On sent bien que ces deux-là ne s'apprécient pas.

— Prête pour la victoire ?

— Je suis toujours prête.

— Oui, mais ça ne veut pas dire que tu es la plus qualifiée. Je pensais que Joshua...

— Joshua n'est pas là. Je vois que vous le connaissez tous les deux et je suis d'accord pour dire que sa carrière est exception-nelle, mais laissez-moi être franche : je suis aussi douée que lui. Je connais le dossier par cœur, les preuves, les témoins et tout le reste. Rassurez-vous, ce procès est ma priorité. Moi aussi je connaissais Peter, précise-t-elle avec gentillesse. Nous n'étions peut-être pas dans la même équipe, mais il faisait partie de la famille. Je ne prends pas cette poursuite à la légère.

— Merci, lui réponds-je en lui serrant la main.

La nausée que je tentais d'ignorer s'intensifie lorsqu'elle rejoint sa place. Je reste assise et me repasse une vieille chanson dans la tête pour ne pas m'évanouir.

Ensuite, la porte s'ouvre.

Ma tête tourne et j'ai des fourmis dans les mains. Toute la salle est plongée dans le brouillard alors qu'il entre dans la pièce. Ses cheveux sont plus courts que sur sa photo anthropométrique. Il s'est rasé. Il porte un costume trop grand pour lui, soit il a perdu du poids, soit le costume n'est pas le sien.

Je savais que ce moment serait dur mais je n'avais pas idée à quel point.

Mes yeux se remplissent de larmes et j'ai le souffle coupé quand son regard croise le mien.

J'entends la voix de Milo dans mes oreilles.

— Tu peux le faire. Ne montre pas tes faiblesses.

Je me tourne vers Milo, le laissant voir la douleur qui m'emplit. Je ne peux pas la cacher mais je ne peux pas non plus la montrer à cet assassin.

De tous les gens sur terre, Milo est la deuxième personne à qui je n'aimerais pas montrer cette facette de moi. Lui aussi veut me prendre quelque chose. Il veut me départir de mon travail que j'aime et dont j'ai besoin.

Cependant, à cet instant, je ne vois rien de tout ça chez lui.

— Comment ?

Les yeux de Milo restent rivés aux miens.

— Contrôle-toi. Ne lui montre pas que tu es dévastée. Montre-lui qu'il n'a pas réussi à te briser.

Je ferme les paupières et je rassemble les dernières forces qui restent en moi.

Je ne suis pas brisée, je souffre.

Je pense à Ava et Parker. À leur solidité et à la façon dont ils ont traversé tout ça.

Une main se pose sur mon épaule et je me retourne rapidement pour voir mes trois meilleures amies assises derrière moi.

— Quoi ? Mais comment ?

Je ne leur en ai pas parlé. Je savais que ça finirait comme ça si je leur avais dit. Elles prendraient un jour de congé, resteraient à mes côtés et seraient... eh bien, fidèles à elles-mêmes. Mes amies font beaucoup trop de choses pour moi. Je m'appuie sur elles depuis déjà deux ans et je ne veux plus être un fardeau pour elles.

— Tu ne pensais pas qu'on te laisserait faire ça toute seule quand même ? demande Kristin.

— Mais vous avez du travail. Vous avez d'autres choses à faire. Je ne voulais pas...

— Dans cette tribu, personne ne marche seul, m'assène Nicole. Si tu pensais que nous n'allions pas le découvrir, tu es bien bête.

Heather me regarde avec amour et une pointe de frustration.

— Je suis sur la liste des témoins. J'attendais juste que tu nous demandes notre soutien, m'explique-t-elle en lançant un regard vers Milo. Mais je suis ravie que tu sois accompagnée, même si ce n'est pas nous.

Elle se fait des idées. Milo ne m'accompagne pas, c'est mon assistant qui a pris sur lui pour venir ici avec moi. Probablement pour réunir des preuves à utiliser contre moi plus tard.

— Milo n'a pas...

— Pas de problème, me coupe Heather. Nous sommes contentes que tu ne sois pas seule. Vraiment.

— Maintenant, je comprends, murmure Milo à voix basse de sorte que je suis la seule à l'entendre.

— Tu comprends quoi ?

Son sourire s'élargit.

— Pourquoi mon frère s'est installé aux États-Unis.

Le juge entre et je n'ai pas le temps de lui répondre.

— Que tout le monde se lève, annonce l'huissier. Monsieur le juge Evan Hellingsman.

Nous lui obéissons. Et c'est parti.

CHAPITRE ONZE
MILO

Je ne sais pas pourquoi je reste là à vouloir la réconforter.

Cela ne me ressemble pas du tout.

Danielle mène une vie pour laquelle je n'ai aucun intérêt. Veuve, mère, le genre de vie qu'elle recherche est évident : un mari qui l'adore, des enfants à élever ensemble... Clairement, ce n'est pas pour moi.

Je suis intrépide dans tous les aspects de ma vie. J'aime l'aventure, le sexe et n'avoir aucune responsabilité. Ma famille me répète souvent que je manque de maturité, mais je préfère me décrire comme têtu et intelligent. Pourquoi m'enchaîner alors que mon destin est de m'envoler ?

Idiot, vraiment, quand on y pense. Je décevrais toutes celles qui sont assez stupides pour m'aimer.

Danielle commence à se tordre les mains, et je les recouvre des miennes.

Elle lève les yeux vers moi et je les serre légèrement.

— Tu tiens le coup ?

Il est clair que non, mais elle opine quand même.

Je repose mes mains sur mes genoux, en essayant d'ignorer cet élan protecteur que je ressens envers elle. Elle a plaisanté sur la possibilité d'agresser le bâtard de l'autre côté de la barrière mais c'est moi qui ai dû m'agripper à mon siège pour m'en empêcher.

L'ouverture du procès a été difficile à écouter. Ils ont décrit Peter installé à son bureau, face aux photos de sa famille posées sur sa table. L'image était si claire qu'on s'y croyait. Un homme entre, lève son arme et met fin aux jours de Peter. Quand j'ai vu ses larmes, j'ai failli faire une crise de rage. Je ne comprends pas comment une femme que je connais à peine peut me mettre dans ces états.

Mais me voilà, assis à ses côtés, me creusant la tête pour essayer de trouver une façon d'adoucir sa peine.

— D'accord, je suspends l'audience pour aujourd'hui. Le procès reprendra demain à neuf heures, annonce le juge en frappant de son marteau.

Danielle se retourne pour faire face aux trois femmes derrière nous, dont ma belle-sœur. Elles commencent à papoter et je me tiens là, à me reprocher ce plan de génie. J'aurais dû rester au bureau pour travailler sur l'éjection de Danielle. Je ne devrais pas me trouver dans un tribunal avec elle.

Je ne devrais pas faire tous ces trucs que je ne peux m'empêcher de faire en ce moment.

— Tu es prêt ? me demande Danielle.

— Oui, bien sûr.

Je me lève et me prépare à la suivre.

Immédiatement, la petite brune prend Danielle par le bras et l'accompagne à l'extérieur. Nicole et une autre blonde les attendent. Je leur emboîte le pas mais quelqu'un me retient par le bras.

— Je peux t'aider ?

— À quoi tu joues ? demande Nicole.

— À quoi je joue ?

Elle souffle et croise les bras.

— Quelles que soient tes motivations, laisse tomber, me prévient-elle.

— Je n'ai aucune idée de ce dont tu parles.

Nicole s'approche d'un pas et, bien qu'elle soit beaucoup plus petite que moi, elle me fait un peu peur à cet instant.

— C'est comme ma sœur, c'est ma famille.

— Eh bien, chère belle-sœur, c'est le lien qui nous unit également.

— Mais elle, je l'aime bien.

Je m'agrippe la poitrine.

— Touché en plein cœur.

— Tu le seras, menace-t-elle. Heather est flic et elle connaît tous les endroits où on peut enterrer un cadavre.

Je jette un œil vers la blonde qui hoche la tête en souriant.

— Message reçu.

— Très bien, sourit Nicole en passant son bras sous le mien. Maintenant que nous avons réglé ce point-là, raconte-moi tout ce que tu sais sur Callum qui pourrait me servir plus tard.

J'éclate de rire.

— Je crois bien qu'on va s'entendre.

Elle relève son visage radieux vers moi.

— Ça ne fait aucun doute.

Apparemment, mon frère m'a encore battu dans un autre domaine. Il a visiblement trouvé une femme formidable.

Nicole et moi rejoignons Danielle à la sortie. Elle est avec son amie brune qui la réconforte. J'essaie d'imaginer ce qu'elle a pu ressentir aujourd'hui mais je n'y arrive pas.

Cet homme connaissait un peu son mari. Il savait qu'il avait une épouse, une famille, mais parce qu'il risquait de passer du temps en prison et qu'il n'a pas contrôlé sa rage, il a tué la personne qui défendait son cul.

C'est tellement pitoyable.

— Merci d'avoir été présentes, dit Danielle à ses amies.

— Bien sûr que nous sommes là, bécasse.

Danielle a les lèvres tremblantes et une larme roule sur sa joue.

— Je ne voulais pas le faire. Je ne savais pas si j'en étais capable. Si je ne vous le disais pas, ça ne semblait pas réel.

Nicole lâche mon bras et se précipite vers elle.

— On comprend, mais tu n'étais pas obligée de nous le cacher. Si tu n'avais pas pu venir, on serait restées chez toi et on aurait maté des films toute la journée.

Bon sang de bonsoir . Qui peut se vanter d'avoir des amies

pareilles ? Pas moi en tout cas. Mes amis s'intéressaient plus à la bière et au sexe qu'à connaître les causes du décès de mon père. Callum était à la fac à ce moment-là et pensait que je devais me secouer un peu.

Personne ne m'a compris. Personne ne s'intéressait à moi d'ailleurs. Cet accident m'avait enragé. Je réclamais justice, des réponses et surtout, qu'il revienne.

Je recherchais désespérément de l'attention mais ce fut un échec. Alors j'ai laissé libre cours à ma colère, je me suis noyé dans l'alcool et le monde entier pouvait bien aller se faire foutre.

Je m'en suis bien sorti, d'après moi.

— Je suis désolée, je vous aime les filles, sanglote Danielle.

Les femmes.

Je décide d'interrompre ce moment larmoyant.

— Je ne sais pas ce que vous en pensez mais j'ai bien envie de m'envoyer une pinte ou deux.

Personne ne répond. Elles restent plantées là comme si je parlais une langue étrangère.

— Ça vous dit de vous bourrer la gueule ?

Nicole secoue la tête.

— Ça veut dire qu'il veut boire de la bière à en devenir saoul.

— Tu n'es pas obligé de rester, me dit Danielle en s'approchant. Je te suis reconnaissante d'être venu, Milo, vraiment, mais je comprendrais que tu veuilles partir.

Voilà l'issue de secours que tout homme recherche.

Emballée dans du papier cadeau.

Et je vais la refuser, comme un idiot.

— C'est moi qui invite, je lance avec un clin d'œil. J'y tiens.

Danielle pose sa main sur mon bras et m'éloigne un peu de ses amies.

— Si c'est un jeu...

— Pas du tout, je l'interromps avant qu'elle ne dise le mot « jeu » ou quoi qu'elle puisse penser. Laisse-moi faire ça pour toi.

— Pourquoi ?

La question à un million.

Parce que je l'aime bien.

Parce qu'elle est forte, résiliente et que je retrouve ma vie dans la sienne.

Ce qui n'est pas du tout une bonne chose.

CHAPITRE DOUZE
DANIELLE

Je ne peux pas m'empêcher de regarder dans sa direction. Est-ce qu'Ava avait raison quand elle disait qu'il était « chaud comme la braise » ? Je ne le trouve pas moche, pas du tout… mais ça fait longtemps que je n'ai pas considéré un homme sous cet angle.

Est-ce que les autres sont attirés par sa personnalité ? J'ai vu mes amies rire à ses blagues, lui sourire et passer une bonne soirée hier. De plus, difficile d'ignorer la serveuse qui lui est pratiquement tombée sur les genoux.

Elles savent qu'il essaie de me voler mon travail. Moi aussi, cependant, je ne peux pas m'empêcher de le regarder. Je ne sais pas ce qui cloche chez moi.

— Je peux t'aider ? me demande Milo en surprenant mon regard.

— Non, tout va bien.

— Tu me fixes, insiste-t-il.

— J'essayais juste de comprendre quelque chose.

— De comprendre pourquoi je suis si irrésistible ?

J'éclate de rire.

— Non.

— Tu es sûre ?

— Certaine, tu as tout gâché quand tu as ouvert la bouche.

J'essaie une nouvelle fois de le regarder d'un point de vue de célibataire. Il porte une barbe de plusieurs jours, ce qui lui donne un air plus bourru que lorsqu'il est rasé de près. À en juger par sa chemise qui souligne ses muscles bien dessinés, il fait du sport. Ou bien il les achète une taille trop petite pour donner cette impression. Matt, l'ex-mari d'Heather recourait à ce stratagème, nous avons bien rigolé à ce sujet. Je ne crois pas que Milo s'abaisserait à ça, mais je ne l'exclus pas non plus.

— Alors c'est mon accent que tu trouves sexy ?

Je soupire.

— Pourquoi est-ce que tu persistes à penser que je te trouve sexy ?

— Parce que tes yeux bleus ne peuvent pas se détacher de moi.

Pris sur le fait.

— Ok, j'admets. Je t'observais parce que tout le monde semble te trouver canon et j'essayais de voir pourquoi on en fait tout un plat.

Il me regarde bouche bée, comme si ce que je lui avais dit n'avait aucun sens.

— Excuse-moi, tu quoi ?

— J'essaie de comprendre pourquoi on en fait tout un plat, lui réponds-je honnêtement. Je ne faisais qu'analyser.

— Quoi donc ?

— Si tu es canon.

Milo me fixe et ses yeux verts s'assombrissent.

— Et ?

— Et quoi ?

Il gémit et passe une main sur son visage.

— Quel est ton verdict ?

Il ne va vraiment pas apprécier mais j'en ai déjà trop dit. Autant aller jusqu'au bout maintenant.

— Je suis toujours indécise.

— Incroyable, souffle-t-il. Tu me vexes.

Merde.

Je suis sa patronne et je viens quasiment de lui avouer que je le reluquais. *Bon boulot, Danielle.* Tu pourrais aussi bien t'accuser toi-même de harcèlement sexuel pendant que tu y es. Je dois remédier à cette situation.

— Je m'excuse pour mon attitude. Je suis ta supérieure, je n'aurais jamais dû te parler de cette façon.

— Je ne suis pas vexé parce que tu es ma supérieure ! s'indigne-t-il.

— Je sais que je suis dans une position de force par rapport à toi. Le mouvement « Balance ton porc » prend de l'ampleur. Je ne voulais pas te porter à croire que...

— Que tu es complètement folle ? Je le sais déjà, merci bien. Comment peux-tu ne pas savoir si je t'attire physiquement ?

— OK, lui réponds-je prudemment. Je vois que c'est un sujet sensible pour toi. Je ne veux pas que tu t'imagines que, puisque je suis ta supérieure, j'essaie d'abuser de toi.

Milo hausse les sourcils et reste muet.

Eh bien, si je ne m'étais pas déjà tiré une balle dans le pied, maintenant que j'ai signalé mon manque cruel de professionnalisme, c'est fait.

— Milo ? je le relance après plusieurs minutes de silence pesant.

— Elles disent toutes que je suis irrésistible.

— Et modeste ?

— Non, jamais. Mais je n'arrive pas à croire que tu te demandes si oui ou non je suis séduisant.

Je hausse les épaules.

— Tu penses que tu es canon ?

— Bien sûr que oui, je le pense, déclare-t-il en se levant avant de commencer à retirer sa veste.

— D'accord, garde tes vêtements !

— Je te montre juste ce que tu dois voir, commence-t-il en déboutonnant sa chemise.

— Milo !

J'éclate de rire.

Il se rassied, toujours boudeur.

— Jamais une femme n'a douté de mon pouvoir de séduction. Il y a un truc qui cloche chez toi.

— Chez moi ?

— Oui ! Chez toi !

Je sens que le contrôle de cette conversation m'échappe.

— C'est peut-être toi ? Tu me trouves séduisante ?

— Oui, répond-il du tac au tac.

— Oh. Bien. OK. Je dois te remercier ?

Il pense que je suis séduisante. Je ne sais pas vraiment quoi en penser mais je me sens tout chose. Cela fait longtemps qu'un homme ne m'a pas parlé ainsi. Même mon mari n'était pas très affectueux. Je sais qu'il m'aimait mais je me demandais s'il trouvait que je vieillissais bien ou s'il me trouvait toujours belle.

Nos vies étaient bien remplies et nous n'avions pas le temps pour ça.

— De rien. Mais sérieusement, tu avais des doutes à ce sujet ? me demande-t-il.

— Comme toutes les femmes, non ?

— Oui, et vous êtes toutes des névrosées.

Je n'apprécie pas vraiment ce ton mais je laisse glisser puisque je suis sûre d'avoir enfreint le règlement de la société environ dix fois au cours de cette conversation.

— OK, alors explique-moi, reprend-il d'une voix frustrée. Pourquoi es-tu si déroutée ?

Je ne peux plus me défiler, je dois répondre franchement.

Je m'appuie contre le dossier de ma chaise et croise les bras.

— Qu'est-ce que les gens aiment chez toi ? Je te trouve sympa, même si tu essaies de prouver le contraire. Mais mes amies et ma fille semblent penser que tu es une belle prise.

Milo écarquille les yeux.

— Tu enfonces une porte ouverte.

Bien sûr qu'il allait réagir comme ça. Il se trouve fabuleux.

— Rien à voir avec ta personnalité, en tout cas.

— Je suis une belle prise, Danielle. Je suis riche, beau, doué au lit et je...

— Tu as une vision très modeste de ta personne.

Milo pose son dossier sur le côté et secoue la tête.

— Tu dois voir les choses dans leur ensemble.

— Explique-moi alors.

J'ai hâte d'entendre ce qu'il a à dire. Moi qui pensais à toute la gentillesse dont il avait fait preuve hier, je vois qu'il est sur le point de me rappeler pourquoi Callum le traite constamment de blaireau.

— Je t'épargne les évidences. Je fais exactement ce que les femmes désirent. Je ne joue pas, je ne leur fais pas croire que je veux autre chose.

— Les femmes ne veulent pas ça !

— Peut-être pas les Américaines.

Idiot.

— C'est ta femme qui t'a dit... Oh, une minute, tu n'en as pas.

Milo me fusille du regard.

— C'est mon choix, ma belle. Je ne veux pas de femme, je ne veux pas tomber amoureux, je ne veux rien de tout ça. Je suis parfaitement satisfait de ma vie telle qu'elle est.

— C'est ce qu'ils disent tous.

En dépit de ses grandes déclarations, je pense qu'au fond de tous les êtres humains se cache le désir d'être aimé, et que celui-ci prend le pas sur tout le reste. C'est pour cette raison que nous cherchons un ou une partenaire dès que nous quittons le nid. Je voulais ardemment trouver un amour si profond qu'il m'animerait.

Puis j'ai compris que ces conneries existaient seulement dans les romances. J'ai trouvé un mari qui m'aimait, j'ai eu des enfants, j'ai acquis une maison et je me suis souvenue qu'être aimée faisait partie d'un tout.

Nous devons aussi travailler, prendre soin des nôtres et surmonter ensemble les obstacles de la vie. Et puis, tout s'est brutalement arrêté de la façon la plus douloureuse qui soit.

Pourtant, si c'était à refaire, je n'hésiterais pas une seconde, parce que ces petits moments où j'étais au cœur de la vie de Peter m'ont aidée à traverser des heures sombres.

Milo se lève en s'emparant du dossier qu'il venait de poser.

— Je suis sérieux. J'ai vu les inconvénients du mariage et je ne veux rien de tout ça. Toutefois, si un jour je trouve une fille renversante et que je suis incapable de vivre sans elle, elle saura que je l'ai choisie. Que j'ai choisi de l'aimer en dépit de mon désir de vivre seul. C'est la fille que je recherche, mais je doute qu'elle existe.

Je pose les bras sur mon bureau et lui adresse un sourire.

— J'ai hâte de voir une fille te faire perdre pied.

Je répète ses mots parce que j'adore sa façon de parler. Il rit doucement.

— Moi aussi.

Je le lis dans ses yeux. Il est tout aussi sensible à l'amour que le reste d'entre nous. Il est juste doué pour faire semblant.

— Tu n'iras pas ! Je hurle à Ava alors qu'elle enfile ses chaussures.

— Tu ne peux pas me forcer à rester à la maison. Tant pis, je me rendrai au tribunal par mes propres moyens !

Je m'approche d'elle et la prends par le bras.

— Écoute-moi ! Tu ne pourras pas le supporter. Tu en es incapable !

Je ne peux pas la laisser voir ces photos de son père baignant dans son sang. Je sais qu'elle pense qu'elle est assez mature pour affronter le monde mais elle ne sait rien. Le tribunal n'est pas un endroit pour les enfants. C'est un enfer qui absorbe toute l'énergie qu'il me reste.

J'ai refusé d'y aller aujourd'hui. J'avais un rendez-vous avec un expert et je n'ai pas envisagé de le reprogrammer. Bien sûr, Milo a avancé le fait que j'avais un assistant surqualifié à ma disposition et que je me cherchais des excuses... mais je l'emmerde.

Maintenant, je me dispute avec Ava parce qu'elle pense qu'elle a le droit d'être présente.

— Ne me dis pas de quoi je suis capable ou pas, maman. Je suis beaucoup plus forte que tu ne le penses. Je ne suis plus une enfant.

— C'est exactement ce que tu es, je rétorque en m'affalant sur le canapé. Tu es une enfant Ava, tu es ma fille et juste l'idée que tu entendes tout ça... ton père n'aurait pas été d'accord.

— J'ai besoin de savoir.

Comment puis-je la protéger ? Est-ce que je fais bien d'essayer de la protéger ? Je fixe le plafond et prie pour recevoir un petit coup de main.

Personne ne répond, alors je décide de sonder encore un peu les raisons qui justifient son besoin d'y aller.

— En quoi entendre ces faits va t'aider ?

Elle s'approche de moi.

— Je n'en sais rien. Mais au moins, je verrai l'homme qui nous l'a enlevé. Parker ne connaîtra jamais papa. Je veux que la personne responsable de sa mort voie mon visage.

Je prends conscience à quel point elle ressemble à son père. Peter brûlait du même feu. Il voulait des réponses, la vérité et combattre les injustices du monde entier. Je voulais être heureuse. Je trouvais ma félicité dans l'ignorance.

— Tu crois qu'il se soucie de toi ? Parce que je peux te garantir qu'il s'en moque. Il ne va pas tout à coup se repentir de ce qu'il nous a fait parce qu'il t'aura vue. Ça ne va rien changer. Ça ne ramènera pas papa. Ça ne lui fera rien et toi, ça va te détruire.

Elle s'assied sur le canapé, à côté de moi.

— Je ne suis plus une petite fille maman.

Oh, elle a tellement tort. Elle a seize ans, elle ne sait rien de la dure réalité d'une vie d'adulte. Je donnerais tout ce que j'ai pour retrouver l'insouciance de la jeunesse. C'était tellement plus facile.

Je comprends également son besoin dans une certaine mesure. Elle a perdu son père, ça lui permettrait de tourner la page.

— Je sais que tu as grandi. Je ne peux pas te laisser assister au procès mais si on arrête de nous chamailler, alors tu pourras venir à la lecture du verdict. Je ne veux pas que tu écoutes les détails macabres mais je crois qu'il est important que tu sois présente à la clôture du procès.

Ava se penche vers moi et passe ses bras autour de mes épaules.

— Merci, merci, merci ! On arrête la bataille.

Je la serre dans mes bras en essayant de me souvenir du dernier câlin que nous nous sommes fait. Nous nous disputons sur tout depuis si longtemps.

Elle me relâche trop vite, j'ouvre la bouche pour parler mais la sonnette retentit.

— J'y vais, crie-t-elle en se précipitant.

Elle ouvre la porte avant que j'aie eu le temps de me relever.

— Salut agent zéro zéro sexy ! lance-t-elle en entortillant une mèche de cheveux autour de son doigt.

— Gamine, répond la voix à l'accent britannique que j'envoie balader toute la journée. Tu as besoin d'une bonne fessée.

— Tu t'en charges ? demande-t-elle.

Doux Jésus. Milo en reste bouche bée, même s'il l'a bien cherché.

— Va dans ta chambre Ava.

— Mais il est si mignon, insiste-t-elle, déçue.

— Obéis, réponds-je d'une voix sèche.

— Au moins, ta fille sait ce qu'elle pense de moi, intervient-il.

— Oui, mon ado de seize ans te trouve mignon, j'espère que tu savoures.

Milo m'ignore et sort un dossier.

— Cette ville est dirigée par une poignée d'idiots qui nous ont renvoyé ça. Tu rencontres pas mal de résistance de la part des habitants.

Je ne comprendrai jamais pourquoi les gens refusent le changement. Ce projet implique de donner une nouvelle vie à un immeuble résidentiel décrépit et de redynamiser le voisinage. Nous avons prévu une aire de jeux pour les enfants, des paniers de basket tout neuf pour remplacer les anciens cassés et de petits magasins qui créeront de l'emploi. Tous ces projets sont bénéfiques mais si on les écoute, on dirait que nous prévoyons de défricher une forêt pour construire un parking.

C'est insensé.

Et ça ternit aussi mon image par rapport à Callum. C'est moi qui l'ai poussé à acheter ce terrain. Je lui ai vendu du rêve. Au lieu de ça, il doit se coltiner toutes sortes de courriers, de plaintes et de problèmes de permis de construire.

— Il faut que je trouve une solution.

— Je ne te le fais pas dire, me répond-il, condescendant.

Je me souviens alors qu'il travaille pour moi.

— Dis-moi larbin, puisque tu es mon assistant, je crois que tu pourrais m'être utile dans ce contexte.

— Larbin ?

Je souris.

— C'est ce qu'a dit Callum. Je crois qu'il est temps de mettre à l'épreuve tes charmes irrésistibles.

Ça va être épique.

CHAPITRE TREIZE
DANIELLE

— Je vais ouvrir ! crie Parker alors que la sonnette retentit dans la maison.

— Merde, je marmonne tandis qu'Ava se tient devant moi, un pinceau de maquillage à la main.

— Les gros mots, maman.

— Oui, parce que ça ne t'arrive jamais d'en dire quand je ne suis pas là ?

— Oh, je dis beaucoup de choses que tu n'aimerais pas entendre, m'informe Ava.

— J'aurais mieux fait de me taire, réponds-je dans ma barbe.

— Maman ! hurle Parker. Milo est là !

J'observe Ava qui me sourit.

— Pourquoi tu me regardes comme ça ?

— Pour rien.

— C'est bientôt fini ? Je ne voudrais pas que Parker reste seul avec Milo trop longtemps.

Ava lève les yeux au ciel.

— Parker sait très bien se débrouiller tout seul. Il va lui parler jusqu'à ce qu'il tombe de sommeil. Cet enfant est tellement formidable que personne ne veut lui faire de mal.

J'éclate de rire parce qu'elle n'a pas tort. Ava peut se montrer particulièrement horrible avec moi mais avec son frère, elle est complètement différente. Elle a toujours été très protectrice envers lui. Maintenant que son père n'est plus là, elle se conduit parfois comme une mère plus que comme une sœur avec lui. Parker l'adore, ça ne le dérange pas. Il est l'une des personnes les plus importantes dans la vie d'Ava.

Cette relation me met du baume au cœur.

— Tu as raison.

Je me tortille sur ma chaise, je déteste ma robe. J'ai l'impression que dès que je bouge, une partie de mon corps qui devrait rester intime ne l'est plus.

— Arrête de gigoter sinon ton maquillage ne sera pas parfait pour ton rencard.

— Ce n'est pas un rencard.

C'est un rendez-vous professionnel du style « mission passage en force » organisé par mon assistant. Après trois jours à relancer la mairie, tout ça pour être ignorée, Milo m'a demandé de lui laisser carte blanche. Il m'a expliqué qu'il avait un contact, alors qu'il vit ici depuis moins d'un mois, dans l'équipe de l'inspection du travail.

Hier soir, il m'a appelée pour me dire que tout était prêt. Je devais me faire belle parce que nous allions dîner avec le responsable et sa petite amie.

Milo m'a suppliée de lui faire confiance et de le laisser essayer sa tactique puisque la mienne avait été infructueuse.

J'ai du mal à lui faire confiance mais j'en ai aussi marre de me faire balader par ce type, alors si Milo a une idée, voyons ce que ça peut donner. Toutefois, ce n'est *pas* une soirée romantique.

— Comme tu voudras, tu portes une jolie robe, tu as mis des dessous sexy et tes chaussures sont une invitation à la débauche. C'est romantique.

— Ava Kristin Bergen. Ne prononce plus jamais ce mot en ma présence. Et c'est toi qui as choisi mes chaussures.

— Parce qu'elles sont canons, maman. Et si tu veux que le plan de Milo fonctionne, tu dois t'habiller en conséquence. Maintenant, arrête de gigoter pour que je puisse travailler sur ton visage.

Travailler sur mon visage ?

— Mais c'est quoi le problème avec mon visage ?

Sa lèvre inférieure et ses épaules se lèvent de concert.

- Rien j'imagine, si tu t'épilais les sourcils plus souvent et te maquillais de temps en temps.

— Merci du conseil !

— Maman, je te dis juste que tu vieillis et ça devient de plus en plus difficile d'attirer un homme si tu ne fais pas d'effort.

Je la tape sur la jambe.

— Je ne suis pas vieille et je ne veux pas d'un homme.

Je suis très bien toute seule. J'ai mes enfants, mon travail et mes copines. Un homme ne m'apportera rien de plus, si ce n'est un mal de crâne... et peut-être un orgasme, mais ça, je peux m'en occuper toute seule.

— Mais si, tu as presque quarante ans.

— Presque, mais pas encore.

Ava lève les yeux au ciel.

— Quand j'en aurai fini avec toi, tu auras l'air d'avoir vingt ans. Exit la ménagère mal fagotée.

Peter et moi plaisantions parfois de ce qui se passerait si l'un de nous deux venait à disparaître. Je lui disais toujours que je ne me remarierais pas. Peut-être parce que nous n'avions jamais eu l'intention de nous marier pour commencer. Nous nous aimions mais nous avions des ambitions qui allaient au-delà d'une simple alliance. Je voulais créer mon empire dans la vente immobilière et il allait devenir associé.

Et puis je suis tombée enceinte et nous avons dû revoir nos rêves à la baisse. Du moins, j'ai dû le faire.

J'observe ma fille, cet enfant surprise qui a fait de ma vie ce qu'elle est aujourd'hui, et je lui touche la main.

— Je sais que nous ne nous entendons pas toujours bien mais je veux que tu saches combien je t'aime Ava. Merci de ton aide ce soir.

Ava souffle et pendant un instant, elle abaisse ses défenses.

— Moi aussi je t'aime maman. Mais si tu continues à parler et à me déconcentrer, je vais faire n'importe quoi.

Et les défenses sont de retour.

— Où as-tu appris à faire ça ?

— YouTube.

Génial, maintenant j'ai vraiment peur.

Je reste assise en silence pendant qu'Ava utilise différents instruments, me maquille le visage et émet des bruits appréciatifs. Je ne sais pas de quoi j'ai l'air mais elle semble satisfaite.

— Fini, annonce-t-elle.

Je me relève mais elle vient se planter devant moi.

— Ava, bouge.

— Non ! Tu n'as pas le droit de regarder. Tu dois me faire confiance.

Voilà le problème, je ne lui fais pas confiance. Ce serait trop facile pour elle d'avoir sa revanche sur moi après sa punition.

— Pas question. Bouge.

— Maman ! Je t'en prie ! me supplie-t-elle. Je te promets que tu es magnifique. Va dans le salon et vois comment réagissent Milo et Parker. Si tu n'es pas parfaite, il ne te laissera pas sortir, et tu sais que Parker dira quelque chose.

Elle marque un point. Parker a toujours cette innocence enfantine que les femmes détestent. Il aime bien planter un doigt dans mes bourrelets et me demander pourquoi c'est tout mou. Ou alors, il suit mes rides du doigt et me demande pourquoi je suis froissée comme Mamie.

Tout le monde devrait avoir des enfants, ils sont géniaux pour garder confiance en soi. Ou pas.

— Très bien, mais si je fais ce que tu me demandes alors que j'ai l'air d'un pot de peinture, je te punis un mois de plus, compris ?

Elle accepte.

— OK, et si tu es magnifique, je peux récupérer mon téléphone demain ?

Elle ne perd pas le nord.

— Jamais de la vie, mais bien tenté.

Je souffle nerveusement et me mets en marche, mais c'est mission impossible avec ces chaussures. Peter m'avait offert des escarpins Christian Louboutin pour notre dixième anniversaire de mariage. Il l'avait fait parce que je ne me serais jamais fait un tel cadeau. Je les ai portés une fois, j'ai cru que mes pieds étaient cassés et les ai remisés au fond d'un placard. J'ai l'air en plus d'un bébé girafe qui apprend à marcher quand je les ai aux pieds.

Nicole, elle, pourrait passer pour un mannequin. Moi, j'ai l'air d'une pouffiasse.

Toutefois, ils sont assortis à la petite robe sexy qui me va comme un gant.

Je vais me faire virer quand Callum apprendra à quel point je me suis ridiculisée. Je n'ai aucun doute à ce sujet. J'ai laissé Milo m'entraîner dans son plan foireux et je finirai par payer cette erreur.

Je titube pour sortir de la salle de bain mais Ava m'en empêche en m'attrapant le bras.

— Pour de vrai, maman ?

— Écoute, dans le meilleur des cas ce soir, je ne me casse pas la cheville.

Elle souffle bruyamment et se rend dans sa chambre en marmonnant.

— C'est sans espoir.

Je descends les escaliers et m'arrête sur la dernière marche. Je me sens ridicule dans cette tenue, Dieu seul sait ce que j'ai sur le visage, et je n'arrive pas à marcher.

La situation ne pourrait pas être pire.

— Batman ou Superman ? demande Parker.

— Tu es sûr que tu veux en débattre ?

— Et *toi* ?

Parker est passionné par ce sujet. J'espère que Milo sait où il met les pieds.

— Ce n'est même pas une question. C'est Superman. Batman n'est même pas un vrai super-héros.

Il est sur le point de recevoir une leçon.

— C'est encore plus un super-héros que Superman ! s'écrie Parker.

Je m'imagine son petit visage chiffonné de colère.

— Il doit trouver comment faire sans aide extraterrestre. Il est plus intelligent. C'est son superpouvoir. Et il se moque de la Kryptonite parce qu'il est humain, comme nous.

— Il est plus lent et moins fort que Superman, le provoque Milo.

— Je le préfère parce qu'il est comme toi et moi.

— Il est peut-être comme toi mais moi, je ne suis pas aussi intelligent que Bruce Wayne, lui répond Milo avec nonchalance.

Je souris parce que je sais combien ces débats avec Peter manquent à Parker. Ils allaient voir tous les films au cinéma, lisaient tous les comics et en discutaient. Parker adorait ces moments passés en compagnie de son père.

Je repose ma tête contre le mur et j'essaie de retenir mes larmes. Je suis triste d'avoir perdu mon mari mais je le suis encore pour mes enfants qui ont perdu leur père.

— Tu peux être mon Alfred. Ton accent est cool et je crois que tu ferais du bon boulot, propose Peter.

J'éclate de rire.

— Très bien, je lance en m'avançant dans le salon tout en gardant les yeux sur Parker. C'est l'heure d'aller au lit, mon grand.

— Waouh ! s'écrie Parker. Tu as la voix de ma maman mais tu ne lui ressembles pas.

— C'est moche ? je lui demande craintive.

Je n'ai pas encore regardé Milo dans les yeux. Je ne suis pas prête à voir sa réaction sur ma tenue, quelle qu'elle soit. Quand je travaille, je soigne mon apparence un minimum, mais j'ai été femme au foyer pendant seize ans. Je ne sais plus ce qui est tendance. Mon niveau d'anxiété est au maximum et si Milo montre un tant soit peu de déception, je crois que je ne le supporterais pas.

Ce qui est insensé, étant donné que je suis sa supérieure et qu'il me déteste.

Parker me sourit et calme un peu mes nerfs.

— Tu es jolie.

Je tapote son nez

— Je suis contente que tu me trouves jolie. Ava est en haut. Va mettre ton pyjama et elle viendra te border, d'accord ?

— D'accord, maman.

Parker se retourne vers Milo.

— Tu la ramènes avant vingt-deux heures, OK ?

Milo éclate de rire et lui ébouriffe les cheveux.

— Je ferai de mon mieux.

— Au lit.

Parker s'enfuit en courant et je me retrouve seule avec Milo. Mes yeux restent rivés au sol et les pieds de Milo entrent dans mon champ de vision.

Il se racle la gorge :

— Bon, tu es prête à voir le charme opérer, comme tu le dis si bien ?

Je rigole de cette absurdité et essaie de calmer la nuée de papillons dans mon ventre. Je ne peux pas nier que Milo a une allure spectaculaire ce soir. Il porte un costume noir parfaitement taillé. Ses épaules sont carrées et ses cheveux normalement châtain clair paraissent un peu plus foncés. Sa barbe a encore poussé et elle est plus épaisse. Je ne sais pas si c'est le costume ou si c'est la façon dont il le porte, mais il est de toute évidence sexy.

— Tout va bien ? me demande-t-il alors que je le regarde fixement.

— Moi ? Je... oui, oui. Super. Tu es prêt ? Qu'on en finisse enfin avec ce dîner ? je lui lance avec nervosité en glissant une mèche de cheveux derrière mon oreille.

Il s'approche d'un pas et je dois me rappeler que je suis sa patronne et que ce n'est pas un rendez-vous galant. Ce dîner a un objectif précis.

— Tout va se dérouler à merveille. Mon plan est imparable.

— Je te donne ta chance, Milo. Il faut que ça marche du premier coup.

Il fait encore un pas vers moi et mon estomac se serre. Il sent fabuleusement bon.

Doux Jésus, Danielle, arrête. Concentre-toi. Dîner d'affaires avec ton assistant.

— J'en suis bien conscient, me lâche-t-il avec un petit sourire. Souviens-toi qu'il n'y a pas si longtemps, c'était moi qui avais un assistant. Un bon patron doit savoir s'entourer de gens utiles.

— Très bien, et quelle est ton utilité ?

Milo lève une main, me caresse la joue et la laisse retomber.

— Je vais te faciliter la vie.

Je secoue la tête et essaie de passer outre ma nervosité. Je dois faire semblant de ne pas me soucier de son physique et de son odeur. Je dois me souvenir que je me fiche de ce que Milo pense de ma robe et du fait qu'il n'a pas fait de commentaires. Je ne suis pas une femme et il n'est pas un homme. C'est la guerre et nous revêtons notre armure.

Je dois mentir comme si ma vie en dépendait.

— J'aime bien ton costume, au fait, je lui lance en m'emparant de mon sac posé sur la table.

Il glisse ses mains dans ses poches et se balance sur ses talons.

— Heureux qu'il te plaise.

J'attends qu'il fasse un commentaire sur ma tenue mais rien ne vient.

Je redresse les épaules et secoue la tête. Je sens mes mèches chatouiller mon dos nu.

— Voyons si tes promesses valent quelque chose.

Les yeux de Milo glissent vers ma poitrine puis remontent sur mon visage.

— J'ai l'impression que ça va être une bonne soirée. J'espère que vous en avez dans le ventre, Mme Bergen.

Ma robe ne le laisse peut-être pas si insensible après tout.

— C'est ça ton plan génial ? je demande à Milo en essayant de baisser un peu ma robe, ce qui dévoile du coup le haut de mes fesses.

Il n'y a rien à faire avec cette foutue robe.

Nous sommes au country club. Nous attendons de voir si la petite amie du responsable de l'urbanisme pointe le bout de son nez. Apparemment, Milo n'a pas vraiment *planifié* ce dîner. Non, il a juste découvert où le bonhomme allait manger et il a décidé de s'incruster à sa table. Donc nous sommes au country club que Nicole déteste de tout son cœur, parce que c'est un endroit qu'il fréquente.

Je suis venue quelques fois ici avec Peter et une fois avec

Nicole. C'est l'endroit où la crème autoproclamée des snobs se réunit.

Une fille passe et m'adresse un sourire narquois. Je ne laisserai plus jamais Ava choisir une robe à ma place. Elle a mis son veto sur toutes mes suggestions, jusqu'à ce que je lui présente cette robe. Elle a refusé que je la retire et m'a supplié de la laisser me maquiller avec son « talent de ouf ». Ce soir, j'ai l'impression de vivre dans une réalité alternative.

— Arrête de gigoter, m'ordonne-t-il.

— Je me sens ridicule. Et s'il ne venait pas ?

— Détends-toi. Il va arriver.

Ce n'est pas pour ça que je me sens ridicule. C'est parce que j'ai l'air d'une prostituée de luxe. Sans parler de son plan à la noix qui fait penser à une vieille série des années 50. Je ne suis pas sûre du rôle que je jouerai dans cette situation.

— Milo, je crois que c'est une erreur.

— Quoi ? Non. Nous faisons exactement ce que nous avons à faire. Détends ton slip.

En entendant son expression, je pouffe de rire.

— D'accord... Que je me détende le string plutôt mais pour-quoi pas ?

Il m'observe, un sourcil relevé.

— Les slips, c'est bien plus respectable.

— Il n'y a rien de respectable dans ce qu'on est en train de faire.

— Crois-moi, tout se déroule comme prévu. J'ai toutes les cartes en main pour obtenir ce permis qu'il traîne à nous accorder.

Quelles cartes ? Qu'est-ce que ça veut dire ? Son plan repose uniquement sur une « connaissance » de la salle de sport censée dîner avec Darren, le responsable. Ce n'est pas un plan.

— Et il fallait vraiment que je m'habille comme *ça* ?

Dans la voiture, il m'a expliqué que mon rôle consistait à divertir la fille pendant qu'il ferait son numéro de charme. Et si ça ne fonctionnait pas, il voulait que je sois séduisante pour l'aider à manipuler le responsable. Je n'ai pas osé lui dire que je ne ferais ni l'un ni l'autre. C'est moi la patronne, je vais faire les choses comme il faut. J'avais juste besoin qu'il arrange la rencontre.

— Tu es à croquer, me complimente-t-il en me regardant de haut en bas.

C'est la première fois qu'il évoque ma tenue ce soir. Pourtant, je l'ai surpris plusieurs fois en train de me reluquer. Dans la voiture, quand je suis assise, la robe couvre à peu près... l'essentiel. J'ai vu la lueur dans ses yeux, puis il s'est tortillé sur son siège. Ensuite, quand il m'a aidée à sortir de la voiture, Milo a fait de son mieux pour garder les yeux rivés sur ses pieds, alors que je savais qu'il pouvait voir mes seins. Il y a juste quelques instants, j'ai vu ses yeux parcourir mon corps des pieds jusqu'à ma taille avant qu'il s'éclaircisse la gorge et pose son regard ailleurs. Mais toujours pas un mot.

— Tu trouves ? je lui demande avant de tourner sur moi-même.

Je le taquine un peu. Ce n'est que justice vu qu'il passe son temps à essayer de me piéger en train de le mater.

— Oui, le dos de ta robe est absolument divin.

— C'est un dos nu.

— J'en ai conscience, et ça te va à ravir, me dit-il en soulevant les sourcils de façon suggestive.

Et à en juger par le sourire de cet homme qui vient de passer, ça plaît aussi aux autres.

Milo s'approche, passe son bras autour de ma taille et effleure la peau de mon dos. Je ne peux m'empêcher de frissonner.

— Tu as froid ? s'enquiert-il.

— Un peu.

Je suis une menteuse. Il ne fait jamais froid à Tampa. La température ici oscille entre celle des abîmes de l'enfer et celle d'un feu de joie.

— Je te proposerais bien ma veste mais du coup, ton dos serait caché, or c'est notre arme secrète, murmure-t-il sur le ton de la conspiration.

— Quoi donc ?

— Ta robe Danielle, il ne va pas s'en remettre.

Il est dingue. Je ne peux pas faire ça.

— C'est une très mauvaise idée. Tu sais quoi, j'ai changé d'avis sur ce projet. On obtiendra les permis parce qu'on a tous les papiers en règle, pas en flirtant au country club. Je suis une femme adulte avec la tête sur les épaules.

Je m'écarte de lui mais il agrippe mon poignet pour m'en empêcher.

Comme je n'ai pas l'habitude de porter des talons de douze centimètres, je perds l'équilibre et manque de tomber.

Les bras de Milo passent autour de ma taille et me retiennent.

— Regarde.

Mon dos est collé contre sa poitrine et je me retiens de fermer les yeux et de me laisser aller contre lui. Ses lèvres effleurent mon oreille pour chuchoter.

— Tu es fidèle à toi-même. Tu es même encore plus que ça mais c'est notre chance de le manipuler. C'est ta chance de montrer ce que tu as dans le ventre. Seulement, il va falloir faire preuve d'un peu de finesse. Tu vois cet homme ?

Je hoche la tête.

— Il est ici et il va bientôt découvrir de quel bois on se chauffe à Dovetail.

Heureusement, il me fait revenir à moi assez vite pour que je repère l'homme qui nous mène en bateau.

Au bout du compte, je dois faire mon boulot et nous avons l'opportunité de réussir. Je peux repartir tout de suite avec ma dignité intacte ou plus tard, une fois le travail accompli.

Les doigts de Milo glissent sur mon bras nu et s'emparent de ma main. Je me déplace en même temps que lui.

— Kandi, ma beauté ! s'exclame Milo avec un accent plus prononcé qu'il y a deux secondes. Je ne savais pas que tu fréquentais ce club.

Comment arrive-t-il à mentir si naturellement ?

— Milo ! lui répond-elle avec un sourire. Tu connais mon fiancé Darren ?

— Darren Wakefield, complète Milo en lui tendant la main. Je ne savais pas que vous étiez le fiancé de Kandi. Vous devez connaître Danielle Bergen.

Milo Huxley, je vais devoir te surveiller de près.

Il a l'air sincèrement surpris. Il a menti sans effort et ça m'effraie même un peu de voir combien les mots lui viennent si facilement.

— Oui, comment allez-vous ?

Darren nous sourit chaleureusement et me serre la main.

— Danielle, quelle bonne surprise ! Je suis heureux de vous voir en dehors du travail.

Menteur. Il est terrifié.

— Tout le plaisir est pour moi, Darren.

Darren attire Kandi à ses côtés et Milo place sa main en bas de mon dos. Cette fois, j'arrive à me contrôler pour ne pas frissonner à son contact.

— Je ne vous savais pas membre de ce club, dit Darren à l'intention de Milo.

— Oh, je ne le suis pas. C'est mon snob de frère qui est membre. C'est la première fois que je viens. Je voulais me faire une idée.

Kandi fait glisser un doigt sur la poitrine de Darren, ses yeux rivés sur Milo.

— Et si nous partagions une table vu que nous sommes tous amis ? Nous pourrions boire un verre ou deux ?

— Excellente idée, je lance avant que Darren n'ait une chance d'intervenir. Je vais aller me repoudrer le nez.

— Je viens avec toi, dit Kandi.

— Je ne comprendrai jamais pourquoi les femmes ne peuvent jamais pisser tranquilles, s'amuse Darren.

Mes yeux sont rivés sur Milo. Sois sage, lui enjoins-je silencieusement.

Il répond d'un clin d'œil et je secoue la tête, amusée.

Comme s'il allait m'obéir.

CHAPITRE QUATORZE
DANIELLE

Kandi se tient à mes côtés devant le miroir. Nous retouchons notre coiffure et notre rouge à lèvres. Elle est très jolie. Ses longs cheveux blonds tombent en boucles parfaites, ces mêmes boucles que je m'évertue à obtenir sans succès. Ses yeux sont d'un bleu cristallin et ses seins sont manifestement siliconés. Darren doit avoir dans les cinquante ans et ses cheveux épars n'aident pas à le rajeunir. Mais je ne crois pas qu'elle soit intéressée par son physique.

Je finis d'appliquer mon rouge à lèvres rouge vif, maudissant encore ma fille de m'avoir peinturlurée de cette façon, et je me tourne vers elle.

— Comment as-tu rencontré Milo ?

Mais pourquoi cette question ? Je voulais savoir comment elle avait rencontré Darren, pas Milo. C'est ce que je voulais dire.

— À la salle de sport, me répond-elle dans un sourire. Il m'a dit que tu étais sa patronne ?

— Oui, c'est le cas.

— Mon Dieu, comment fais-tu ?

— Comment je fais quoi ?

Elle rigole et penche sa tête.

— Pour travailler. Je le regarderais toute la journée et j'en oublierais de bosser.

Génial, encore une groupie.

Je ne vais pas lui avouer qu'aujourd'hui ses charmes m'ont quelque peu distraite. Cependant, il reste arrogant, prétentieux, imbu de sa personne et... Milo. C'est sûr qu'il est gentil, attentionné, drôle et j'ai l'impression qu'il se donne parfois du mal pour rendre service. Oui d'accord, il est intelligent, et Parker s'est précipité pour lui ouvrir la porte mais c'est parce qu'il est *lui-même* un enfant.

Au lieu de ça, je lui pose une autre question.

— Je te croyais fiancée ?

Elle éclate de rire et s'appuie sur le comptoir.

— Ce n'est pas parce qu'on est au régime qu'on ne peut pas regarder le menu, ma biche. Et puis, poursuit-elle en jetant un regard vers ma main, tu dînes avec lui alors que tu as une bague au doigt.

Je regarde ma bague et la recouvre.

— Eh bien, j'imagine que les choses ne sont pas toujours celles qu'on croit.

— Comment ça ?

Je n'ai aucune raison de lui confier quoi que ce soit mais je pourrais la faire taire. Nous sommes radicalement différentes. Je ne flirte pas avec des hommes à la salle de sport alors que j'ai un fiancé. Je ne flirte avec personne et pourtant, techniquement, je suis célibataire. Je ne peux pas la remettre à sa place parce qu'on s'en tient au plan de Milo. Si je fais tout foirer, il n'en finira jamais de me le rabâcher.

— Mon mari est mort il y a environ deux ans. Je ne l'ai simplement pas encore enlevée.

Mes mots peuvent paraître assurés mais ma voix ne l'est pas du tout.

— Oh, fait Kandi en me touchant le bras. Je suis désolée, je ne voulais pas...

— Non, pas de souci, je la rassure rapidement. Et si nous les rejoignions ?

Elle acquiesce.

— Je peux te demander quelque chose ?

— Bien sûr.

— Est-ce que tu... tu sais... es *avec* Milo, alors ?

Je ne sais pas exactement ce que lui a dit Milo, et je ne suis pas douée aux petits jeux. Donc je fais ce que je sais faire : Botter en touche.

— Si tu veux le savoir, il faudra lui demander Je n'ai pas la liberté de commenter d'une façon ou d'une autre.

J'espère qu'elle comprend ce que je viens de dire parce que moi je suis larguée. Et c'est moi qui parle.

— Oh, parce que je le trouve incroyable.

— Tu le connais depuis combien de temps ?

— Seulement quelques jours, me répond-elle avec un sourire. Mais... quand il parle, j'ai l'impression que je vais m'évanouir.

Au lieu de faire mine de vomir comme j'en ai envie, j'opine.

— Et bien, essaie de ne pas t'évanouir quand même.

Ah si je pouvais mourir maintenant, ça me faciliterait bien la vie.

— Donc, si vous n'êtes pas en couple, ça ne te dérange pas si je tente ma chance ?

Maintenant, je ne comprends plus rien. Si elle est fiancée à Darren, un énorme diamant au doigt, comment peut-elle « tenter sa chance » ?

— Mais tu as dit que tu étais fiancée, non ?

Je fais comme si c'était une question, parce que... c'est vrai quoi ?

Elle glousse désagréablement.

— Bien sûr que je le suis, mais moins Darren en sait, mieux il se porte.

Quelles fondations solides tu es en train de bâtir, Kandi.

Cette conversation commence à me peser. Pour y mettre un terme, je m'empare de mon sac.

— Milo est probablement à notre recherche. Nous devrions y aller.

— Oui, tu as raison, je ne veux pas faire attendre Milo, soupire-t-elle en sortant devant moi.

J'ai décidé que je la détestais. Pourquoi est-ce qu'elle s'intéresse tant à lui ? Parce qu'il est beau ? C'est complètement con. Elle le connaît depuis quelques jours et tout à coup, elle ne peut pas s'empêcher de le draguer ? Est-ce qu'elle sait pour son père ? À quel point il a souffert du départ de son frère pour les États-Unis ? Non, c'est à moi qu'il s'est confié. Je parierais qu'elle ne connaît même pas son nom de famille mais ça ne l'empêche pas de l'aguicher.

— Te voilà ! s'exclame Milo en me voyant approcher et dois-je préciser, d'un pas extrêmement assuré. Darren me parlait de sa passion pour les voitures quand vous étiez aux toilettes.

— Oh ! Darren pourrait parler de voitures toute la journée, intervient Kandi avec un sourire. Moi je préfère faire autre chose de mon temps.

J'ai toujours envié les femmes qui ne s'embarrassent pas des convenances. Comme Nicole par exemple. Elle a confiance en elle, elle est sexy, elle prend ce qu'elle désire et elle se fiche de ce qu'on peut penser d'elle. Kandi lui ressemble un peu, à part qu'elle est vulgaire. Parce qu'elle court après Milo.

Et je préfère ne pas analyser pourquoi ça me pose un problème.

Elle n'essaie même pas de flirter discrètement. Elle le fait ouvertement. Elle a beau tenir le bras de son fiancé, elle n'a d'yeux que pour Milo.

— On s'assied ? je suggère.

— Danielle, je n'avais jamais remarqué que tu étais une bombe, me lance Darren en me regardant un peu trop longtemps. Tu permets qu'on se tutoie ?

Ils sont échangistes ou quoi ? Ils ont peut-être un accord entre eux, une relation ouverte. Mais non, merci. C'est la rencontre la plus bizarre que j'aie jamais faite. Je me demande à présent ce que Milo a raconté à Kandi à la gym, en ce qui concerne notre fausse relation.

— Je dois le prendre comme un compliment ?

Milo passe son bras autour de ma taille et ses doigts pressent ma hanche.

— Nous avons de la chance, pas vrai ? D'avoir de si belles femmes à nos côtés ? Et ne te laisse pas aveugler par la beauté de Danielle, elle est également très intelligente. Elle a des idées originales qui pourraient t'intéresser, dit-il en lui lançant un regard appuyé.

Quand Darren adresse la parole à Kandi, je me penche vers Milo.

— Bravo pour ta subtilité, tu crois qu'il a compris ?

Il glisse une main sur mon ventre et me tourne, nous nous retrouvons presque torse contre poitrine.

— Darren fait partie de ces hommes qui aiment croire qu'ils sont importants. Flatte-le et laisse-le penser qu'il est ton ami, il te montrera à quel point il a du pouvoir en te rendant un gros service.

Je pose ma main contre sa poitrine. Vu de l'extérieur, nous avons l'air d'un couple affectueux.

— Si ça ne marche pas, nous aurons passé une soirée pourrie pour rien.

— Cette soirée n'est absolument pas pourrie. Et si ça ne marche pas, je démissionne.

J'observe son visage pour voir s'il bluffe mais il paraît sincère.

— Tu es si sûr de toi ?

Il hoche la tête et pose sa main sur mon dos nu. Mon estomac se serre à nouveau.

— Il y a seulement une chose dont je ne suis pas sûr ce soir mais ce n'est pas ça.

Il y a un sous-entendu mais je ne préfère pas approfondir. Je suis nulle quand il s'agit de flirter. Je ne sais même pas si c'est ce qu'il fait ou si je me fais des films.

— De quoi n'es-tu pas sûr ?

Ses doigts caressent ma colonne vertébrale et je jure que le sol se dérobe sous mes jambes. Milo passe son bras autour de ma taille pour me retenir quand je titube.

— J'en suis sûr maintenant, me répond-il avec un sourire.

Je viens de comprendre. Il flirte. Et il est doué.

— OK, je commence en m'éclaircissant la voix. Heureuse que tu sois... sûr. Enfin je crois.

— Milo ! Danielle ! nous appelle Darren. Venez boire un verre !

Il se déplace pour poser de nouveau sa main sur ma peau.

— Oui, bonne idée.

Le trajet jusqu'à leur table semble durer des heures. À chaque pas, mon cœur bat plus fort car je sais que je vais devoir faire semblant d'être sa petite amie. Ou alors, peut-être parce qu'il vient de découvrir qu'il ne me laisse pas si indifférente que ça.

Quand est-ce que c'est arrivé ?

Quand ai-je commencé à regarder Milo sans avoir envie de lui envoyer mon genou oú ça fait mal ? Quand ai-je commencé à me demander si sa barbe chatouillait quand on l'embrassait ?

— Qu'est-ce que je vous sers ?

— De l'eau, s'il vous plaît, je commande au serveur.

Je veux rester sobre. Je ne vais pas imiter mes deux idiotes de copines et picoler. Kristin et Heather sont les spécialistes dans le domaine. Moi je choisis la sobriété et le contrôle.

— On voit qui est la plus raisonnable de tous, plaisante Milo avant de placer sa main sur le dossier de ma chaise.

Les autres commandent et je me détends un peu tandis que les hommes parlent de voitures.

Je commence à chanter *Trois petits chats* dans ma tête pour ne pas devenir dingue. Je recommence pour la troisième fois quand Kandi décide qu'elle en a assez.

— Milo, minaude-t-elle. Darren déteste danser et j'adore cette chanson. Tu voudrais danser avec moi ?

— Si ton fiancé n'y voit aucune objection, répond-il en s'adressant à Darren.

— Aucune.

Il se lève en souriant.

— Alors, avec plaisir.

Surtout, ne me demande pas ce que j'en pense, Milo. Je ne suis pas d'accord mais tout le monde s'en fout. Fais ce que tu veux, je resterai là avec mon verre d'eau à attendre que Mademoiselle Siliconée finisse par exploser.

J'aurais dû commander de la vodka.

Maintenant, je suis obligée de rester ici à les regarder danser. Sa main ne la touche pas, mais elle n'est pas loin. J'enrage.

Tout à coup, elle marque une pause, se retourne et ses poignets se retrouvent sur les épaules de Milo. Il place ses mains sur sa taille et je m'agrippe à mon siège pour ne pas faire une scène.

Je n'aime pas qu'il la touche.

Je déteste réagir négativement au fait qu'il la touche.

Je devrais n'en avoir rien à faire s'il pose les mains sur Kandi ou une autre femme d'ailleurs, mais je suis là, en train de les fixer, les dents serrées.

— Elle est superbe, pas vrai ? me demande Darren en m'arrachant au spectacle.

— Oui, tu as de la chance de l'avoir.

— Je suis d'accord. Elle m'aide à rester jeune.

Oh, ouvre les yeux. Ça fait longtemps que tu n'es plus jeune, tes cheveux le prouvent.

— C'est génial.

— Oui, acquiesce-t-il en les regardant danser. C'est vraiment génial.

— Tu as de la chance d'avoir quelqu'un qui te rend heureux.

J'essaie de ne pas penser à Peter mais je n'y arrive pas. Je me souviens quand nous dansions dans le salon, souriant, riant et faisant les idiots.

— J'étais désolé quand j'ai su pour ton mari, me dit Darren. Je ne le connaissais pas mais j'ai appris la nouvelle de son meurtre aux infos.

Je me suis souvent demandée pourquoi les gens s'excusaient. Darren n'a pas tué Peter, alors pourquoi est-il désolé ? Je ne m'étais jamais posé la question jusqu'à ce que ça m'arrive à moi. J'avais le cœur brisé à sa mort mais je me suis souvent retrouvée à devoir réconforter les autres. Ils ne savaient pas quoi dire et je faisais tout mon possible pour les pour les mettre à l'aise.

On ne peut pas décrire ce que l'on ressent lorsque l'on perd quelqu'un brutalement. On ne passe pas par une phase de déclin, on ne peut pas se raccrocher au fait qu'il s'est vaillamment battu, on ne peut pas s'y préparer.

Un jour, il est parti travailler et il n'est jamais revenu.

— Merci pour tes condoléances, réponds-je à Darren.

Il marque une nouvelle pause. Ses yeux reviennent sans cesse sur Milo et Kandi et je me demande s'il n'a vraiment aucune objection comme Milo semble le croire.

Je les regarde sur la piste de danse, tiraillée par la jalousie que j'essaie d'ignorer. Milo est mon employé. Je tente de me convaincre qu'il peut danser avec qui il veut. J'y arrive plutôt bien jusqu'à ce que je le vois lui adresser un sourire. Elle joue avec ses cheveux dans sa nuque et quelque chose en moi se déchire.

— Je sais de quoi il s'agit, me lance-t-il en prenant une gorgée.

— Quoi donc ?

Je m'appuie sur le dossier de ma chaise et le regrette immédiatement lorsque ma robe glisse sur ma peau. Sérieusement, je vais la brûler en rentrant à la maison et danser autour des flammes.

Darren pose son verre sur la table et le fait tourner entre ses doigts.

— Vous êtes ici pour essayer de me faire signer les papiers.

— Je te promets que nous ne sommes pas là pour ça.

Je dis la vérité. Je suis là parce que mon assistant est un idiot et que je l'ai laissé m'entraîner dans cette soirée.

— Je ne veux pas vous créer de difficultés, se justifie-t-il.

À mon tour.

— Alors, pourquoi ces délais ?

— Il y a eu des complications administratives, m'informe-t-il.

Quel menteur. Les papiers ont été vérifiés plusieurs fois, tout est en ordre. Milo a beau m'expliquer le fonctionnement des gens comme lui dans le milieu, je les connais aussi. Il aime se sentir important, indispensable, et avoir une influence sur les femmes.

Il a choisi la mauvaise.

— Je ne sais pas comment c'est possible. Dis-moi quel est le problème pour que nous puissions le résoudre.

— Une autre société a déposé une demande de permis et je crois qu'il y a eu un court-circuit

Un ramassis de conneries. J'ai fait toutes les recherches nécessaires concernant ce bien avant l'achat. Il n'y avait aucune demande de permis puisque les propriétaires précédents ont tout laissé à l'abandon. C'était un bidonville. Chaque jour supplémentaire qui passe sans que nous puissions commencer les travaux nous coûte de l'argent.

C'est de la politique de bas étage.

— Même si c'était le cas, je ne vois pas pourquoi ça nous empêcherait d'obtenir un permis. Tu sais bien que nous sommes les propriétaires.

Darren fait mine d'y réfléchir. Je ne sais pas s'il pense que je suis stupide ou si je suis entrée dans son jeu, mais je suis venue pour gagner ce soir et il ne s'en sortira pas comme ça.

Il hausse les épaules.

— Je verrai tout ça lundi.

Je suis sûre que non.

— Vous avez l'air de bien vous entendre, commente Milo avant que j'aie pu répondre à Darren.

— Pas autant que vous deux, je réplique.

Il écarquille les yeux et sourit davantage. Je comprends que je viens de me trahir en lui révélant que je faisais attention.

— Tu as remarqué ?

— Non, en réalité j'avais une conversation très intéressante avec Darren.

Milo s'assied, arborant un petit air triomphant.

Tocard.

— Alors, expliquez-nous de quoi vous discutiez.

Les dix minutes suivantes, les échanges sont serrés, voire tendus alors que Milo prend les rênes.

Il informe Darren de ses erreurs, sans pour autant franchir les limites du respect. Sa voix est ferme, puissante, et je mentirais si je disais que je ne trouvais pas cela incroyablement attirant.

Voilà l'homme qui se cachait sous son déguisement de larbin. Sa force m'enivre. Il joue avec Darren comme s'il s'était un instrument de musique. Il travaille chaque note pour obtenir la mélodie qu'il désire.

Est-ce qu'il me manipule ainsi depuis le début ?

Je ne peux m'empêcher de me poser la question en le voyant si doué à ce petit jeu.

Puis j'en ai assez, je décide de me lâcher moi aussi pour lui porter le coup de grâce.

— Tu n'es pas fatigué de tous ces aller-retours, Darren ? Nous n'allons pas nous arrêter avant d'avoir obtenu nos permis. Je suis sûre que tu as des choses beaucoup plus importantes à faire de ton temps, surtout avec le mariage qui s'approche. Il faut trouver un lieu, préparer la lune de miel... et négocier un solide contrat de mariage.

Kandi glousse.

— Nous n'avons pas besoin de contrat, voyons.

Darren se racle la gorge.

— En fait... euh... Nous allons certainement devoir aborder le sujet.

Le verre de Kandi éclabousse la table quand elle le pose violemment.

— Tu te fous de moi, Darren ?

— Comme je disais, tu as beaucoup de choses à voir. Pourquoi je ne passerais pas à ton bureau lundi pour récupérer les papiers signés et prendre rendez-vous pour l'inspection préliminaire ? Comme ça, nous pourrons obtenir nos permis et après, je te laisse enfin tranquille.

Milo passe son bras dans mon dos et effleure mon épaule.

— Nous savons tous les deux que ton excuse pour les papiers est bidon. Quelle heure te convient le mieux lundi ?

Il souffle bruyamment.

— Dix heures. Et ne sois pas en retard, sinon ton rendez-vous est annulé. Je n'aurai pas d'autre disponibilité avant longtemps.

CHAPITRE QUINZE
MILO

— Oh mon Dieu, s'écrie Danielle en posant sa main sur ma cuisse dans la voiture. On a réussi. Il va enfin arrêter ses conneries.

Je ne crierai pas victoire avant d'avoir eu le permis entre les mains mais je ne vais pas casser l'ambiance. Elle me regarde comme si nous étions une équipe victorieuse et ça me plaît.

— De rien.

La soirée a été couronnée de succès mais Darren reste un enfoiré arrogant. Nous verrons bien lundi s'il tient ses promesses.

Ça ne veut pas dire pour autant que je ne vais pas profiter un peu de ses félicitations.

Elle lève les yeux au ciel.

— Je t'en prie, tu n'étais pas tout seul. J'ai abordé le sujet quand tu dansais et flirtais avec ta blondasse. Et c'est moi qui ai conclu l'affaire. Tu n'étais pas en mission solo, mon gars.

L'extrémité de mes doigts glisse sur sa peau laiteuse et je vois dans ses yeux qu'elle passe de la jalousie au désir. Elle a oscillé ainsi toute la soirée. Si j'accordais de l'attention à Kandi, Danielle se raidissait et je sentais la colère émaner de son corps. J'ai envie de vérifier si j'ai raison de penser qu'elle ne l'aime pas.

— J'ai l'impression que tu ressens de la jalousie envers Kandi, je lance en démarrant, profitant de l'intimité que nous offre la voiture.

Elle ne peut pas s'enfuir ni éviter le sujet. Et je compte bien profiter de mon avantage.

— Je ne suis pas jalouse.

Menteuse.

— Pourquoi tu la traites de blondasse ? Elle est très gentille, fiancée et tu ne la connais pas. Je crois que tu es jalouse.

— Tu ne sais pas de quoi tu parles, s'indigne Danielle en regardant par la fenêtre.

— Vraiment ? Parce que si tu as changé d'avis sur mon pouvoir de séduction, je ne t'en voudrais pas.

Elle tourne brusquement la tête et me fusille du regard.

— Je n'ai pas changé d'avis.

— Alors ça ne te dérangera pas si je vais prendre un dernier verre avec Kandi après t'avoir déposée ?

— Pas du tout. Mais elle n'est probablement pas d'humeur. Elle avait l'air un peu contrariée quand on est partis.

— Je peux lui faire changer d'humeur. Donc ça ne te dérange pas du tout si je couche avec elle ?

Elle marque une infime pause et finit par éructer :

— Non.

Oh, je n'y crois pas une seule seconde.

— Et tu penses que ce serait une bonne idée ? j'insiste pour l'énerver.

— Je m'en moque. Je suis ta patronne, pas ta baby-sitter. Si tu veux coucher avec ta pouf de la salle de sport, libre à toi. Je ne vais pas t'en empêcher.

— Alors maintenant c'est une pouf ? Je ne savais pas que tu la connaissais si bien.

Ce que Danielle ne sait pas, c'est que je n'ai pas vu le visage de Kandi de toute la soirée. J'ai dansé avec elle en m'imaginant que c'était Danielle. J'ai dû fournir un effort pour ne pas laisser Kandi dans un coin et inviter Danielle sur la piste de danse. Juste pour sentir sa peau.

Je n'ai pas pu m'empêcher de la caresser toute la soirée, en invoquant des motifs pas très subtils.

Elle me jette un regard méchant.

— Je connais ce type de filles. Toute fiancée qu'elle est, elle n'arrêtait pas de te tripoter. Et quand elle ne te touchait pas, elle te couvait avec des yeux de braise.

Sa voix monte dans les aigus.

— Oh, Milo, tu es si drôle. Oh, Milo, j'adore danser. Tu as envie de me toucher ? Ne t'inquiète pas Milo, je reviens vite parce que je veux que tu me susurres des mots cochons avec ton accent anglais. Hihi, houhou, hihi.

Son imitation me fait rire.

— Je vois qu'elle ne te dérange vraiment pas.

— Beurk. Qu'elle s'achète un peu de dignité, continue Danielle. Elle savait que tu étais là avec moi et elle a fait comme si j'étais invisible. Quelle malpolie.

— Pourtant, tu n'es pas jalouse, pas vrai ?

Danielle pointe un doigt dans ma direction et sa colère monte d'un cran.

— Espèce d'idiot, je ne suis pas jalouse, je la plains.

— OK, réponds-je avec nonchalance. Comme ça ne te dérange pas que je couche avec elle, tu pourrais lui envoyer un message pour lui dire de me retrouver chez moi ?

Elle en reste bouche bée, puis me tourne le dos.

— Je ne suis pas ton assistante, fais-le toi-même.

J'entends dans sa voix que je l'ai blessée, et cela confirme tout ce que je pensais. Au cours des dernières semaines, les choses ont changé. Je ne la vois plus comme la femme qui m'a volé mon travail. Je vois une femme solide, qui a perdu son mari de la façon la plus horrible qui soit. Elle est sexy, intelligente, pleine de ressources et j'ai toujours hâte de la retrouver, même si cela signifie que je dois obéir à ses ordres.

Si on continue à l'ignorer, ça va finir par devenir problématique. Je ne suis pas connu pour être patient, donc nous allons régler cette situation tout de suite.

Je tourne dans sa rue et me gare dans son allée. Elle commence à sortir mais je la retiens par le poignet.

— Et si je te disais que je ne voulais pas que tu lui envoies de message de toute façon ? Et si je te disais que je ne veux plus jamais la croiser, la toucher, ni même la voir ?

— Pourquoi pas ? Tu es célibataire, elle ne l'est pas mais manifestement, ça ne lui pose pas de problème.

— Parce que.

Je marque une pause et j'attends qu'elle lève les yeux vers moi.

— Parce que quoi ?

— Je n'ai pas la moindre envie d'elle.

Danielle écarquille les yeux et s'arrête de respirer.

— Non ?

— Non.

— Oh.

Son innocence me fait sourire.

— J'ai envie de quelqu'un d'autre, Danielle.

Elle se décale pour me faire face, dans cette foutue robe. Chaque centimètre carré de son corps est parfait. Je rêve de voir cette robe par terre. Je l'ai toujours trouvée belle mais ce soir, elle était éblouissante. J'ai failli perdre les pédales quand je l'ai vue arriver. Je ne pouvais ni bouger, ni penser, ni parler et j'étais plus que content que Parker ait attiré son attention.

J'étais planté là, à la regarder bouche bée, comme un idiot.

Et maintenant, je n'ai toujours pas retrouvé mes esprits parce que tout ce dont j'ai envie, c'est de prendre son visage entre mes mains et de l'embrasser à en perdre haleine.

— De qui as-tu envie ? me demande-t-elle.

— De toi.

Elle écarquille les yeux, le souffle court alors que je lui confie le secret que je voulais désespérément garder pour moi.

— Milo, murmure-t-elle.

— Dis-moi que tu n'étais pas jalouse.

— Je... Je... Je ne vais pas jouer à ce jeu avec toi, dit-elle en glissant une mèche de cheveux derrière son oreille.

— Quel jeu ?

— Celui-là ! Tu travailles pour moi.

— Et ?

— Et je ne vais pas compliquer davantage les choses.

Sa réponse ne me suffit pas.

— Ce n'est pas la question que je t'ai posée.

Est-ce que j'ai toutes les raisons de m'éloigner d'elle ? Oui. Mais là, je veux qu'elle admette qu'elle ressent les mêmes choses que moi.

— Juste...

- Dis-moi que tu n'étais pas jalouse. Dis-moi que tu ne ressens rien de nouveau pour moi et notre conversation s'arrêtera là. Mais bon sang, surtout, sois honnête.

J'ai envie d'elle. Chaque fibre de mon corps et de mon âme ravagée a envie d'elle. Je me fiche qu'elle ait volé mon travail. Je veux l'embrasser, j'ai besoin que ça sorte pour recommencer à me concentrer sur ce qui est important : récupérer mon boulot. Je ne veux plus passer mes journées à appeler ma mère pour lui demander de retrouver mes vieux comics pour Parker, ou à m'inquiéter pour le procès de son mari.

Donc nous devons mettre tout ça de côté et reprendre les choses où nous les avons laissées. Si elle me dit qu'elle ne ressent rien, je m'éloignerai. Si je me trompe, nous n'en parlerons plus jamais.

Toutefois, je sais que j'ai raison. Je l'ai vu ce soir, aucun doute. Le désir était présent à chaque fois que nous nous touchions.

— C'est trop compliqué. Je ne sais pas ce que je ressens, admet Danielle comme si elle confessait un péché capital.

J'ai toujours apprécié le dicton « Les actes pèsent plus lourd que les mots ». Je suis fier d'en avoir fait ma devise.

Je prends tendrement son visage dans mes mains, comme j'ai voulu le faire toute la soirée. Mon pouce caresse sa joue et elle agrippe mon poignet.

— Que ressens-tu maintenant ?

Elle plonge son regard dans le mien.

— Toi.

— Et maintenant ? je lui demande en rapprochant mon visage du sien.

— La peur.

— Je ne te ferai pas de mal, je lui promets.

Elle a déjà enduré tant de souffrance, je refuse de lui en imposer encore.

Ses yeux se ferment un moment, puis elle soulève lentement les paupières, révélant ainsi ses magnifiques yeux bleus.

— Qu'est-ce qu'on fait ?

— Dis moi ce que tu veux que je fasse ?

Ses yeux se posent sur mes lèvres et je n'ai pas besoin de sa réponse car je la connais déjà.

Je me rapproche doucement, m'attendant à ce qu'elle retrouve ses esprits et me repousse.

— Tu as envie que je t'embrasse ? je lui demande alors que nos lèvres sont si proches que je sens son haleine.

CHAPITRE SEIZE
DANIELLE

Que vient-il de me demander ?

Est-ce que nous étions en train de parler ? Je ne me souviens plus, je ne pense qu'à Milo. Il est partout et je n'arrive pas à remettre de l'ordre dans mes pensées.

— Danielle, murmure-t-il. De quoi as-tu envie ?

J'ai envie de lui.

Je veux... Je veux... Je veux savoir si c'est réel ou pas.

Je veux me souvenir de ce que l'on ressent quand on se fait embrasser, désirer... toucher.

Et je veux que ce soit lui qui me le montre.

Une part de moi se demande si c'est la bonne décision. Je m'inquiète que ça complique les choses.

J'ouvre les yeux pour trouver des réponses dans son regard, pour savoir si je réfléchis trop ou si peut-être il plaisante. Je peux y lire le conflit, l'envie et l'espoir, le tout enveloppé d'une certaine douceur.

— J'ai peur, je lui avoue à nouveau.

Il ferme les yeux et presse son front contre le mien, alors que je fais glisser mes doigts le long de ses bras. La vie est courte. J'en sais quelque chose. J'ai aimé et j'ai perdu, mais j'ai réussi à survivre à cette douleur. Je ne sais pas ce que c'est, ni pourquoi je ressens ça, mais c'est comme ça.

Peut-être que c'est dû à la manière dont il me regarde parfois. Ou comment il se comporte avec mes enfants. Peut-être que c'est parce qu'il m'a tenue dans ses bras quand je me suis effondrée. Quelle que soit la raison, il me plaît. Je ressens des choses et ce soir, je ne peux plus l'ignorer.

— Je suis un idiot, murmure-t-il.

Non, ce n'est pas vrai. C'est moi qui suis une idiote d'avoir envie de lui mais de laisser ma peur me retenir. Je saisis à nouveau ses poignets et prononce les mots que j'avais sur le bout de la langue.

— Embrasse-moi.

Milo relève brusquement la tête.

— Quoi ?

— Embrasse-moi. Embrasse-moi avant que je change d'…

Et il le fait. Ses lèvres se collent aux miennes et je me fige. Le baiser de Milo est ferme mais tendre alors qu'il me maintient la tête. Je reste immobile. Je ne peux pas bouger parce que ses lèvres sont sur les miennes. Ma tête commence à tourner et j'essaie de me concentrer sur ce que je ressens, mais je suis déstabilisée.

Il se recule.

— Si tu veux que je t'embrasse, il vaut mieux que tu m'embrasses aussi, arrête de trop réfléchir.

— Je… J'étais juste choquée, je me justifie.

— Embrasse-moi comme tu veux que je t'embrasse, à moins que tu aies trop peur et que tu préfères que j'embrasse quelqu'un d'autre ?

Il veut que je l'embrasse ? Il va voir ce qu'il va voir.

— Tais-toi, je rétorque d'une voix dure.

Je ne veux pas penser à lui en train d'en embrasser une autre.

— Essaie de me faire taire.

— Va te faire voir !

— C'est une proposition ? rétorque Milo. Ou alors, tu peux me prouver que tu n'as pas peur et me montrer que tu sais ce que tu fais.

— Tu veux que je t'embrasse ?

Il frotte son nez contre le mien.

— Oui.

— Très bien.

Tocard. Je vais te montrer ce que c'est de m'embrasser.

Je m'empare de son visage et je m'appuie contre l'accoudoir. Je l'embrasse violemment, intensément, je donne tout ce que j'ai. Il est tout aussi brutal avec moi. Tout à coup, je me retrouve à nouveau dans mon siège et il me tient. Je presse mes lèvres contre les siennes et il s'appuie plus fort contre moi. Je sens sa langue contre mes lèvres, mais je les garde closes.

Milo émet un grognement sourd, presque animal en réessayant. Et ouais mon gars?. Je ne suis ni douce ni docile. Je vais te faire péter un câble.

Finalement, j'ouvre légèrement la bouche, juste assez pour que nos langues s'effleurent, et je me laisse aller. J'ai complètement perdu le contrôle de ce baiser. Milo a pris le dessus, et peut-être bien que je l'ai laissé faire. Quoi qu'il en soit, je m'en moque éperdument. Ses mains emmêlent mes cheveux et me retiennent collée à sa bouche alors que je m'agrippe au col de sa chemise.

J'ai déjà été embrassée mais pas comme ça. Je ne me suis jamais sentie à la fois si légère et si présente dans le moment. Personne ne m'a jamais remué le cerveau ou fait battre mon cœur de cette façon. J'en veux encore plus. C'est le baiser dont rêvent toutes les femmes.

C'est la scène finale d'un film, les lumières sont tamisées, on ne voit que nous.

Je déplace mes mains sur son cou. Je me retiens, parce que j'ai peur de m'envoler.

Milo dévore ma bouche et je ne peux plus résister, même si je le voulais.

À chaque caresse de sa langue, je fonds davantage dans ses bras. Même dans l'espace restreint de la voiture, je n'arrive pas à être assez près de lui.

Soudain, quelqu'un tape sur la vitre et je le repousse violemment.

Oh mon Dieu.

Je lutte pour reprendre ma respiration. Les vitres sont complètement embuées et la chaleur à l'intérieur est étouffante.

Encore un coup.

— Euh, maman ? m'appelle Ava d'une voix amusée. Est-ce-que ça va toi et Milo ?

— Merde, je chuchote.

— Vous pouvez m'expliquer pourquoi il y a autant de buée ? continue-t-elle en plaçant ses mains contre la vitre pour y voir quelque chose.

— Qu'est-ce que je vais bien pouvoir lui dire ? je demande à Milo.

— Que tu es une adulte et qu'elle s'occupe de ses affaires. Ou que nous étions en train de nous rouler des pelles et que tu m'aimes bien.

— Des pelles ? Mais de quoi parles-tu ?

— Ça veut dire s'embrasser maman, m'explique Ava. Sérieuse-ment, je sais que tu es là-dedans. Je t'entends.

Fait chier. Je n'arrive pas à croire que je me sois égarée comme ça. Je remets ma robe comme il faut et elle tape à nouveau à la vitre, ce qui me fait sursauter.

— Seigneur !

Au lieu de remettre de l'ordre dans son apparence, Milo me passe devant et ouvre la vitre.

— On peut t'aider ?

Ava sourit et me regarde.

— Je croyais que ce n'était pas un rencard ? Et tu as flingué ton rouge à lèvres.

Quand j'étais ado, je ne me suis jamais fait surprendre avec un garçon. Maintenant que je suis adulte, c'est ma fille de seize ans qui me prend en flag. Oh, douce ironie.

— Rentre, je lui ordonne.

— Tes cheveux sont tout décoiffés.

— Ça suffit, je tente avec ma voix la plus sévère. Rentre.

Elle éclate de rire.

— C'est génial.

Puis, cette enfant fait une chose qui me donne envie de la fouetter. Elle sort son téléphone, prend une photo et court à l'in-térieur.

— Hashtag prise en flag !

— Ava ! Reviens tout de suite ! je hurle alors qu'elle referme la porte. Oh mon dieu, qu'est-ce qui m'a pris, mais qu'est-ce qui m'a pris ?

Je m'adosse et mes yeux se remplissent de larmes. Je suis tellement stupide. Je n'aurais pas dû l'embrasser. Je suis une idiote. Milo travaille pour moi et il essaie de me voler mon travail. C'était absurde de le voir sous un autre angle. Peut-être était-ce dans la position qu'il voulait me mettre.

— Danielle.

Il prononce mon nom mais je n'arrive pas à le regarder.

— Tout va bien.

— Non, tout ne va pas bien. Je dois y aller. Je n'aurais jamais dû être ici avec toi. Je suis une parfaite imbécile. Mais pourquoi t'ai-je embrassé ? Pourquoi me suis-je laissée aller à penser que...

Je laisse ma phrase en suspens et sors de la voiture. Mon cœur bat la chamade quand je pense à toutes les conséquences que mon erreur pourrait avoir sur ma vie. Je l'ai embrassé. Devant ma maison, et ma fille nous a surpris.

Visiblement, j'ai perdu la tête. J'ai été égoïste et j'ai oublié la réalité, mes enfants, mon travail, ma vie. J'avais juste envie de ses satanées lèvres parfaites.

L'air frais de la nuit me fait revenir à moi et je commence à marcher, mais mes saletés de talons s'enfoncent dans l'herbe et je tombe.

Comme si cette nuit ne pouvait pas être pire.

— Mais pourquoi ? je hurle en direction du ciel. Pourquoi moi ?

J'essaie de me relever mais les mains de Milo sont déjà sur ma taille pour m'aider.

— Arrête ! je lui ordonne en le repoussant. Je n'ai pas besoin de toi. Tu peux t'en aller.

— Tu es sérieuse ?

— J'ai l'air de plaisanter ?

Je me relève, retire ces chaussures à la con et repars pieds nus vers la porte. Je n'arrive pas à croire que je me sois laissée aller comme ça. J'étais si prise par mon conflit intérieur que mes émotions ont pris le dessus sur mon cerveau. J'avais tellement envie de lui. J'avais envie d'être désirée plus que tout et, pour autant que je sache, pour lui c'était un jeu pour abaisser mes défenses.

Il m'a menée par le bout du nez sans aucun effort.

— Mais, bordel, que se passe-t-il ? me demande Milo en m'attrapant par le bras pour m'empêcher de remonter les marches jusqu'à la porte.

— Rien.

— Rien ?

J'essaie de récupérer mon bras mais il ne le lâche pas.

— C'était une erreur.

— Une erreur ? me demande-t-il.

— T'es quoi, un perroquet ? Oui, ça. Je ne sais pas comment l'appeler.

Je pointe la voiture avec mes chaussures avant de poursuivre.

— Ça n'arrivera plus, ni maintenant ni jamais. Je ne sais pas ce que tu as en tête mais je ne joue plus. Je dois penser à ma famille et je ne vais pas risquer de perdre mon travail parce que tu essaies de me... Quel que soit ton plan, il ne fonctionnera pas.

Sa main retombe.

— C'est ce que tu crois ? Que je joue à des jeux idiots avec toi ?

Ma poitrine se serre quand je vois un éclair de douleur dans ses yeux.

— Oui ! Je sais ce que tu cherches à faire ! Tu as joué avec mes émotions pour me faire perdre la raison. C'est un coup bas. Je dois rentrer chez moi.

Je me libère, et je me sens tout à coup encore plus bête qu'avant. Je suis émotive et commence à me sentir coupable.

Je sais que Peter n'est plus là. Je sais que je suis célibataire, mais tout ce à quoi je pensais pendant ce baiser, c'est à quel point ses lèvres étaient plus agréables.

Que Peter ne s'était jamais montré possessif.

Que Peter ne m'avait jamais embrassé ainsi.

Que Milo était différent et que ça me plaisait.

Mon Dieu, je suis une personne affreuse.

— Tu crois vraiment que je faisais semblant ? Tu n'as pas senti que je t'ai désirée toute la soirée et même que je te désire depuis plusieurs jours ? Tu crois que c'est mon truc d'aider des gens que je connais à peine comme je l'ai fait avec toi ? Si c'était un jeu, comme tu le dis, pourquoi est-ce que je voudrais t'aider ? Ce serait plutôt dans mon intérêt de te laisser dans ta merde et de me moquer quand tu échoueras.

— Je ne sais pas quoi penser mais je ne suis pas une enfant qui s'amuse à bécoter tous les employés.

Il éclate de rire.

— Bécoter ? Nous sommes tous les deux des adultes qui ont besoin de se défouler. Il est évident que je t'attire, ce qui est très compréhensible d'ailleurs.

— Espèce de connard arrogant ! Tu m'as allumée toute la soirée.

— Vraiment ? J'étais plutôt occupé avec Kandi si tu te souviens bien.

— Tu vois ! J'avais raison à ton sujet ! Nous sommes tous des pions sur ton petit échiquier. Moi qui pensais que tu étais quelqu'un de bien. Je me suis fait avoir. Je ne recommencerais plus. Tu m'avais pourtant bien dit qui tu étais vraiment. J'aurais dû t'écouter dès le départ. Tu es exactement comme ta famille te décrit.

Milo s'approche d'un pas, le dos raide. Je sens la douleur que mes mots lui ont infligée. C'était un coup bas, mais il a fait pareil.

— Je ne suis pas cette personne, Danielle. Ne te méprends pas, je ne suis pas non plus le brave gars que tu recherches mais je ne suis pas le méchant. Je ne manigance pas derrière ton dos pour te voler ton travail. Je t'ai embrassée parce que j'avais envie de toi, mais on dirait que j'ai mal évalué la situation, comme tu le dis.

Milo n'exprime plus sa douleur ; elle fait place à la colère et à la déception.

— Je n'ai pas...

— Tu n'as rien à dire d'autre. Tu as été très claire au sujet de tes sentiments pour moi. Je suis désolé que tu penses que ce baiser a été une telle erreur. Je veillerai à ce que ça ne se reproduise pas. Par ailleurs, c'était seulement un baiser. Ça n'a pas beaucoup d'importance si on considère notre relation dans sa globalité, si ? Ce n'est pas comme si nous allions continuer une fois que les choses prendront la tournure que je veux leur faire prendre. Bonne nuit Danielle.

Je reste plantée là et le regarde s'éloigner. J'ai tant de choses à lui dire mais je reste muette. Si tout se termine ainsi, plus de confusion possible. Il ne devrait pas se soucier de ce que je pense. Il a déjà annoncé clairement qu'il n'était pas à la recherche d'une relation. Quoi qu'il vienne de se passer, cela n'a aucune importance pour lui. Je ne peux pas entrer dans la vie d'un autre. Si je lui donne ce qu'il reste de mon cœur, alors que se passera-t-il ?

Je dois penser à mes enfants, à leur avenir et au fait que j'ai besoin de ce travail.

Il rejoint sa voiture et nos regards se croisent. Puis il secoue la tête et ouvre la portière. Quand sa voiture a fini sa marche arrière et que ses phares ont disparu au loin, une larme roule sur ma joue.

Je ne parviens pas à me convaincre que je me moque de ce qu'il vient d'arriver. Ce qu'il reste de mon cœur saigne déjà.

— Bonjour, Mme Bergen. Voici le relevé des appels accompagné des dossiers qui doivent être vérifiés. Je peux les laisser sur le bureau ? me demande Milo.

J'ai redouté ce moment. J'ai même pensé à appeler pour me faire porter pâle. C'est dire à quel point me retrouver avec lui après la soirée de samedi me remplissait d'effroi.

Toute la journée de dimanche, j'ai pensé à lui passer un coup de téléphone. Il n'a rien fait de mal et pourtant, je l'ai traité comme s'il était en tort. Je lui ai demandé de m'embrasser puis je l'ai repoussé. Maintenant, je dois m'excuser et trouver un moyen pour que nous puissions à nouveau travailler ensemble.

Je prononce son nom et il me répond d'un regard d'une dureté inédite.

— Tu as besoin d'autre chose ?

— Il faut qu'on parle.

Il souffle bruyamment.

— Pas la peine. Je n'ai rien à dire.

— Et bien, moi si.

Milo s'appuie contre la porte, les bras croisés.

— C'est en rapport avec le travail ?

— Oui. Entre et assieds-toi.

Je peux lire en lui combien il me déteste, moi et le fait que je sois sa chef. Il est visiblement décidé à ne parler que boulot, cela doit être une torture pour lui.

— Avons-nous reçu la confirmation de Darren ?

Darren a appelé pour dire qu'il devait régler une situation urgente et nous voilà à nouveau sur la case départ.

— Non.

— Tu as contacté la mairie ?

— Oui.

Génial, des réponses monosyllabiques. Je vais sortir le grand jeu.

— D'accord, comment s'est passée la conversation ?

Milo me lance un sourire narquois.

— Bien.

La moutarde me monte au nez.

— Qu'a-t-il dit ?

— Rien.

J'ai envie de le tuer.

— Tu es sérieux ? Tu vas vraiment continuer comme ça ?

— Je vais déjeuner avec le président de Dovetail pour parler de mon avenir dans cette société.

Oh.

— OK donc tu voulais me dire que tu allais déjeuner avec ton frère ?

Je suis ébahie. Je ne sais plus quoi dire. Je savais qu'il était contrarié mais Milo ne m'a jamais traitée aussi froidement.

— Oui.

Sérieusement, je le déteste maintenant.

— Tu ne veux pas qu'on parle de l'autre soir ?

Milo lève les yeux des papiers sur ses genoux, une expression neutre sur le visage. Je ne vais pas abandonner maintenant. Il se conduit comme un enfant et j'essaie d'être une adulte. Il y a sûrement un moyen de s'entendre.

J'attends.

Et j'attends.

Et Milo ne bouge toujours pas.

À chaque seconde qui passe, je pense à une autre façon de lui pourrir la vie.

— Ça suffit ! je craque.

— Quoi ?

— Ça ! Tout ce cinéma ! Cette attitude je-m'en-foutiste et tes réponses au lance-pierre. Je suis désolée, j'ai paniqué, d'accord ? Je suis toujours en train d'essayer de m'adapter à cette vie, et j'ai eu peur. Je n'ai pas voulu te faire de mal Milo. Jamais. Tu as été formidable, tu m'as fait ressentir des choses, et ça me fait peur. J'essaie de venir vers toi, je t'en supplie, parle-moi. Je ne peux pas... je ne veux pas... souffrir une fois de plus.

Milo se relève.

— Peur ?

Beurk. Encore une réponse d'un mot.

Il s'approche de moi, fait le tour du bureau et se plante devant moi. Je dois pencher la tête en arrière pour le regarder.

— Peur de quoi ? demande Milo en se penchant en avant.

Il pose ses mains des deux côtés de ma chaise et nous sommes face à face.

Il est si proche de moi que mon cœur s'emballe. Pourquoi mon corps me trahit-il ? J'essaie de ralentir ma respiration mais je peux tout de même entendre à quel point c'est laborieux. Je chuchote :

— Je ne veux plus me sentir comme ça. Je veux que les choses soient claires.

— Je pense qu'il est un peu trop tard pour ça, tu ne crois pas ? On a dépassé les limites depuis que ma langue est entrée dans ta bouche, non ?

Mon estomac se serre à cette seule évocation.

— Non, fais-je en secouant la tête.

— Tu penses vraiment que je vais t'utiliser pour retrouver mon travail ?

J'ai envie de lui répondre que non mais honnêtement, je n'en suis pas sûre. Je ne comprends pas grand-chose à ce qui est en train de se passer. Milo m'a déjà dit quel type d'homme il était, cependant il a toujours été honnête avec moi. Il m'a expliqué qu'il n'aimait pas jouer. Alors pourquoi est-ce que je ne le crois pas sur parole ?

— Je ne vais pas te mentir, je ne sais plus quoi penser.

Son visage est si proche, ses lèvres sont juste devant moi et j'ai la bouche sèche.

— Ne réfléchis pas, fais confiance à ton instinct, ma belle.

Je me penche légèrement en avant sans m'en être donné la permission. L'odeur de son parfum, l'assurance qu'il dégage et la texture de sa voix agissent comme une drogue. On ne se contente pas d'une prise. On veut replonger encore et encore.

— Il ne faut pas, je chuchote.

— Oh, mais si, il le faut, et tu en as envie, pas vrai ?

Oui. J'ai envie qu'il m'embrasse à nouveau.

Il penche sa tête légèrement sur le côté et, juste avant que nos lèvres ne se touchent, un bruit nous interrompt.

— Est-ce que... je dérange ?

La voix de Callum emplit la pièce.

— Je peux revenir plus tard si vous préférez.

Oh je vous en prie, faites que ça ne soit pas vrai. Je ferme les yeux et sens le rouge me monter aux joues.

— Timing parfait, comme toujours frangin, s'amuse Milo en lâchant ma chaise.

— Je venais vérifier si tu étais toujours d'accord pour qu'on déjeune ensemble. Bonjour Danielle, lance Callum d'un air narquois.

Maintenant, je me suis fait surprendre dans une position compromettante par ma fille ET par mon patron.

— Callum, je...

— Oui ?

— J'étais juste...

— Elle était sur le point de m'embrasser mais tu as tout gâché, achève Milo pour moi.

Sérieusement, j'ai envie de ramper sous mon bureau et de ne jamais en sortir. Je n'ai jamais eu aussi honte de ma vie.

— Pas du tout !

C'est peut-être vrai, mais je ne l'admettrai jamais.

Milo secoue la tête.

— Oui, on vérifiait mutuellement notre respiration au cas où l'un de nous deux ait besoin d'être réanimé. Tu préfères ?

Je cache mon visage dans mes mains.

— Oui, génial.

Callum éclate de rire.

— Je n'y crois pas du tout. Je t'attends dans mon bureau, Milo. On y va quand tu es prêt.

Je relève lentement la tête, en priant pour que Callum soit parti.

— Et bien, c'était plutôt gênant, déclare Milo en souriant.

Mon estomac se soulève alors que la honte envahit tout mon corps. Cet homme me rend dingue et me pousse à faire des bêtises. J'ai besoin de garder mes distances.

— Tu savais qu'il allait venir ?

Milo me regarde, confus.

— Comment aurais-je pu prévoir que Callum apparaîtrait comme par magie ?

— Je ne sais pas, mais argh... Ça n'aurait pas pu être pire.

Il marche vers la porte et se retourne vers moi avec un sourire.

— Ne t'inquiète pas, je ne lui dirai rien pour notre petit baiser de l'autre soir. Je ne veux pas que tu aies des problèmes avec les Ressources Humaines.

Vie de merde.

CHAPITRE DIX-SEPT
MILO

Mon frère m'assomme. Je ne sais pas comment l'exprimer autrement. Il a toujours été un peu coincé mais là, il est devenu carrément... insipide.

Il obéit à toutes les règles.

Tous les aspects de sa vie ont été analysés et formatés pour identifier le bon choix qui débouchera sur le résultat attendu. La seule décision impulsive qu'il ait jamais prise, c'est de se marier avec Nicole.

Il faut bien le lui reconnaître : l'épouser est la meilleure décision qu'il ait prise. Cependant, le fait qu'il ait dû traverser l'Atlantique a détérioré notre relation. S'il était resté à Londres, nous ne serions pas dans ce restaurant aujourd'hui.

— Tu voulais qu'on se parle ? demande Callum alors qu'il découpe son steak.

— Pas vraiment, mais tu m'as demandé si on pouvait se parler, donc je suppose que tu veux parler de mon avenir dans la société.

Je prends mon scotch et bois une gorgée en attendant sa réponse.

— Tu vas partir ? s'enquiert-il finalement.

— Pour aller où... ?

Callum pose sa fourchette et son couteau, s'essuie délicatement la bouche avec sa serviette puis hausse les épaules.

Je ne sais pas ce que ça signifie, alors je reste muet et j'attends. Il pense que je vais démissionner ? Il veut aller dans un autre restaurant ? Vraiment, les possibilités sont infinies.

— Tu vas me forcer à le dire ? demande finalement Callum.

— Je n'ai pas la moindre idée de ce dont tu parles, donc oui, vas-y.

— À Londres, Milo. Est-ce que tu vas rentrer à la maison ? On sait tous les deux que cette mascarade ne va pas durer très long-temps. En réalité, je suis surpris que tu aies tenu aussi longtemps. On sait tous les deux que tu n'es pas heureux ici.

Une fois de plus, je trouve que mon frère est complètement bouché. Il pense qu'il me connaît par cœur mais il ne m'a jamais posé une seule question.

Je m'appuie sur le dossier de ma chaise.

— C'est fabuleux, tu es télépathe maintenant. Je ne te connais-sais pas ce nouveau talent.

— Ne me dis pas que tu veux être son assistant.

— Va te faire voir. Tu ne sais pas ce que je veux. Ou tu t'en moques parce que tu es un con qui se fiche des autres.

Callum éclate de rire.

— Tu crois que ça me fait plaisir quand maman appelle pour parler de son petit bébé et de son travail qu'il veut récupérer ?

— Peut-être qu'elle pense que tu es un idiot.

Je suis sûr que ce n'est pas le cas. Son Callum est parfait et fait tout bien. Elle adore signaler tous mes défauts et me rappeler à quel point je la déçois. J'en ai marre de vivre dans l'ombre de mon frère, c'est épuisant et humiliant. Moi aussi je veux du soleil.

— Peut-être qu'elle pense que tu ne changeras jamais.

— Alors, elle a raison. Je suis le même irresponsable que j'étais il y a des années, pas vrai ? Toujours le bon vieux Milo, seul le pays a changé.

Il secoue la tête.

— Je croyais que tu avais changé au cours de ces dernières semaines. Je t'ai vu avec Danielle, travaillant dans un esprit d'équipe. J'ai eu probablement tort.

— Encore une fois, tu présumes des choses. Est-ce que j'ai été la cause d'un seul problème depuis que je suis revenu ?

— Non.

— Est-ce que je t'ai demandé de me rendre mon poste de directeur ?

— Non, et pourquoi ? Milo ?

Parce que Danielle perdrait alors son boulot.

Rien que cette raison suffirait à me faire sauter dans le prochain avion pour Londres.

Mais bordel, mais qu'est-ce qui cloche chez moi ? Je suis venu ici pour récupérer mon boulot et détruire le salaud qui me l'avait pris. Je voulais une vengeance spectaculaire. Mon objectif était clair, mon plan était nickel. Et puis je l'ai rencontrée.

Je me suis rendu compte que ça n'allait pas être si facile de lui prendre sa place. Et j'ai vu combien ça allait lui coûter. Finalement, elle n'avait rien à voir avec le salaud que je m'imaginais. Elle est plutôt sensationnelle.

— Parce que je suis un idiot, réponds-je à Callum.

— Ah, ironise-t-il. Étant donné que je t'ai surpris sur le point de l'embrasser, je n'ai pas besoin d'en savoir plus.

— Je préfère ne pas en parler, je rétorque les dents serrées.

Callum pose ses bras sur la table.

— Je t'ai déjà raconté l'histoire de la rencontre entre papa et maman ?

Mon visage se décompose. La dernière chose dont j'ai envie, c'est de parler du bon vieux temps.

— Sérieusement ? Non, et je m'en fiche un peu d'ailleurs.

Il continue comme s'il n'avait pas entendu ma réponse.

— Maman et moi avons deux versions différentes, mais le résultat reste le même. Ce que maman ne sait pas, c'est que j'avais pris l'habitude d'écouter les conversations téléphoniques de papa. Il connaissait mon père biologique et je soupçonne qu'il est entré dans nos vies pour une raison particulière. Tu sais que mon père était un homme dur en affaires qui aimait se faire craindre de son entourage. Il voulait que maman le craigne aussi, mais on sait pertinemment qu'il en faudrait beaucoup pour y arriver.

— Où tu veux en venir, Callum ?

Je me fiche de tout ça. Papa est parti et la façon dont ils se sont rencontrés n'a aucune importance pour moi.

— Arrête d'être si con, me lance-t-il en me fusillant du regard. Je suis en train de te dire que papa n'a pas rencontré maman par hasard. Parfois, on se trouve et on choisit de s'aimer. Tu as un grand cœur Milo mais je ne suis pas sûr que tu aies un cerveau.

— Comment tu t'en es rendu compte ?

Callum jette sa serviette sur la table.

— Je ne vais pas tout t'expliquer en détail. Je pense que tu sais pourquoi tu as toute cette colère en toi.

— Oui, à cause de toi.

— Je sais, répond-il en riant avant de se lever. Je suis le méchant, comme toujours. Ça n'a rien à voir avec ce que tu ressens pour Danielle. Tout d'un coup, c'est moi qui fais de ta vie un enfer. J'ai raison ?

Il peut bien aller se faire foutre. Je n'ai pas besoin de ça. Tout ce que je ressens c'est l'envie de lui mettre une beigne. Danielle a été très claire sur ce qu'elle pense de moi et elle a raison. Je suis un connard égoïste qui ne peut pas avoir de relation sérieuse.

Je suis le gars qui va lui faire du mal parce que je ne sais pas comment faire autrement.

Je vais la décevoir parce que, vu mon passé, c'est inévitable.

Je ne la mérite pas et si je la courtise, cela va très mal se terminer.

Je me relève et jette de l'argent sur la table.

— Non, tu es juste un connard qui devrait arrêter de se mêler des affaires des autres.

— Et moi qui pensais que nous allions passer un bon moment.

À mon tour d'éclater de rire.

— Je crois que ferions mieux d'arrêter de gaspiller notre temps à essayer.

Je m'apprête à sortir du restaurant, je refuse de me prendre la tête avec ces conneries plus longtemps. Il me retient par le bras dès que je mets un pied dehors.

— Je vais continuer d'essayer. Je veux que tu le saches. Pas pour maman ou un truc du genre e, mais parce que tu as une famille qui se fait du souci pour toi, même si tu penses le contraire. Tu as un neveu qui aimerait connaître son oncle et apparemment, Nicole t'aime bien. Mais elle pourrait bien changer d'avis une fois qu'elle te connaîtra mieux. Et puis, tu as un frère qui voudrait passer plus de temps avec toi. Je ne te laisserai pas tomber, même si tu fais tout pour me repousser.

Il m'empoigne brièvement le bras avant de se diriger vers sa voiture. Je reste planté là, incapable de dire un mot.

De toute ma vie, Callum ne m'a jamais montré la moindre marque d'affection. Il a toujours placé ses ambitions avant moi. Je ne sais pas comment interpréter ce qu'il vient de me dire.

La voiture de Callum s'éloigne et je suis toujours immobile, essayant encore de comprendre ce qu'il vient de se passer.

CHAPITRE DIX-HUIT
DANIELLE

— Et êtes-vous entré sciemment dans le bureau de Me Bergen avec une arme à feu ? demande la procureure tandis que mes mains commencent à trembler.

— Eh bien, j'avais sciemment mon arme mais je ne le cherchais pas lui en particulier, répond l'assassin de Peter.

Je suis étonnée par son apparence calme et sereine. Comme si aujourd'hui était un jour comme les autres. Pas un semblant de regret sur son visage.

Je n'avais pas prévu de venir. Après cette première journée au tribunal, je me suis trouvé plein d'excuses pour ne plus venir. Et pourtant, je suis assise ici, j'écoute et je regrette ma présence. J'avais besoin de partir du bureau après ce qu'il s'était passé avec Milo. J'ai pris mon sac et me suis rendue dans mon petit snack préféré sur la plage. Je suis restée assise là, à regarder les vagues lécher la grève et à me demander comment j'en étais arrivée là.

La vie n'est pas un long fleuve tranquille, c'est sûr. Mais là, ça dépasse les limites. C'est devenu incontrôlable.

J'ai pensé à mes enfants, mes amis, ma famille. Et avant de comprendre ce que je faisais, j'avais fini de manger et ne suis pas retournée au bureau. C'est comme si quelqu'un d'autre avait pris le volant de ma voiture pour me conduire au tribunal.

Je ne sais pas pourquoi j'ai ressenti le besoin irrépressible de venir ici. Peut-être parce que la dernière personne à qui j'ai pensé devant l'océan était Peter. Peut-être parce que je me sentais coupable d'avoir presque embrassé Milo à nouveau. J'avais le sentiment tenace qu'il se passait quelque chose d'important, et j'avais raison. Adam McClellan n'était pas supposé être à la barre aujourd'hui, pourtant je suis assise là et tout se déroule devant moi.

— Et vous aviez l'intention d'utiliser cette arme ? lui demande-t-elle.

— Je n'y suis pas allé pour le tuer, si c'est votre question.

— Alors pourquoi y êtes-vous allé ?

Il me regarde un instant et je jure que mon cœur s'arrête de battre. Je ne me suis pas assise devant cette fois-ci. Je suis au fond de la salle, j'essaie de me cacher du mieux que je peux. Pourtant, il m'a repérée.

— M. McClellan, reprend-elle en se plaçant devant lui, interrompant ainsi le contact visuel. Aviez-vous une raison de vous rendre dans le bureau de Me Bergen ?

— Je voulais juste les intimider un peu.

— Avec une arme chargée ?

Il hausse les épaules.

— Ouais.

— Et ensuite, que s'est-il passé ? insiste-t-elle.

Je ne peux pas rester là à écouter ça, pas toute seule.

Je pose la main sur le côté. Je voudrais que Milo soit là pour la tenir.

C'est bizarre que je pense à lui. Lui qui me bouscule tellement. Je ne devrais pas penser à lui ainsi. Je ne devrais pas avoir envie de le voir toute la journée. Et je ne devrais certainement pas être ici, au procès de mon mari, et penser à Milo, mais c'est le cas.

Ma poitrine me fait mal et je me rends compte que je dois partir d'ici. Ce n'est pas bien et je suis encore plus à l'ouest que je ne le croyais. Je me glisse vers l'extrémité du banc mais quand j'arrive au bout, Milo entre.

Ses yeux captent les miens et il me calme d'un seul regard. Il continue de me regarder en s'asseyant à côté de moi.

— Tu étais en train de partir ? me demande-t-il à voix basse.

— Que fais-tu là ? Comment m'as-tu retrouvée ?

Comment as-tu fait pour apparaître comme par magie juste au moment où j'avais envie de te voir ? souhaiterais-je dire.

Il s'approche et les battements de mon cœur s'accélèrent.

— J'ai essayé de t'appeler mais tu ne répondais pas, alors j'ai regardé ta position sur mon téléphone et j'ai su où tu étais.

Super... Mon assistant est Sherlock Holmes. Tout ce qu'il me fallait.

— Génial, je commente la voix chargée de sarcasme.

Milo me trouble, il saisit mes émotions, les met dans un mixer et pousse le moteur à fond. Je ne sais pas si j'ai envie de son soutien ou de partir en courant.

Adam prend quelques secondes pour répondre, ses yeux retrouvent les miens au milieu de la foule et j'ai la nausée. Je suis froide et morte à l'intérieur. Il n'a pas le droit de me regarder. Il ne devrait pas se tenir là avec cet air suffisant.

— Je suis entré dans son bureau, il était assis là...

Je couvre mes oreilles de mes mains. C'est trop. Je n'aurais jamais dû venir ici.

Milo jette un œil vers la barre des témoins, il constate qui est en train de parler et se retourne vers moi. Il me fait retirer mes mains et me parle d'une voix douce, ses lèvres effleurant mon oreille.

— Il n'y a rien qu'il puisse dire que tu ne te sois pas déjà imaginé dans ta tête.

La voix coléreuse d'Adam remplace la douceur de Milo.

— Je lui ai demandé d'appeler mon avocat mais il n'a pas voulu le faire. Je lui ai dit que j'étais sérieux et il m'a répondu de me calmer.

Je regarde Milo et chuchote :

— Est-ce qu'il ne vaut mieux pas rester dans l'ignorance ?

Milo reprend ma main.

— Jamais.

Je me suis imaginé des millions de scénarios sur la façon dont Peter était mort. Je me les jouais comme des films, chaque scène plus visuelle et insoutenable que la précédente. Est-ce qu'il l'a supplié de le laisser vivre ? Est-ce que c'est allé vite ?

Est-ce que Peter a sauvé la vie d'un autre avocat en se sacrifiant ?

Mais surtout, je voudrais savoir si Peter a pensé à moi et à nos enfants. Est-ce qu'il a vu nos visages et senti notre amour ?

Je l'espère.

J'espère vraiment qu'à son dernier souffle, il savait combien il comptait pour moi, combien son amour et sa détermination étaient le ciment de notre famille.

Milo a raison, pourtant. Je ne saurai jamais à quoi Peter pensait. Je ne connaîtrai jamais cette réponse. Mais je peux en obtenir d'autres.

— M. McClellan, comment l'arme s'est-elle déclenchée ?

Je serre la main de Milo plus fort, j'ai l'impression que c'est le seul lien que j'ai avec le monde. Je suis en apesanteur, j'ai la tête qui tourne, j'ai peur de tomber. Toutefois, je ne peux m'empêcher de regarder ce qui est en train de se dérouler devant moi.

— Je ne sais pas, répond-il.

— Vous ne savez pas ?

— Je le tenais dans la main, et... le coup est parti.

La procureure ne perd pas une seconde.

— Vous avez tiré ?

— Non. Comme je l'ai déjà dit, c'était un accident. Le coup est parti tout seul.

La défense ment. Je connais ça et je prie pour que ça ne fonctionne pas. S'ils peuvent ne serait-ce que semer le doute le plus infime que ce meurtre est un accident, cet homme pourrait s'en sortir avec juste une petite tape sur les doigts. Personne n'a été témoin du coup de feu, juste une vidéo qui le montre entrer et sortir dans le bureau. Personne n'a vu Adam tuer Peter.

La procureure marche lentement vers le jury.

— Vous voulez dire que vous vous êtes rendu sur les lieux avec une arme chargée, que Me Bergen s'est fait tirer dessus mais que vous n'avez jamais eu l'intention de lui faire du mal ?

— C'est exact.

— Vous n'avez pas eu l'intention d'utiliser cette arme ? Pourtant vous l'aviez entièrement chargée.

Adam baisse la tête.

— Non, je voulais parler à *mon* avocat. Je n'étais même pas là pour voir Peter.

Mes doigts serrent fort et Milo répond avec une pression similaire.

— Avec une arme chargée ?

Doucement, Adam relève la tête et je le regarde essayer d'avoir l'air repentant.

— Oui, mais elle ne devait pas l'être, je la croyais vide.

— Donc, vous êtes en train de me dire que le coup est parti tout seul plusieurs fois ? Parce qu'il a reçu plusieurs balles, des balles qui lui ont ôté la vie et qui ont privé sa famille d'un mari et d'un père.

— Comme je l'ai dit, c'était un accident. Je suis désolé pour sa famille et tout mais il paraît qu'il était violent avec sa femme et ses gamins, c'est ce que j'ai entendu dire. Alors si c'est le cas, ce n'est peut-être pas la pire des choses qui ait pu leur arriver.

Et là, je pète un câble.

Je bondis de mon siège, incapable de contrôler mes émotions plus longtemps.

— Menteur ! Tu nous l'as volé et tu n'as même pas de remords ! Comment oses-tu !

— Du calme, ordonne le juge.

Je continue à hurler mais je ne sais plus ce que je dis. La colère et le désespoir jaillissent simplement de ma bouche. Ce bâtard a tué mon mari de sang-froid et maintenant, il essaie de ternir sa mémoire.

Les bras de Milo entourent ma taille, il me tire pour me faire sortir de la salle alors que le juge tape de son marteau encore et encore en criant pour rétablir l'ordre.

Mon cœur bat si fort dans ma poitrine que j'ai peur qu'elle explose. Je le déteste. Je me déteste d'être si faible et d'être venue ici quand même.

Quand la porte se ferme, je m'écroule dans les bras de Milo. Il me tient contre sa poitrine alors que je m'effondre. Je m'accroche à lui et j'essaie d'enfouir mon visage parce que je ne veux pas qu'on me voie comme ça.

— Tout va bien, Danielle, me berce Milo alors que je sanglote. Tout va bien maintenant.

Je ne vais pas bien. Je suis une folle qui a perdu son calme au tribunal. Personne ne se souviendra du sourire de Peter. Tous se souviendront seulement de l'hystérique hurlant sur le meurtrier. C'est moi la responsable. Je connaissais pourtant les conséquences mais je n'ai pas pu m'en empêcher.

La honte fait place à la colère et soudain, je ne veux plus qu'on me réconforte.

— Non ! Tout ne va pas bien ! je m'exclame en sortant de son étreinte. Je viens juste de leur donner une petite victoire. C'est ma faute. Je leur ai offert un point.

— Tu ne leur as rien offert.

— Si ! Putain, je suis plus intelligente que ça. Il faut que je m'en aille, je savais que je ne pourrais pas le supporter. Je ne réussis rien parce que je détruit tout ce que je touche Milo m'agrippe par le bras pour m'empêcher de m'éloigner.

— Tu es trop dure avec toi-même.

— Tu as raté tout ce cirque, Milo ? Tu as fermé les yeux et tu n'as pas vu l'hystérique à l'œuvre ?

— Mais tu ne vois pas à quel point tu es fantastique ? Tu portes le poids du monde sur tes épaules et tu ne t'attribues aucun mérite.

Je n'ai rien accompli, j'ai juste tout fait foirer.

— Je t'en prie. Je n'ai aucun mérite. Tu ne comprends pas, j'ai tout détruit.

Il n'entend pas ce que je lui dis, pourtant. Il fait deux pas en avant et m'attire dans ses bras.

J'ai beau vaciller, il me retient. Milo presse son front contre le mien.

— Tu ne sais pas qui tu es.

J'aimerais qu'il ait raison. Mais j'ai vu ce que je viens de faire et je n'apprécie pas du tout.

— Tu vois seulement ce que tu veux voir, lui dis-je.

Milo relève la tête et essuie une larme qui coule lentement en laissant des traces noires sur ma joue.

— Je te vois toi. Ce serait plus facile pour moi si ce n'était pas le cas. Tu peux continuer à me repousser, ça me va. On l'a toujours fait, ma vie entière, Danielle. Je suis devenu très fort pour me défendre et je peux aussi te défendre.

Je ne le repousse pas. Je craque. C'est la différence. J'ai perdu l'envie de me battre. C'était trop dur de regarder ça.

— Tu ne veux pas de moi. Je suis brisée.

— Et moi, je ne le suis pas ?

— Pas de la même façon, Milo.

Il caresse ma joue de son pouce.

— Nous avons tous des imperfections, nous avons tous des défauts. Nous pouvons tous nous montrer indignes. Mais ça ne veut pas dire que nous ne désirons pas plus.

Une autre larme coule alors que je lève les yeux vers lui.

— Pourquoi es-tu ici ? Pourquoi es-tu venu me chercher ?

— Parce que j'avais besoin de te voir.

Les murailles dont il s'entoure généralement sont abaissées. Je vois de la vulnérabilité dans ses yeux. Je l'avais déjà vue l'autre soir et j'en suis toute secouée. Je ne sais pas si c'est parce que je suis fatiguée émotionnellement ou parce qu'il s'est dévoilé à moi au cours des dernières semaines. Je lève la main pour toucher son visage.

— Qu'est-ce qu'il nous arrive ?

Milo pose ses lèvres sur mon front et y dépose un léger baiser.

— Je ne sais pas. Mais je ne sais pas non plus si je suis assez fort pour garder mes distances avec toi.

Je lève les yeux vers lui et je comprends que même pendant ce cauchemar, j'avais besoin de lui. J'avais besoin qu'il soit là pour pouvoir m'appuyer sur lui. Il a été présent là où je ne l'attendais pas et, tout à coup, je ressens du désir pour lui.

— Moi non plus je ne suis pas assez forte.

Lentement, Milo pose ses lèvres sur les miennes. Il m'embrasse lentement et pendant une seconde, j'ai l'impression d'être normale. Je me sens en sécurité et ce n'est pas une bonne chose quand on est dans les bras de Milo.

CHAPITRE DIX-NEUF
DANIELLE

— Alors comme ça, tu t'es mise à hurler sur le prévenu ? demande Heather en se versant un verre de vin.

— Ouais.

— Pas ton moment le plus glorieux, pas vrai ? commente Kristin en gloussant alors qu'elle replie ses jambes sous elle.

Je lève les yeux.

— Effectivement.

— On ne peut pas t'en vouloir, Danni. Tu encaisses beaucoup de choses en ce moment, tout en essayant de prétendre que ta vie est géniale, me console Heather.

Je ne sais pas quoi dire d'autre à ce moment-là. Si je pleure trop souvent, j'ai l'impression d'être un fardeau pour les autres. Si je ne m'écroule pas, je suis trop forte. Je ne sais pas comment gérer la situation.

— Je ne prétends rien du tout. Je gère ma vie du mieux que je peux. Est-ce que je suis dépassée ? Oui. Mon ado est cinglée, Parker n'arrête pas de poser des questions au sujet de son père, je travaille à temps plein pour payer les factures. Et bordel, je vais avoir quarante ans dans trois mois, j'énumère tout en me faisant une queue de cheval. Oh, et j'ai aussi embrassé Milo.

Autant en finir tout de suite.

Les deux posent leurs verres sur la table et se regardent bouche bée.

— Ça vient de devenir intéressant, lance Heather.

— Oui, parce que lorsque je hurle comme une tarée au milieu d'un tribunal, ce n'est pas assez ridicule ?

Kristin hausse les épaules.

— Elle voulait dire croustillant.

— Je sais ce qu'elle voulait dire.

Nicole ouvre la porte avant de toquer.

— Salut ! Désolée du retard. Je n'arrivais pas à coucher Colin et Dieu sait combien de fois il m'aurait appelée si je l'avais laissé avec son...

Elle marque une pause en remarquant l'ambiance avant de demander :

— Mais que se passe-t-il ici ?

— Danielle a embrassé Milo.

Elle me lance un petit sourire narquois.

— Je le savais déjà. Callum les a surpris au travail. Petite coquine. J'espère que tu en as profité pour faire sauvagement l'amour sur ton bureau pendant que tu y étais.

Je pose ma tête dans mes mains.

— Je n'en peux plus de vous les filles.

Nicole éclate de rire.

— Tu croyais qu'il n'allait pas m'en parler ? Il m'a dit qu'il s'était senti très mal à l'aise. Que tu étais tout essoufflée et que Milo était très anxieux au déjeuner. Il semblerait que tu aies du mal à résister aux petits Anglais toi aussi. Oh ! s'écrie-t-elle en plaquant sa main sur sa bouche. On va être sœurs pour de vrai !

Kristin s'esclaffe.

— Le rêve de nous toutes. Être sœur avec la cinglée du groupe.

— Je t'en prie, réplique Nicole. Tu adorerais être ma sœur.

Heather glousse.

— On adorerait plutôt effacer les années durant lesquelles tu pensais être notre sœur.

Mes copines sont complètement folles. Je n'en ai jamais douté. Mais je ne compte pas me marier. N'importe quoi. Milo et moi avons échangé deux baisers. C'est tout.

— Je crois que tout le monde doit prendre un moment pour se calmer. C'était une erreur, OK ? Apparemment, je fais ma crise de la quarantaine et... je n'arrive pas à la gérer.

— Ou alors c'est ta deuxième chance de trouver le bonheur, suggère Kristin.

— Oh, les contes de fées, c'est fini pour moi, Kris.

— Oui, parce que lorsque j'hésitais à me laisser aller avec Noah, tu avais cette approche pessimiste de la vie ?

Son histoire est totalement différente. Son mari a passé des années à la rabaisser. Il lui chiait dessus, et elle méritait d'être à nouveau heureuse. Mon mariage ne ressemblait pas à ça à la mort de Peter.

— C'est différent et tu le sais bien. Comment pouvez-vous juste envisager ça comme un ragot juteux ? Mon mari...

— Ne commence pas, m'interrompt Nicole. Ton mari n'a jamais été notre chouchou et tu le sais. Peter s'est amélioré ces deux dernières années mais soyons réalistes, même *toi*, tu ne pouvais plus le voir en peinture pendant des années. Vous avez failli divorcer combien de fois ? N'utilise pas Peter comme excuse pour ne plus aimer à nouveau.

— Sérieux, Nic ? la taquine Heather en lui tapant le bras.

— Je ne pensais pas qu'on se mentait dans ce groupe.

Nicole me regarde et attend que je réagisse. Elle a raison, dans ce groupe on ne fait pas dans la dentelle et on ne se ment pas. On se dit les choses comme elles sont et on se fait du mal, et puis on s'excuse, on s'embrasse et on passe à autre chose. Nicole n'a jamais apprécié Peter.

Kristin fait ce qu'elle sait le mieux faire et essaie d'arrondir les angles.

— Tu sais que j'aimais Peter comme un frère, pas vrai ?

Je hoche la tête.

— Alors, écoute-moi sans te fermer. Aimer quelqu'un par le passé ne signifie pas que tu dois t'interdire d'aimer pour toujours, Danni. Peut-être que ça n'ira jamais plus loin que les baisers que vous avez échangés. Peut-être que tu l'embrasseras à nouveau, puis que tu lui tourneras le dos. Et si ça allait plus loin ? Et s'il y avait plus ? Et si Milo était ton prochain grand amour mais que tu n'étais pas assez courageuse pour le voir ?

J'essaie d'entendre ce qu'elle me dit. Quelque part au fond de moi, je veux être apaisée. Peter n'aurait jamais voulu que je finisse ma vie toute seule. Il aurait voulu que ses enfants grandissent auprès d'un autre homme qu'ils pourraient admirer et aimer. C'est ce que nous envisagions l'un pour l'autre. Mais je ne sais pas si Milo aurait été un choix idéal pour lui.

Ou s'il l'est pour moi.

— Est-ce qu'on peut parler d'autre chose ?

— Non ! s'exclament-elles de concert.

Je l'avais vu venir.

— Voilà comment ça s'est passé. Nous nous sommes embrassés deux fois. Deux. C'est tout. Milo m'a déjà prévenue très clairement qu'il ne voulait pas de relation. Et son propre frère n'a pas une très haute opinion de lui.

Nicole lève la main.

— Pour défendre Milo, Callum a parfois tendance à juger les autres. Il n'a pas vu quel bijou j'étais jusqu'à ce que je le force à ouvrir les yeux.

— Oui, un sacré diamant, se moque Heather. Ou peut-être un zircon cubique....

— Va te faire voir. Je suis une pierre précieuse, nous le sommes toutes. Toutefois, on ne parle pas de moi là. On parle de Danielle et du désastre de sa vie amoureuse.

Je lève les yeux au ciel.

— Tu me laisses avoir la vedette ? Quelle générosité !

— De rien. Je t'en prie, poursuis ton histoire, me commande-t-elle.

J'ignore son côté théâtral, elle l'a toujours eu. Heather et Kristin m'observent et je laisse retomber mes mains avec un soupir.

— Je dis juste que vous parlez comme si Milo était *le bon*. C'est un homme comme les autres.

Je ne sais pas comment je peux leur expliquer plus clairement.

Bien sûr que j'apprécie Milo. Je ne peux pas nier que je pense à lui toute la sainte journée. Et c'est vrai qu'il m'a surprise en me soutenant. C'est probablement pour ça que je ressens cet attachement pour lui.

Je suis fière de faire partie de ceux qui connaissent ce côté gentil qu'il garde secret. J'espère le voir plus souvent.

En plus, il embrasse comme un Dieu.

Peu importe que je sois nerveuse quand il est dans les parages ou que le son de sa voix me fasse vibrer. Ça ne veut rien dire, parce que Milo et moi ne partageons rien d'autre qu'une relation professionnelle.

C'est tout.

Je vais arrêter de penser à ses magnifiques yeux verts, à sa barbe de trois jours ou à ce que je ressens quand je suis blottie dans ses bras.

C'est fini tout ça. Je suis une femme solide, je sais contrôler mes pensées et mes émotions.

Je ne vois pas ce qu'il y a de mal à vouloir qu'il me serre dans ses bras parfois. Il sent si bon et j'aime les parfums pour homme. De plus, il est fort et confiant, je me sens importante quand il m'entoure de ses bras.

Non.

Rien de tout ça n'a d'importance.

— Allô ! intervient Kristin en agitant la main devant mon visage. Tu as entendu un seul mot de ce qu'on t'a dit ?

Merde. Je ne savais même pas qu'elles parlaient. Je triture mon cerveau à la recherche d'un mot ou de quelque chose que j'aurais entendu inconsciemment. Le mot « espoir », je crois ? Je vais essayer.

— Oui, vous m'avez conseillée de... garder espoir... Ou peut-être...

Elles ne tombent visiblement pas dans le panneau.

— Oh, je reconnais cette expression, glousse Heather. Elle a craqué pour lui, c'est sûr. C'est le coup classique de la fille qui ne prête plus attention au monde qui l'entoure parce qu'il y a un gars qui prend toute la place dans son esprit.

— Exactement, approuve Nicole en me jetant un pop-corn.

Kristin hausse les épaules.

— Je suis d'accord, je l'avais déjà vue.

— Les filles, vous êtes trop nulles !

— Ose me dire que tu ne ressens rien pour Milo, exige Kristin. Et surtout, ne t'avise pas de me mentir.

— Je... Je ne... Je n'y arrive pas.

Heather se lève et vient s'asseoir à côté de moi.

— Tu as le droit de ressentir à nouveau des sentiments. Tu as le droit d'avoir une seconde chance. Tu as le droit de sortir, de faire l'amour, de prendre de mauvaises décisions parce que tu es une femme intelligente. Le décès de Peter a été terrible. J'étais si heureuse pour vous deux quand vous avez trouvé un moyen de surmonter vos difficultés de couple. Quand il est mort, j'ai porté le deuil avec toi et pour toi. Mais cela ne veut pas dire que ta vie est terminée. Pas du tout.

J'opine.

— Mais j'ai l'impression que c'est trop tôt.

Elle sourit.

— Regarde-nous, ma puce. J'étais mariée. Kristin aussi, et elle est tombée amoureuse de Noah avant même que son divorce soit prononcé. Tu l'as jugée ?

— Bien sûr que non, réponds-je rapidement. C'était différent, tu le sais. Scott méritait de se prendre une balle, pas Peter.

Kristin émet un reniflement de mépris.

— Vrai.

— Tu prêches les convertis, intervient Nicole en levant les mains.

— Quand bien même, poursuit doucement Heather. Nous avons toutes perdu notre premier amour, l'homme avec lequel nous devions vieillir. Et nous avons appris à le laisser partir. Nicole est la seule qui ne s'est pas mariée mais elle vivait quand même comme une vieille fille avec des plans à trois, jusqu'à ce qu'elle rencontre Callum.

— Mon Dieu, les doubles pénétrations me manquent, soupire Nicole en buvant son verre de vin.

Heather et Kristin secouent la tête.

— Ce que je veux dire, souffle Heather, c'est que nous avons trouvé un amour encore plus puissant que le précédent. Je ne te dis pas que Milo le sera ou ne le sera pas. Mais rien que le fait que tu sois aussi tiraillée me prouve qu'il est spécial. Je te conseille de suivre ton instinct, parce que, si tu le perds, à quel point crois-tu souffrir ?

Je ne réponds pas tout de suite parce que je sens la douleur grandir dans ma poitrine. Je ne veux pas le perdre. Cependant, je ne sais pas si je suis prête à tomber à nouveau amoureuse.

— Si je ne fais rien, je n'aurai pas mal.

— C'est vrai, répond Kristin. Mais peux-tu rester assise ici et l'imaginer dans les bras d'une autre femme, sans avoir envie de lui arracher les yeux ?

Je repense à Kandi et secoue la tête.

— Non.

— Voilà ta réponse.

Nicole sourit.

— Ouais, mets-le dans ton lit et tombe amoureuse de lui. Voilà la solution à tous tes problèmes.

Nous nous mettons toutes à rire et mes copines font ce qu'elles savent faire le mieux... Elles me harcèlent pour que je leur raconte les moindres détails des deux baisers que nous avons partagés.

***

— Regarde comme je suis génial, annonce Milo en entrant dans mon bureau en exhibant des papiers.

Son sourire est éclatant et il se pavane comme un paon en pleine parade nuptiale. Et je trouve ça... mignon, bordel. Ce n'est pas mignon. Non, c'est énervant, idiot ou tout autre adjectif négatif parce que Milo est comme ça. Il ne sera jamais mignon, ni étonnant, ni fabuleux sous aucune circonstance. Il n'embrasse pas si bien, son cul n'est pas si beau et son accent ne me fait rien de rien...

Merde.

Nous y revoilà.

Je m'éclaircis la gorge alors qu'il me sourit.

— Pourquoi est-ce que tu es si content ? Tu as adopté un chiot ? Tu as fait rôtir un enfant au barbecue ?

— Très drôle, ma belle. Dis-moi d'abord que je suis l'homme le plus génial de la terre.

Je m'appuie sur le dossier de ma chaise et j'attends que les poules aient des dents.

— Ça n'arrivera pas, réponds-je en rigolant. J'essaie de ne pas mentir si je peux l'éviter.

— Tu vas changer d'avis, rétorque Milo en plaçant devant moi un formulaire signé de la main de Darren.

— Tu as eu le permis ?

— Un peu mon neveu !

— Il est signé ?

Il sourit d'un air sarcastique.

— Signé, daté, approuvé.

— Tu es sûr ? Tu n'as pas fait un faux ?

Il secoue la tête.

— Absolument pas. On a eu une inspection préliminaire et on a reçu l'autorisation de commencer les travaux. C'est fait. À cent pour cent.

Je me lève, prends les papiers et lis tout haut d'une voix de plus en plus aiguë.

— Darren Wakefield donne son accord pour les travaux de Dovetail Enterprises, et c'est signé.

Nous avons réussi.

Nous l'avons fait.

Son plan farfelu a fonctionné et nous avons obtenu le permis.

— Tu vois ?

— Milo ! je hurle en me précipitant vers lui, je n'y crois pas !

Il m'attrape dans ses bras et me fait tournoyer dans les airs. Ce foutu permis nous a donné du fil à retordre mais nous avons réussi.

— Tu peux y croire, mon cœur. Maintenant, dis-le...

Darren a poursuivi son petit jeu après l'inspection, il nous a encore relégués au bas de la pile pendant quelques jours mais ça a fini par fonctionner. Callum va être si soulagé et je vais pouvoir garder mon travail. Tout ça grâce à Milo et à son plan de dingue qui a fonctionné, contre toute attente.

Je remercie Milo alors qu'il me repose par terre.

— Tu m'as vraiment enlevé une énorme épine du pied, Milo. Tu es fabuleux, génial et tout ce que tu voudras d'autre.

— Non, c'est toi qui es fabuleuse, réplique-t-il avec un clin d'œil.

Je m'aperçois que mon comportement est complètement inapproprié.

Après de nombreuses bouteilles de vin avec mes copines, je leur ai promis que, tant que Milo et moi n'avions pas une conversation, je ne m'autoriserai pas à dépasser les limites. Je ne suis pas une fille facile. Je ne sais pas comment fonctionnent les coups d'un soir. J'ai besoin de stabilité, de règles à suivre et de savoir où je vais dans une relation. J'ai besoin de quelqu'un sur qui je puisse compter.

Cette discussion m'a appris que je ne sais pas vivre dans un environnement dysfonctionnel.

Milo est l'incarnation de ce concept. Il est audacieux, spontané, il vit sa vie en dehors de toutes règles et ça lui convient, mais ce ne sera jamais mon mode de vie.

Je recule d'un pas mais il me suit.

— J'apprécie ton aide au nom de l'*équipe*. On avait besoin de cette victoire, et tu l'as fait pour Dovetail, lui dis-je en essayant de retrouver une attitude hiérarchique.

— Rien à battre de Dovetail.

Mon cœur s'emballe alors que Milo s'approche davantage. Il me traque et je n'ai nulle part où me réfugier.

— D'accord, eh bien, quelle que soit ta motivation, je te remercie.

— Je l'ai fait pour toi, me précise-t-il, si proche de moi qu'on se touche presque.

Je n'arrive plus à réfléchir quand il est si près de moi et qu'il me dit des trucs comme ça. Je ne me souviens plus pourquoi nous devions éviter de nous retrouver dans cette position.

— Ne dis pas ça.

Je tourne ma tête sur le côté.

— C'est la vérité.

Nos yeux se croisent et je voudrais tellement me trouver à un différent carrefour de ma vie. Un carrefour où je ne m'inquièterai pas autant et où je n'aurai pas autant de règles stupides. Je le laisserai m'emporter dans son univers. Pourquoi est-ce que je ne peux pas avoir ce que je veux ? Est-ce que j'aurai un jour une chance de vivre sans avoir à m'inquiéter pour les miens ? Non, cela n'arrivera jamais. Donc pour toutes les autres questions...

Les battements de mon cœur s'accélèrent alors que je trouve les réponses et que je lui parle.

— Ça n'a aucune importance.

— Bien sûr que c'est important ! Je l'ai fait pour toi. Je ne l'ai pas fait pour Callum ou ce boulot stupide qui est plus une punition qu'autre chose. Je me fiche du reste.

— Pourquoi ?

— À ton avis, Danielle ?

J'essaie de me déplacer hors de sa portée mais il m'en empêche.

— Je ne sais pas quoi penser. Je ne comprends rien.

— Je sais.

Ma poitrine se soulève au rythme de ma respiration de plus en plus laborieuse.

— Que veux-tu dire ?

— Je te dis que j'ai des sentiments pour toi. Que j'ai beau me dire que tu m'es interdite, j'ai encore plus envie de te toucher.

Il lève doucement la main et repousse une mèche de cheveux qui me tombait dans les yeux.

— Pas de baiser, je le préviens. Pas avant que nous ayons parlé de tout ça et trouvé une ligne de conduite.

Milo sourit, ses lèvres effleurent mon oreille et je frissonne.

— Qui a parlé de s'embrasser ?

CHAPITRE VINGT
MILO

Je suis un blaireau.

Un blaireau égoïste et impulsif.

Ses lèvres s'entrouvrent et je lis un désir intense au fond de ses yeux, même si elle essaie de le refouler. Quand je la vois ainsi, ça me donne une raison de continuer.

— Je t'ai dit, pas de baiser.

Sa voix est douce et je n'entends aucune conviction dans ses mots. Son corps s'approche du mien, même s'il n'a pas beaucoup de distance entre nous, et je sais qu'elle veut m'embrasser.

Je fais glisser un doigt le long de son cou, me délectant au passage de la douceur de sa peau. Sa beauté me coupe le souffle.

Toute la journée, je l'ai regardée se pavaner dans sa petite jupe crayon et son chemisier blanc qui devient légèrement transparente en fonction de la lumière. J'ai pensé à la déchirer, à regarder les boutons tomber au sol pendant que j'enfonçais ma queue en elle. À chaque fois qu'elle soupirait, je l'imaginais étendue sous moi, ses lèvres pulpeuses laissant échapper des sons variés.

Si elle continue à respirer ainsi, forçant sa poitrine à monter et descendre, il se pourrait que je réalise mon fantasme.

— Alors, on fait quoi ? je lui demande.

Ses yeux se ferment alors que je continue à la toucher légèrement. Je vais la pousser aussi loin que possible dans ses retranchements. Je ne suis pas dupe. Et je suis fatigué d'être témoin de cette bataille qu'elle se livre dans sa tête. Quand elle n'est pas sur ses gardes, elle agit et ça me plaît.

— On ne... On ne peut pas... s'embrasser... parce que... bon Dieu, murmure-t-elle. Je ne peux pas réfléchir quand tu me touches.

J'aime la déstabiliser aussi facilement.

Elle mord sa lèvre inférieure et je bande comme jamais. J'ai tellement envie d'elle que ça me fait mal. J'ai besoin de la toucher. Je ne peux pas attendre plus longtemps. Je me fous de ses règles.

Au diable les règles.

Impossible d'ignorer notre attirance mutuelle. Mes sentiments pour elle ont pris une ampleur que je n'ose m'avouer.

Danielle est la première femme qui me donne envie d'aller de l'avant. Je me fiche d'avoir des voitures, de l'argent, un travail ou autre chose. Je veux devenir quelqu'un qui la mérite. Quelqu'un sur qui elle puisse compter. Ça me rend fou.

J'ai envie de m'occuper d'elle.

Je m'imagine des tas de trucs et je vois Parker avec ses comics.

Mes pensées reviennent sans cesse sur ce que je pourrais faire pour lui arracher un sourire. Parce que lorsque je la vois sourire, mon cœur se gonfle. Comme un con.

Pourtant, à cet instant, tout ce à quoi je pense, c'est que j'ai envie de la toucher partout avant de perdre le contrôle de moi-même.

— Est-ce que je peux faire ça ? je lui demande en posant ma main sur le haut de sa poitrine.

Mes doigts effleurent son sein et elle gémit doucement.

— Milo...

— Et ça ?

Je la touche plus bas et je la caresse là où son mamelon se cache dans son soutien-gorge.

— Tu veux que j'arrête ?

— Non, mais nous devrions, admet-elle.

— Qui décide, ma belle ?

Je déplace mon autre main dans son dos, je la plaque contre

moi et ses doigts s'agrippent à mon bras. Nous respirons chacun l'air de l'autre et je marque une pause.

Elle ouvre les yeux, son regard exprime tout le désir et la passion qu'elle ressent. Il suffirait à mettre à genoux n'importe quel homme.

Je sais ce qu'elle m'a dit mais je ne peux pas m'empêcher. J'ai besoin de ses lèvres. Je la serre encore plus fort et je pose ma bouche sur la sienne, tout en sachant qu'elle pourrait me repousser.

Pourtant, ses yeux se ferment, ses doigts remontent sur mon bras et dans ma nuque alors qu'elle se hisse sur la pointe des pieds pour me rendre mon baiser.

Et quel baiser !

La femme qui pensait pouvoir se contrôler a disparu. Comme pour le baiser dans la voiture, Danielle devient sauvage. Ses mains se posent sur ma tête et m'attirent vers elle. Comme si j'avais envie d'être ailleurs. Mes pieds s'avancent pour retrouver mon équilibre, mais nous nous cognons à son bureau.

Je passe une main sous sa cuisse pour la soulever, et de l'autre, je dégage tout ce qui se trouve sur le bureau. J'entends le bruit des objets qui tombent par terre mais aucun de nous deux ne s'interrompt pour évaluer les dégâts.

J'ai toujours eu envie de faire ça.

Je l'embrasse brutalement en m'appuyant sur le bois frais du bureau. Un autre dossier s'envole pour s'écraser au sol et elle se déplace vers le milieu.

Dans ses yeux brûle un feu intense. Je me tiens devant elle, elle s'offre à moi. Elle est encore plus belle que dans mon imagination.

C'est une putain de déesse.

Ses cheveux retombent sur ses épaules et ses lèvres sont légèrement enflées à cause de notre baiser. Au lieu de me repousser, elle me sourit.

— Je ne m'arrêterai pas tant que tu ne diras pas stop, tu comprends ? je lui demande en montant sur elle.

— Milo, prononce-t-elle d'une voix incertaine.

Mon pouce caresse ses lèvres ouvertes.

— Est-ce que tu en as envie ?

Ses yeux se remplissent de tant d'émotions que je n'arrive plus à suivre. Je lis de la peur qui se transforme aussitôt en désir. Elle réfléchit à nouveau et je n'ai qu'une idée en tête, c'est de la faire sortir de ce cercle vicieux.

Ma bouche remplace mon doigt sur ses lèvres et ses jambes remontent pour s'enrouler autour des miennes.

Oui, elle en a envie.

Ses mains descendent le long de mon dos et je glisse ma langue dans sa bouche, me délectant de sa saveur.

Je l'embrasse violemment, j'adore qu'elle soit aussi énergique que moi. Danielle n'est pas timorée avec moi et j'adore ça. Je grimpe sur le bureau et laisse mon poids peser sur elle.

— Mon Dieu, gémit-elle à nouveau.

— Putain, tu es si belle.

— Encore, j'en veux encore, Milo.

Avec plaisir.

Je fais ce à quoi j'ai pensé toute la journée. Je me mets à genoux et déchire son chemisier. Ses yeux s'écarquillent mais avant qu'elle ait pu réagir, je passe un doigt sous son soutien-gorge et le fais descendre pour libérer ses superbes seins.

— Tu es parfaite.

L'eau me vient à la bouche alors que je me penche en avant pour engloutir son mamelon. Je le suce, le lèche et joue avec ma langue, elle se cambre encore davantage sur son bureau.

— Oh mon Dieu, putain, halète Danielle.

J'ai envie de la goûter. Tout son corps. Je glisse une main vers ses jambes tout en continuant à manger ses seins. Je me relève et remonte sa jupe en un seul mouvement.

Quand je vois dessous, c'est à mon tour d'être choqué.

— Pas de culotte ?

Elle sourit d'un air coquin.

— Surpris ?

— Très.

Ses joues rosissent délicieusement et je décide de les faire devenir encore plus rouges.

Je descends du bureau et ses yeux s'écarquillent. J'écarte ses jambes avant de me mettre à genoux.

— Je vais me faire plaisir. Allonge-toi.

— Milo, proteste-t-elle.

Je ne la laisse pas aller plus loin. Je la fais glisser de quelques centimètres et j'écrase ma langue contre elle pour la goûter.

Je vois sa tête retomber en arrière quand je recommence et, au lieu de me repousser, ses doigts me serrent contre elle.

Je ne sais pas combien de temps je la lèche mais, si je mourais maintenant entre ses jambes, je serais un homme heureux. Je lèche, suce, joue avec ma langue et la plonge au plus profond de sa chatte avant de revenir sur son clitoris.

— Oh, oui. Oh Milo, là, oui. Oh ! Putain !

Elle commence à marmonner des trucs incompréhensibles, sans queue ni tête, et je continue.

— Vais. Jouir . Oui !

Elle retombe sur le bureau, incapable de contracter ses muscles plus longtemps, et j'insère deux doigts en elle. Je jure que je pourrais jouir rien qu'en la doigtant.

— Milo ! hurle Danielle au milieu d'un orgasme, plutôt intense.

Je fais durer le plaisir autant que je peux, et elle se rassied.

— J'ai besoin de toi.

— Tu as besoin de quoi, ma belle ?

— De toi.

— Que veux-tu que je fasse ?

J'ai envie de l'entendre.

— Je veux que tu me baises.

— Ça me ferait très plaisir à moi aussi, réponds-je en souriant.

Elle s'assied et pose sa main sur ma ceinture pour la déboucler, avant de se venger sur ma chemise. Elle la déchire. Ses lèvres sont sur mon torse et elle continue de défaire mon pantalon. Puis sa main descend pour attraper ma queue.

Ensuite, elle prononce ces mots que tout homme rêve d'entendre quand une femme empoigne son engin pour la première fois.

— Putain de merde.

Je souris et m'approche de son oreille.

— Et je sais m'en servir.

Je tire mon portefeuille de ma poche pour en sortir un préservatif et je laisse mon pantalon retomber par terre.

— Je veux te donner du plaisir.

— Ah oui ?

Sa voix est rauque quand elle me répond.

— Je pense que tu sais où je veux en venir.

J'ai quelques idées…

Elle se penche en avant, ses lèvres se referment sur ma queue et je gémis en me retenant de tomber.

— Danielle.

Son nom est comme une prière parce que je suis convaincu qu'elle est un cadeau du ciel.

Elle se met à genoux devant moi, ses yeux croisent les miens alors que je m'agrippe au bureau pour rester debout.

— C'est bon ? me demande-t-elle.

— Bordel de merde, c'est plus que bon.

Elle sourit, fait glisser sa langue de haut en bas et me prend profondément dans sa bouche.

— Seigneur !

Je commence à transpirer alors que sa bouche va et vient. On m'a déjà sucé maintes fois mais ça n'avait rien à voir avec ce qu'elle est en train de me faire.

Elle continue sa pipe et je voudrais que ça dure pour toujours. Cependant, si je ne sens pas la chaleur de son corps tout de suite, je pourrais en crever.

— J'ai besoin de te baiser, tout de suite.

Je la relève, écrase mes lèvres contre les siennes et la dévore. Nos langues s'entremêlent et nous nous retrouvons à nouveau sur le bureau. C'est loin d'être convenable, sa jupe est autour de ses hanches, mon pantalon sur mes chevilles et nos hauts sont déchirés. De plus, il n'y a rien de convenable dans le fait de baiser sa supérieure.

J'ouvre l'emballage du préservatif et le déroule sous ses yeux.

— C'est ta dernière chance, ce sera foutu pour tous les autres hommes.

Elle passe sa main dans ma nuque et m'attire vers elle.

— Fais de ton mieux.

J'accepte le défi.

Je m'accroche à ses hanches et la pénètre.

Nous nous agrippons chacun à l'autre alors que je me balance d'avant en arrière. Je prends ses mains et les maintiens derrière sa tête sans arrêter mes coups de rein.

Chaque bruit qu'elle fait me rapproche de l'orgasme.

— C'est si bon.

— Ne t'arrête pas, me supplie Danielle. Continue, encore.

Si je pouvais rester en elle pour l'éternité, je le ferais. La sensation de son corps autour du mien est plus jouissive que tout ce que j'ai pu imaginer jusque-là. Nous nous accordons parfaitement.

Ses mains glissent le long de mon torse et je retiens sa tête pour lui éviter de se cogner contre le bureau. Nos yeux restent soudés.

Puis, je perds la notion de tout. Des émotions que je ressens à cet instant. La main de Danielle caresse ma joue. Je penche ma tête et tout déborde. J'explose.

— Putain ! je crie alors que je jouis plus intensément que jamais.

Et dans un éclair de lucidité, je comprends que c'est moi qui suis foutu.

CHAPITRE VINGT-ET-UN
DANIELLE

Oh mon Dieu.

Je viens de vivre une expérience torride, haletante et incroyable avec Milo. Tout ça sur un bureau.

Je reste allongée là, il est toujours en moi et j'essaie de rester calme. C'était comme si j'étais possédée par un esprit lubrique, obsédée par l'idée de coucher avec lui. Chaque fois qu'il me touchait, j'en voulais plus. Chaque fois qu'il m'embrassait, je voulais ses lèvres sur mon corps.

Et quand elles y étaient... Je voulais que ça ne finisse jamais.

Milo relève sa tête de ma poitrine et me regarde.

— C'était...

Le meilleur sexe de toute ma vie. C'étaient aussi des milliers de limites que je n'aurais jamais dû franchir.

Cependant, quand je regarde Milo, que je sens toujours son poids sur mon corps, je prononce le seul mot qui me vient en tête :

— Un tout.

C'était brutal mais Milo a fait de son mieux pour que ce soit confortable pour moi. Il a tenu ma tête dans ses mains pendant que nous faisions l'amour. Il m'a embrassée encore et encore, il a dit que j'étais belle et je me suis sentie chérie.

Il se retire et nous constatons le carnage dans mon bureau.

Doux Jésus. Il n'y a plus rien sur mon bureau, excepté nos

corps nus. Mes papiers sont éparpillés. J'ai entendu un objet tomber pendant qu'il me léchait, et je suis à peu près sûre qu'il s'agit de la photo de ma famille. Je remercie le ciel que les autres soient déjà rentrés chez eux, nous ne sommes pas obligés d'inventer une histoire pour justifier l'état de mon bureau.

Milo remonte son pantalon, le boutonne et j'essaie de me recouvrir. Soudain, la réalité de ce que je viens de faire me frappe de plein fouet.

— Tu ne paniques pas ? me demande-t-il.

— Si, mais je ne sais pas ce qui me fait paniquer le plus.

Je veux être honnête avec lui, c'est la seule façon pour que ça marche entre nous.

— Vas-y dis-moi tout.

Derrière son attitude brutale et provocante, je pense que Milo est vulnérable et a besoin qu'on s'occupe de lui. C'est pour cette raison qu'il est si touché par les critiques de son frère et de sa mère. Je ne veux pas qu'il pense la même chose de moi.

— Tu me plais, Milo, j'apprécie ta compagnie. J'aime tes baisers. J'ai adoré ce que nous venons de faire. Mais tu sais que je suis compliquée. Je ne veux plus jamais avoir mal. Et puis... Je suis ta supérieure, c'est complètement contraire au règlement de la boîte, j'imagine.

Milo me caresse la joue.

— Je connais le boss.

— Très drôle.

Je passe mes jambes par-dessus le bureau et les laisse pendre en soupirant longuement.

— Mon frère n'est pas un problème, tu peux le rayer de ta liste. Quoi d'autre ?

— OK, je suis veuve, j'ai deux enfants, je travaille à temps plein et j'ai perdu la raison au beau milieu d'un procès il y a quelques jours.

— Oui, c'est vrai, mais je me fiche de tout ça.

— Tu t'en fiches ?

— Oui.

Je le regarde comme s'il était fou.

— Comment est-ce que c'est possible ?

Milo s'assied à mes côtés et passe son bras autour de mes épaules.

— J'ai vécu comme un égoïste jusqu'à présent mais quand je suis avec toi, j'ai envie d'autre chose. Je suis au courant de ta... situation... avec Ava, Parker, le procès. Mais rien de ce que tu puisses faire n'aura d'influence sur mes sentiments pour toi. Si ça te perturbe que je travaille ici, je démissionnerai.

Je sursaute.

— Tu quoi ?

— Je démissionnerai. Je ne travaille pas pour l'argent, je suis déjà assez riche.

J'en reste bouche bée. S'il ne le fait pas pour l'argent, alors pourquoi ? Milo a fait mon travail pendant des années, c'est l'assistant le plus surqualifié qui existe. Je ne comprenais pas pourquoi il continuait à se pointer le matin. Je me suis dit que c'était pour l'argent.

— Je ne... Je ne comprends pas.

— Je te l'ai déjà dit. Je suis égoïste. Je voulais retrouver mon travail parce que je n'aurais jamais dû le perdre. Mon frère s'est comporté comme un tocard et je voulais lui rendre la monnaie de sa pièce. Ma mère me rendait dingue, alors j'ai pris un avion et je suis venu ici. Donc non, ce n'est pas pour l'argent, c'est parce que je voulais reprendre mon dû.

— Et tant pis pour les dommages collatéraux, je rétorque en pensant à moi.

— Vu la tournure que prend notre conversation, je vais te répondre honnêtement. Oui.

Je me relève. Je connaissais déjà la réponse mais après ce qu'il s'est passé, ça pique quand même.

Il me retient par le poignet avant que je ne m'éloigne.

— Je ne te connaissais pas Danielle, je ne savais même pas que tu existais.

Je ferme les yeux, j'essaie d'enfouir les émotions qui menacent de déborder. Ce n'est pas simplement à cause du travail qu'il a essayé de me voler et dont il n'a pas besoin, les effets de l'adrénaline commencent à s'estomper et je vois la situation sous un autre jour. C'est la première fois que je fais l'amour depuis la mort de Peter.

Bon sang, je n'ai pas fait l'amour avec un autre homme depuis mes vingt-deux ans.

Qu'est-ce que j'ai fait ?

Oh mon Dieu.

Je m'accroche à mon bureau et je m'appuie en arrière. Le bras de Milo est autour de ma taille quelques instants plus tard.

— Danielle ?

Je le regarde et je sens la culpabilité, la honte et les regrets m'envahir.

— Non, continue-t-il la mâchoire serrée. Je vois bien ce que tu es en train de faire. Arrête ça tout de suite. Tu n'as rien entendu de ce que je t'ai dit ?

Je m'empoigne les cheveux.

— Tu ne comprends pas. Ça m'a plu, Milo ! J'en avais envie. Je ne pensais pas comme une adulte. Je t'ai supplié. Bon sang, je t'ai supplié et je t'ai...

Sucé.

J'étais à genoux avec sa queue dans ma bouche.

Je ne me souviens pas de la dernière fellation que j'ai faite à Peter.

Avec Milo, j'en avais envie. L'idée de le sucer m'excitait tellement que je l'ai pratiquement supplié de me laisser le faire.

— Je ne vais pas te mentir et te dire que ça ne m'a pas fait plaisir. Et alors ? Nous sommes deux adultes consentants qui viennent de faire l'amour. Je ne vois pas où est le problème ni ce qui te contrarie autant.

Non, bien sûr qu'il ne le voit pas. Mes yeux se remplissent de larmes et je passe les bras autour de ma poitrine. Ce n'est pas juste du sexe pour moi. Je n'ai jamais été ce genre de fille et je ne le serai jamais. Je ne suis pas prude, mais je pense que le sexe doit signifier quelque chose. Je suis vieux jeu d'une certaine façon et Milo ne l'est pas du tout.

Je sais, dès que j'ouvre la bouche, que ce que je dis n'a aucun sens mais peut-être que ça nous aidera à nous séparer avant que je ne m'enlise trop profondément.

— J'étais mariée la plus longue partie de ma vie d'adulte. Je serais encore mariée avec Peter s'il n'était pas mort. J'ai couché avec un seul homme avant lui. Ce qu'on vient de faire… vient de partager à l'instant, ça avait de la valeur à mes yeux, que ça te plaise ou pas.

J'essuie une larme et une autre se forme.

— Je sais que ce n'est pas pareil pour toi. Nous ne sommes rien l'un pour l'autre et tu ne me dois rien. Mon Dieu, je parle comme une folle. Je t'en prie, ne va pas t'imaginer que je veux te pousser à partager mon point de vue. Je n'ai pas besoin que tu me fasses espérer que ça puisse déboucher sur quelque chose.

Milo fait un pas en avant et essuie une larme sur ma joue.

— Tu n'as pas besoin de me demander ce que je suis déjà en train d'essayer de faire, répond-il d'une voix tendre. Ce que je ressens pour toi va au-delà du sexe. Attention, ne te méprends pas, je veux continuer à faire l'amour mais je veux aussi plus que ça.

Ma bouche s'entrouvre et je le regarde dans les yeux pour voir s'il me ment.

— Plus ?

Il acquiesce.

— Oui, Danielle, plus. Mais je vais être honnête, je ne sais pas du tout à quoi « plus » pourrait ressembler.

— Tu veux dire une relation ?

— Oui. Je n'en ai jamais eue auparavant et ça me paraît fascinant.

Je lève les yeux au ciel.

— Tu as quarante-et-un ans et tu n'as jamais eu de petite amie ?

Milo sourit et me plante un baiser sur le bout du nez avant de hausser les épaules.

— Je n'ai jamais trouvé une femme qui mérite mon attention.

Mais comment se fait-il que je craque pour lui ? C'est vraiment un blaireau parfois.

— Jusqu'à ce que je te trouve.

Et puis il sort un truc comme ça et je fonds.

— Très bien, fais-je en décroisant les bras pour les enrouler autour de sa taille. Je vais te dire une bonne chose, continue de me parler comme ça et tu iras loin.

Il éclate de rire et frotte son nez contre le mien.

— C'est noté. Autre chose que je dois savoir ?

— Mmmmmh, réponds-je en étirant la syllabe le plus longtemps possible.

Que pourrais-je bien dire à un homme qui veut être en couple ?

— Je crois que les compliments, les fleurs et les marques d'affection sont indispensables. Tu dois aussi avoir bien conscience que tu n'auras probablement pas ce que tu veux au bout du compte. La femme a toujours raison, surtout *cette* femme.

Milo rit doucement.

— C'est tout ?

— Il y a d'autres choses mais elles sont plutôt évidentes.

— On ne couche pas avec d'autres femmes, c'est bien ça ?

— C'est la base.

— Et tu ne coucheras pas avec d'autres hommes ? me demande-t-il les sourcils relevés.

— Si c'est ce que nous faisons, alors non. Je ne tromperais jamais l'homme avec qui je suis.

— Et qu'est-ce que tu veux que nous fassions ?

Avec Peter, tout est allé trop vite. Nous avons commencé à sortir ensemble et je suis tout de suite tombée enceinte d'Ava. Il y a eu tout ce temps perdu où nous n'avons pas pu profiter l'un de l'autre. Aujourd'hui, j'ai une chance de faire les choses doucement.

— Je ne veux pas brûler les étapes. Ce n'est pas parce que je ne suis pas sûre mais parce que j'ai des enfants, et aussi parce que je veux profiter de ces moments où nous apprenons à nous connaître.

— Tu sais, j'ai bien conscience que tu as des enfants et qu'ils font partie du lot.

— Je l'espère bien. Oh et mes copines, elles font aussi partie du lot.

Autant mettre les choses au clair tout de suite. Kristin, Heather et Nicole sont des piliers dans ma vie. Je décide certes seule de mes propres choix mais je connais le prix de leur réprobation.

— Compris, acquiesce Milo en souriant. Et j'aime bien tes enfants. Ava me fait un peu peur, mais Peter est un gosse génial.

— Je suis d'accord avec toi.

— OK, ma belle, allons-y lentement. Profitons l'un de l'autre, et avançons étape par étape. Qu'en penses-tu ?

Je fais glisser une main le long de son cou et attire ses lèvres contre les miennes.

— Merci.

— Pour quoi ?

— Tu me fais sourire à nouveau, même si parfois, c'est parce que je me moque de toi.

Milo sourit.

— Je te parie que je peux trouver d'autres façons de te faire sourire.

— J'ai hâte de voir ça.

CHAPITRE VINGT-DEUX
DANIELLE

— Alors, c'est un vrai rencard cette fois-ci ? m'interroge Ava en fouillant mon placard.

— Non.

— Mais vous vous voyez en dehors du travail ?

Je soupire. J'ai décidé que la meilleure façon de garder Ava sous contrôle était de la traiter de la manière dont elle le souhaitait. Cette semaine, j'ai eu l'impression d'avoir retrouvé ma petite fille. Elle n'est plus possédée par Satan. Je ne sais pas si cette approche sera efficace, mais je m'y tiens pour l'instant.

La première chose que j'ai faite, c'est de lui confier que je voyais Milo.

Après la première salve de questions que je ne répéterai jamais à personne tant elles m'ont choquée, elle s'est montrée assez enthousiaste.

— Je te l'ai dit, nous allons lentement. Ce soir, c'est un dîner d'affaires. Nous allons fêter le permis et parler de notre prochain projet.

Elle éclate de rire.

— Après votre dernier dîner d'affaires, je vous ai surpris dans une voiture tout embuée.

Ava s'empare d'une robe et se met à tournoyer sur elle-même avant de continuer.

— Comme des adolescents. Oh, Milo, embrasse-moi.

Elle fait les bruitages et frotte la robe contre elle.

— Parle-moi avec ton accent anglais avant que je ne colle ma langue dans ta bouche.

— Arrête tout de suite et passe-moi cette robe, espèce de crétine. Et je ne suis pas ta BFF ou un autre truc de jeunes, donc arrête de parler de ça.

Je ne rentre pas dans ce jeu. Il y a des limites et celle-ci doit être respectée.

— Pas besoin d'en parler, je t'ai prise la main dans le sac et j'ai posté la photo sur internet. De rien.

— J'aurais vraiment dû penser à l'adoption à ta naissance.

Ava hausse les épaules.

— J'aurais fini par te retrouver.

Elle marque un point.

— Tiens, essaie celle-là, me dit-elle en me tendant un cintre.

À ma grande surprise, la robe est assez élégante.

— Mais pourquoi tu ne m'as pas montré celle-là pour mon dernier rendez-vous d'affaires ?

Ava n'essaie même pas de se montrer désolée.

— Parce que l'autre robe était sexy. Celle-ci est... passable.

Incroyable.

— C'est élégant, Ava. Tu n'es pas toujours obligée de tout exposer pour intéresser les hommes.

Elle s'esclaffe à nouveau.

— Tu as raison, maman, les hommes adorent quand tu leur montres que tu es intelligente. C'est ce qu'ils regardent en premier chez une femme...

— Tu vois ce que je veux dire.

J'enfile la robe et lisse le tissu en me regardant dans le miroir.

Elle est parfaite. Elle est en satin bordeaux et coupée juste en dessous du genou. Elle épouse mes formes au niveau de la poitrine et de la taille et devient plus ample sur les hanches.

— Waouh, siffle Ava. T'es pas mal.

— Tu trouves ?

— Carrément. Je peux te maquiller ?

— Non.

Dieu seul sait quelles nouvelles techniques elle a apprises sur internet. Je vais m'en tenir à mon maquillage habituel.

— Alors, est-ce que je peux récupérer mon téléphone, et pas seulement quand je garde Parker ?

J'espérais pouvoir éviter cette conversation. Oui, les notes d'Ava s'améliorent, tout comme son attitude. J'ai même apprécié sa compagnie. Elle est devenue gentille et a regardé un film avec Parker et moi l'autre soir. Je ne veux pas perdre ça.

Une petite voix me dit que c'est parce qu'elle n'est pas constamment sur son téléphone.

Parfois, j'aimerais pouvoir laisser Peter décider. Il était doué pour gérer le rôle du méchant quand cela la concernait.

— Non. Je vois bien que tu fais des efforts. Mais je t'ai surprise en train de fumer et de sécher les cours. Et Dieu sait ce que tu as fait d'autre.

— Alors, je suis punie pour des choses que tu ignores ?

— Ava, il faut plus que deux semaines d'efforts pour rattraper les bêtises que je suis sûre que tu as faites.

Ma fille est intelligente. Elle a aussi un côté manipulateur qui ne cesse jamais. Si je lui donne ce qu'elle veut maintenant, impossible de reculer sans y perdre des plumes.

Je regarde ses pensées défiler dans ses yeux bleus.

— Comme tu voudras.

— La confiance, ça se gagne, ma puce. Quand on l'a perdue, on ne peut pas prédire quand elle sera restaurée.

Je lui caresse la joue et laisse retomber ma main.

— Je fais ce que je peux.

— Je sais.

Elle avance à pas de géants, il faut le reconnaître. Mais après l'enfer qu'elle m'a fait vivre pendant un an, elle va devoir tenir longtemps avant que je lui lâche la bride.

Elle sort de la pièce et j'expire profondément. Ça craint d'être une adulte. J'ai toujours imaginé que ma relation avec Ava serait amicale. Je nous voyais partager une pizza et discuter de trucs de filles mais elle n'a jamais voulu de ça. Dès qu'elle s'est sentie assez grande, elle a arrêté de me tenir la main pour traverser la rue ou n'a plus voulu que je vienne la border le soir.

C'était dur d'accepter la réalité de notre relation.

Je descends les escaliers pour retrouver Parker qui lit sa nouvelle BD.

— Salut mon grand.

— Maman, regarde ! s'écrie-t-il en me montrant une page.

— Waouh, Thor a l'air plutôt féroce là-dessus.

Parker hoche la tête avec un large sourire.

— C'est le meilleur.

— Ah bon ? Et Spiderman ? Je croyais que c'était lui le meilleur.

— Je l'aime bien mais Thor est plus cool et il a un marteau. Et en plus, c'est un Dieu !

S'il le dit.

— OK, je suis contente que tu aies trouvé un nouveau super-héros.

— Thor ressemble à Milo.

Je vais veiller à ce que Milo n'entende jamais qu'il a été comparé à un Dieu. Pas la peine de flatter cet ego-là.

Parker retourne à sa bande dessinée et je ramasse quelques jouets qui traînent. Qui a dit que maternité et glamour n'étaient pas compatibles ?

J'essaie de ne pas stresser à la pensée qu'il va bientôt arriver. Milo est déjà venu chez moi, il a déjà rencontré mes enfants et il connaît ma vie. Mais il n'est pas venu depuis que nous avons fait l'amour l'autre jour. Je me demande comment cela va se passer maintenant. Nous sommes tombés d'accord sur le fait de se voir sans brusquer les choses. Pour autant, je ne sais pas trop comment me comporter quand il sera là. Est-ce que les enfants vont nous regarder et deviner que nous avons couché ensemble ? Est-ce qu'on dégage un truc bizarre ? Est-ce que je dois l'embrasser quand il arrive ?

Tellement de trucs à savoir.

— Maman ?

— Oui.

— Tu l'aimes bien Milo ?

Doux Jésus.

— Est-ce que *tu* aimes bien Milo ?

— Oui, répond Parker. Tu es son amoureuse ?

Comment et pourquoi ça m'arrive maintenant ?

— Milo et moi sommes amis, Parker. Nous travaillons ensemble et nous passons beaucoup de temps ensemble.

Il opine, comme si tout était parfaitement normal pour lui.

— D'accord.

Les battements de mon cœur ralentissent à nouveau et je regarde ma montre en me demandant ce qu'il fait.

— Est-ce que tu l'embrasses ?

Je ferme les yeux en espérant qu'un trou noir s'ouvre et m'avale tout entière. La seule règle que nous avons dans notre foyer, c'est de ne pas mentir. Je ne crois pas qu'ils vont y obéir aveuglément mais Peter et moi croyons en l'honnêteté. Peut-être à cause de nos métiers respectifs, où la vérité était toujours attendue. Quand nous rentrions à la maison, nous ne voulions pas nous poser de questions. Les mensonges peuvent vite devenir incontrôlables. Ça commence par un petit truc de rien du tout et la minute d'après, c'est devenu si gros qu'on ne peut plus rien faire.

Toutefois, l'envie de mentir me démange très fort à cet instant.

Je m'assieds sur le canapé à côté de lui.

— Qu'est-ce que tu veux vraiment savoir, mon grand ?

— Est-ce que Milo va être mon nouveau papa ?

Je n'ai jamais été si heureuse que quelqu'un soit en retard.

— Tu as un papa. Il n'est peut-être pas ici avec nous mais il est toujours là, je lui explique en posant un doigt sur son cœur. Il vit en nous, et tant que nous parlons de lui, que nous nous souvenons de lui et que nous sourions quand nous pensons à lui, il ne sera jamais loin. Personne ne le remplacera jamais, d'accord ?

Parker passe ses bras autour de mon cou et me serre contre lui.

— Tu es la meilleure, maman !

— C'est toi le meilleur.

Il me relâche et se réinstalle sur le canapé comme si rien ne s'était passé, et recommence à lire.

Je me relève pour voir si Milo m'a prévenue d'un retard par message, quand la sonnette retentit.

— J'y vais ! s'écrie Parker en se précipitant vers la porte.

Je le suis de près.

— Parker ! le salue Milo avec un sourire.

— Regarde ce que j'ai eu !

Parker lui montre son comics.

— Thor. Excellent choix.

— Maman me l'a acheté aujourd'hui.

Les yeux de Milo se plongent dans les miens avant de détailler ma robe moulante de haut en bas.

— Elle a bon goût.

— Tu es en retard.

— C'est vrai. Tu me pardonnes ? me demande-t-il en sortant un bouquet de roses de derrière son dos.

Un bon point pour lui.

— Peut-être.

Il sourit d'un air suffisant.

— Je savais bien que tu ne laisserais rien passer, continue Milo en s'agenouillant devant Parker. La raison pour laquelle je suis en retard, c'est parce que ma maman m'a envoyé un colis et j'attendais qu'on me le livre. Je lui ai demandé de rechercher des affaires que j'avais gardées et que j'aimerais partager avec toi.

Milo ressort sous le porche et revient avec un sac.

— C'est pour moi ? demande Parker.

— Ouais.

Mon fils lâche un cri d'exclamation en sortant des dizaines de comics du sac. Pas n'importe quels albums : Spiderman, Thor, Batman, Iron Man... les vieilles éditions. Celles qui ont probablement de la valeur.

— Milo, je commence avant de m'éclaircir la gorge. C'est très gentil mais il a six ans. C'est trop et il pourrait les abîmer...

— Il fera comme il veut. Je ne les ai pas touchées depuis des années et je voudrais qu'elles fassent plaisir à quelqu'un qui les apprécie à leur juste valeur.

— Tout de même.

— Laisse-moi faire plaisir à ton fils, Danielle, dit-il avant de se pencher pour que je sois la seule à entendre la suite. Je serai heureux de te laisser me faire plaisir en retour.

Pour l'amour du ciel.

— Je dîne avec toi, c'est ma façon de te faire plaisir.

— C'est limite.

— Maman, je peux les garder ? me demande Parker en me faisant son regard de chien battu.

Milo se met sur un genou et me regarde de la même façon.

— Oui, maman, est-ce qu'il peut ?

— Vous deux, vous allez me rendre folle.

— En bien, j'espère, intervient Milo.

J'éclate de rire.

— Absolument pas.

Nous disons au revoir à Parker, qui va aller ennuyer sa sœur avec ses comics. Je ferme la porte à clé derrière moi et dès que je me retourne, Milo est juste devant moi. Ses mains se referment sur mon corps et il me pousse jusqu'à ce que mon dos se retrouve contre la porte. Ses lèvres atterrissent alors sur les miennes.

Je lui rends son baiser qui a un goût de menthe et je profite des sensations que me procure son corps contre le mien.

Il se recule quelques secondes plus tard et pose son front contre le mien.

— Tu es absolument magnifique. Je ne pouvais pas attendre une seconde de plus pour t'embrasser.

— Je t'ai tant manqué que ça ?

Il lâche un éclat de rire et nos regards se croisent. Tout amusement a quitté ses yeux.

— Si seulement tu n'étais pas aussi irrésistible.

Je caresse sa lèvre de mon pouce pour enlever le rouge à lèvres.

— Je te renvoie le compliment.

Nous nous dirigeons vers la voiture, tout sourire et les doigts entrelacés. Milo est un gentleman, il ouvre la portière pour moi avant de contourner le véhicule.

Il démarre puis marque une pause pour me regarder.

— Est-ce que tu me trouves délicieusement irrésistible également ?

— Je n'irais pas jusqu'à irrésistible.

Je pense que c'est une mauvaise idée de le laisser voir tout ce que je pense de lui.

Je vois un éclair de malice dans ses yeux.

— Tu es prête à parier ?

— Sur quoi ?

— Sur la probabilité que tu parviennes à garder ta culotte jusqu'à la fin de la soirée.

Je lève les yeux au ciel.

— D'accord, on parie quoi ?

Je vais gagner. D'abord, Milo ne sait pas à quel point je suis combative. Je ne perds jamais. J'ai mangé un pot entier de piments lors d'un pari un jour. Je me suis baignée toute nue dans une piscine glacée parce qu'Heather avait parié cent dollars que je n'y parviendrais pas. Ce soir, je serais capable de résister à toutes ses avances. Est-ce qu'il me plaît ? Oui. Est-ce que je veux faire encore l'amour avec lui ? Et comment ! Est-ce que je le ferais si ça signifiait que je devais perdre ? Pas question.

— Si je gagne, c'est-à dire quand on aura baisé comme des bêtes, tu devras dire à Callum à quel point je suis doué au lit.

Même pas dans tes rêves.

— Tu veux que je dise à mon patron que tu es doué au lit ?

— Non, me corrige-t-il. Je veux que tu dises à mon branleur de frère que je suis le meilleur coup de ta vie.

— Ton frère est également mon patron, lui fais-je remarquer.

— Aurais-tu peur ?

— De quoi ? Que tu rentres chez toi ce soir les couilles bleues ? Je t'en prie. Si je gagne, tu devras faire quelque chose de tout aussi embarrassant.

Je prends un moment pour réfléchir. Je pourrais lui demander de démissionner, mais je n'en ai pas envie. J'aime savoir que je vais retrouver Milo au travail.

Pas juste parce que je ressens toutes sortes de choses pour lui, mais aussi parce qu'il me fait sourire.

Tout au long de la journée, je reçois des mots et des emails rigolos qui prouvent à quel point il tient à moi. Je passe du temps avec lui et j'apprends de nouveaux détails à son sujet tous les jours. Des choses qui paraîtraient futiles pour toute autre personne mais qui me montrent qui il est vraiment.

C'est pourquoi ça a été si facile de craquer pour lui.

— Rien ne m'embarrasse, mon cœur.

Que de la gueule. Tout le monde a ses limites. J'essaie de me souvenir de quelque chose, n'importe quoi, qui pourrait m'être utile. Et soudain, je trouve...

— Mais tu as bien peur de quelque chose, pas vrai ?

— Danielle... me prévient-il.

— Oui, si je gagne tu devras faire une vidéo de toi en train de cajoler un mignon petit lapin tout doux.

— Je vais te baiser comme tu ne l'as jamais été, me menace Milo.

Je me demande si je ne vais pas faire exprès de perdre juste pour... Non, non, je dois être forte.

— Je n'avais pas prévu d'enlever ma culotte pour qui que soit ce soir, alors pari tenu. J'espère que tu es prêt pour Pan Pan.

— Oh je vais faire Pan Pan ce soir, ne t'inquiète pas pour moi.

Je souris, pose ma main sur sa cuisse et remonte vers la bosse dans son pantalon.

— Demain, tu pourras tenir cette promesse, je le taquine en le caressant. Mais ce soir, il ne se passera rien.

Milo empoigne mon poignet.

— Pari tenu, ma belle. Pari tenu.

CHAPITRE VINGT-TROIS
MILO

Putain, je bande encore.

Nous sommes assis dans un restaurant branché que Nicole nous a recommandé. La nourriture est dégueulasse. Le menu promettait mon plat italien préféré mais le plat qui m'a été servi n'était pas du tout le même qu'à Londres. Non pas que la nourriture soit exceptionnelle là-bas mais tout de même.

Je suis attablé et j'énumère tous les prétextes qui pourraient me servir à attirer Danielle dans les toilettes où je la prendrais sauvagement.

Et là, je bande encore plus.

Elle me sourit au-dessus de son verre de vin. Elle sait pertinemment que c'est moi qui souffre le plus de ce pari.

— Tu feras moins la maligne tout à l'heure, je la menace pour jouer.

— C'est ce que tu crois, réplique-t-elle en haussant les épaules avant de reprendre une gorgée.

Si je faisais les choses à ma manière, nous ne serions pas en train de manger ici. Nous serions chez moi et nous baptiserions toutes les pièces plusieurs fois.

— Attention à ce que tu dis, la préviens-je.

Danielle secoue la tête. Ses boucles châtain se répandent

autour de son visage, et je trouverais ça joli si tout ce qu'elle faisait ne m'excitait pas déjà à fond.

— Je n'ai aucunement l'intention de faire l'amour ce soir.

— Bordel, mais pourquoi pas ?

J'ai dû parler un peu trop fort parce qu'elle se penche vers moi et me parle à voix basse.

— Parce qu'on y va lentement.

— Lentement ou à reculons ?

Elle soupire.

— Tu sais, nous n'avons pas le mode d'emploi pour ce que nous vivons. Mais c'est notre premier vrai rendez-vous et tout ce qui t'intéresse, c'est de savoir si tu vas m'enlever ma culotte ou pas.

Putain. Ça m'emmerde qu' elle ait raison. Parce qu'au lieu de l'envoyer promener, je dois m'incliner.

— Je suis désolé. Je vais mieux me comporter pour qu'on puisse profiter de notre premier rendez-vous. Et ce n'est pas la seule chose qui m'inquiète. Je crois bien que je remets tout en cause depuis le début.

C'est la vérité, je ne sais pas quel est le protocole pour un premier rendez-vous romantique. Je voulais lui offrir des fleurs mais j'ai eu peur qu'elle trouve ça gnangnan. Je ne sais pas si les Américaines aiment ça ou si elles préfèrent la nonchalance chez un homme. Honnêtement, c'est un cauchemar.

Pas la soirée en elle-même. Ça se passe plutôt bien, mais tous les préparatifs ont été un véritable casse-tête.

— Merci, me lance-t-elle avec un magnifique sourire.

Je dois serrer les dents pour éviter de dire un truc stupide.

— Dis-moi, ai-je le droit de t'embrasser quand je te ramène ?

Danielle tend sa main sur la table et emmêle ses doigts aux miens.

— Je l'espère bien.

— Parfait, j'ai déjà du mal à rester assis.

— Milo, il n'y a pas de règles. C'est seulement que nous avons tout fait dans le désordre et je veux nous donner une chance. Le cadeau que tu as fait à Parker aujourd'hui, c'est énorme pour moi, je veux que tu le saches.

Ses mots me gênent, parce que ce n'était vraiment pas grand-chose. Ma mère se plaint tout le temps des affaires que j'ai laissées chez elle. Bon, quelques-uns de ces albums étaient des collectors. J'avais pensé les garder, mais j'ai choisi de les donner. Ils m'ont aidé à traverser une période difficile de ma vie et je voulais qu'ils aident quelqu'un d'autre.

Je me retrouve dans Ava à son âge, mais Parker finira par grandir aussi. Peut-être que ça lui facilitera un peu la tâche.

— Ça m'a fait plaisir, lui dis-je.

Danielle me répond d'un sourire en battant légèrement des cils sous la lumière douce des bougies.

— Continue comme ça et demain sera ton jour de chance.

À mon tour de sourire.

— Occupons-nous déjà de ce soir. Je vais tout faire pour te déshabiller dans ma voiture.

Nous finissons de dîner en discutant gaiement. Elle me parle de ses études et je lui raconte ma vie à Londres.

Ça me manque.

Pas juste parce que c'est chez moi mais parce qu'à Tampa, l'humidité est telle qu'on a l'impression d'être coincé dans une salle de bain après une douche qui aurait duré quatre heures. L'air est chaud, étouffant et les insectes sont des monstres. J'avais prévu de ne rester que quelques mois, de récupérer mon poste et puis de repartir. Je vois bien que ma stratégie n'était pas parfaite mais j'aimais l'idée de lâcher mon frère et de le laisser dans la mouise.

Évidemment, tout a changé. Je ne sais pas quand ni si je retournerai à Londres.

Je paie l'addition et je prends Danielle par la main pour sortir du restaurant.

— Le dîner était fabuleux, me dit-elle en passant son bras dans le mien.

— C'est vrai.

— Tu as déjà vu la plage de nuit ?

Je n'y suis même pas allé de jour. J'ai une peau plutôt pâle, alors l'idée de rester en plein soleil ne m'attire pas du tout.

Mais quand je vois la façon dont son visage s'éclaire, je me dis que c'est peut-être mieux la nuit.

— Je n'en ai pas eu le temps, pourquoi ?

Elle sourit et soupire.

— J'adore. Tu as envie d'y aller ?

Comment pourrais-je refuser ?

— Bien sûr.

Nous parcourons deux-trois rues puis elle retire ses talons. J'enlève mes chaussures et nous marchons dans le sable.

— J'adore cet endroit, murmure-t-elle en s'approchant de l'eau.

— Je n'aime pas tellement l'océan.

— Ah bon ? me demande-t-elle très surprise.

Je passe un bras autour de ses épaules et la serre.

— Pas depuis la mort de mon père. Avec ma famille, on partait en vacances sur les plages de France tous les ans. On a arrêté d'y aller quand il est parti.

Danielle s'arrête et me fait face.

— Je suis désolée Milo.

— Ne le sois pas, mon cœur.

Elle s'approche de moi et passe ses bras autour de ma taille.

— J'aimerais rencontrer ta mère. Elle terrifie Nicole mais c'est une connasse, la plupart des mères ne l'aiment pas.

J'éclate de rire.

— Ma mère ressemble beaucoup à Nicole. Elles ne font pas semblant d'être quelqu'un d'autre.

— Nicole dit la même chose.

— C'est peut-être pour ça que Callum est tombé amoureux si vite.

Elle repose sa tête sur ma poitrine. Sans ses talons, notre différence de taille est comique. Je peux poser mon menton sur le dessus de sa tête et ne plus bouger.

— J'ai l'impression que c'est allé vite entre nous aussi, admet Danielle.

— C'est vrai ?

Elle hoche la tête tout en restant contre moi.

— Je ne le voulais pas, je ne le veux toujours pas parfois.

Elle relève sa tête et le monde entier disparaît alors qu'elle me regarde comme si j'étais tout pour elle.

— Si je me laisse aller à tomber amoureuse et que tu ne me rattrapes pas, je ne survivrai pas à l'atterrissage.

Mon cœur saigne quand je vois à quel point les mots lui coûtent. Mes mains caressent son visage et je fais le serment de faire tout mon possible pour qu'elle se sente en sécurité.

— Je te rattraperai toujours dans ta chute, Danielle. Je veux être ton filet de sécurité et j'espère que je te l'ai prouvé. Quand je te vois souffrir, je souffre aussi. Tu n'es pas la seule à tomber.

— Ah non ?

Comment peut-elle ne rien voir ?

— Non, je suis mouillé jusqu'au cou.

Elle sourit, se hisse sur la pointe des pieds et m'embrasse.

— Et tu penses que tu n'es pas un héros ?

J'expire longuement par le nez et repose ma tête contre la sienne.

— Je crois que j'avais besoin de trouver une cause qui vaille la peine que je me batte.

CHAPITRE VINGT-QUATRE
DANIELLE

— Je n'organiserai pas le barbecue cette année, dis-je à Nicole qui me répond par un regard ulcéré.

— Pourquoi pas ?

— Parce que je n'en ai pas envie.

Pourquoi est-ce que je dois me justifier ? Ça n'a pas d'importance et je n'ai pas besoin de stresser davantage.

— Tu mens comme une arracheuse de dents, lâche Nicole en tombant sur la chaise de mon bureau.

— Merci d'être passée, Nic.

Je ne sais même pas pourquoi elle me pose la question. Tous les ans, elle pleurniche et se plaint de devoir faire tout le chemin jusqu'à chez moi, d'être obligée de parler avec mon idiot de mari et de repartir en chérissant d'autant plus son célibat. Heather devait littéralement la menacer pour la faire venir et qu'elle se tienne correctement. Si quelqu'un devait se réjouir que j'annule, ce serait bien elle.

— Je ne vais nulle part. Je couche avec ton patron, alors je fais ce que je veux.

Je lâche un soupir de frustration et cogne mon front contre mon bureau.

— J'aurais dû déménager au Texas ou dans un autre État. J'aurais été libre.

— Nous nous devons de fêter la Journée de notre Amitié le 4 juillet. Je comprends pourquoi on avait annulé l'année précédente, Kristin était en plein divorce. Puis tu as annulé celle qu'on organise à Thanksgiving et, une fois de plus, je n'ai rien dit. Je t'ai donné quelques mois supplémentaires…

— Oh, le décès de mon mari a donc constitué une excuse acceptable ?

— En tout cas, meilleure que celle que tu te prépares à me servir cette année.

— Mon Dieu, Nicole, es-tu dotée d'une âme ou as-tu toujours eu un cœur de pierre ?

— Les deux réponses sont effrayantes, rétorque Nicole en détaillant ses ongles avec nonchalance. Cette année, il faut que tu le fasses.

— Oh ? Et pourquoi donc ?

— Parce que tu dois montrer à tes enfants que la vie continue après un deuil. Ava a beau être une rebelle complètement dingue, elle n'en aime pas moins ses tantes et ses cousins. La Journée de l'Amitié est un élément majeur pour elle, Parker, Aubrey et Finn depuis leur naissance. Et pour tes amies aussi. Nous avons suivi cette tradition parce que tu nous y as forcés, et maintenant, tu te dois de la poursuivre.

Elle a des couilles, je l'ai toujours su, mais même pour elle, cette réplique est plutôt audacieuse.

— Et pourquoi dois-je l'organiser ?

Nicole passe une main dans ses cheveux blonds que je jalouse en secret. J'ai longtemps essayé de teindre les miens pour avoir cette couleur avant d'abandonner.

— Parce que tu l'as toujours fait. Kristin pourrait le faire mais elle sera partie voir Noah les deux semaines précédentes. Heather voudrait faire une surprise à Eli et nous savons toutes que personne ne devrait me faire confiance. Nous l'avons toujours fait chez toi.

— Je n'ai vraiment pas envie de le faire.

— Pourquoi Danni ?

Pourquoi ? Parce que la Journée de l'Amitié, c'était le truc de Peter. Même si mes amies n'étaient pas toujours sympas avec lui, il adorait cette journée. Chaque fois c'était pareil, dès que nous avions passé le Nouvel An, il m'expliquait ses nouvelles idées pour aménager le jardin.

— Tu sais bien pourquoi. Tu sais pourquoi c'est dur d'organiser ce putain de barbecue.

— Oui, mais raison de plus pour le faire.

— Pour faire quoi ? demande Milo à la porte de mon bureau.

Je lance un regard désespéré à mon amie pour qu'elle me vienne en aide. Ce n'est pas vraiment un secret mais je n'ai pas envie de m'expliquer à ce sujet non plus.

— Tu sais... commence Nicole en se relevant. Tu es toujours son assistant, pas vrai ?

Milo la regarde avec méfiance.

— Oui, et ?

— Parfait. Tous les ans, on fait un grand barbecue pour toute la clique, les enfants, les moitiés et tout. Danielle l'organise et cette année, elle va avoir besoin d'aide.

— Nicole ! je crache à travers mes dents serrées.

Je vais lui donner un coup de poing.

— Quoi ? C'est ton assistant, il peut t'aider pour que ça ne te fasse pas trop de travail. Tu disais que tu n'avais pas le temps. J'ai vu un problème, je l'ai résolu.

Je regarde Milo, la confusion se lit clairement sur son visage.

— Tu n'as pas besoin de le faire parce que ça n'arrivera pas.

— Et pourquoi pas ? m'interroge-t-il.

Génial, maintenant, je dois me justifier envers lui ? Je ne me suis pas retenue de lui parler de Peter mais nous ne sommes pas ensemble depuis longtemps. Notre relation est toute récente et j'essaie de ménager ses sentiments. Je n'apprécierais pas qu'il parle sans cesse de son ex. Le week-end dernier, nous avons passé un moment fantastique, en plus, j'ai gagné le pari. Cependant, nous avons croulé sous le travail toute la semaine et nous n'avons pas eu beaucoup de temps en dehors du bureau.

Milo n'a rien dit ni même laissé croire que cela pouvait être un problème mais j'ai partagé cette crainte avec Nicole l'autre jour. On dirait que je vais payer très cher cette erreur.

— Oui, pourquoi Danni ? me demande-t-elle en souriant et en sachant pertinemment que je vais me taire.

— Je pense seulement que cela n'entre pas dans tes obligations professionnelles. Ce n'est pas un événement Dovetail donc...

Milo s'assied aux côtés de Nicole.

— Sottises.

— Oh, j'adore ta façon de prononcer ce mot, intervient Nicole d'une voix pensive. Tu le fais encore mieux que Callum. Il perd son accent depuis qu'il est dans ce pays. Dis « putain ».

Milo rit doucement.

— Putain.

— Oh ! lance-t-elle d'un air appréciatif. Dis « culotte ».

— Culotte, répète Milo.

— Dis « je vais aider Danielle à organiser le barbecue parce que je ne suis pas un branleur. »

— Tu me fais chier. Ça ne te suffit pas d'être jolie, il faut encore que tu fourres ton nez dans mes affaires, en passant outre ce que je veux, je grommelle.

Elle a la chance d'avoir de gros seins, des yeux bleus et des cheveux blonds. Et puis elle est mince, intelligente et drôle. Elle n'a jamais eu besoin de personne pour s'occuper d'elle. Si on ajoute tout ça à son tempérament de feu, on comprend pourquoi il a fallu un homme comme Callum pour qu'elle se pose.

— Milo va nous concocter une sauterie du tonnerre, poursuit-elle avec un clin d'œil. Moi aussi je peux parler comme lui.

Il pouffe de rire.

Au moins, quelqu'un dans cette pièce trouve ça drôle.

— Tu rigoles maintenant mais je te donne une semaine en sa compagnie pour que tu finisses par trouver ça aussi énervant que moi.

— Si Cal ne s'est pas lassé jusqu'à présent, je suis sûr qu'il en irait de même pour moi.

Elle me lance un regard suffisant, la tête penchée sur le côté.

— J'ai choisi le mauvais frère.

Je ressens une pointe de jalousie. Si Nicole avait voulu de lui, je ne l'aurais jamais eu pour moi.

Une nouvelle vague d'émotions me submerge. Quand ai-je commencé à penser qu'il était à moi ? Pourquoi, lorsque je pense à Nicole et à Milo, j'ai envie de lui arracher les yeux ? C'est mon amie. Elle ne ferait jamais rien, mais moi je suis là à serrer les poings.

— Désolé, très chère, répond Milo en posant son regard sur moi, puis sur Nicole. Je préfère les brunes. Une brune en particulier.

Je baisse la tête sur les papiers éparpillés sur mon bureau pour ne pas montrer mon visage. Il est trop mignon parfois.

— Ooooh, fait-elle, attendrie. Vous êtes charmants. Bon, au sujet du barbecue...

Et bien sûr, cinq minutes plus tard, Nicole obtient ce qu'elle veut et j'organise cette foutue fête avec Milo. Je crois que tout le monde aime me tourmenter. Quand je pense qu'Ava, Milo et Nicole vont se retrouver dans la même pièce que moi... J'en ai des sueurs froides.

— Explique-moi comment fonctionne la Journée de l'Amitié... ta fête bizarre le jour de l'indépendance, me demande Milo alors que nous sommes assis sur mon canapé.

Son bras est passé sur le dossier et ses doigts viennent caresser mon épaule.

— C'est une tradition que nous avons lancée quand j'ai emménagé dans cette maison. Nous nous retrouvons autour d'un repas, nous buvons quelques verres... Pas de quoi fouetter un chat.

— Et pourquoi tes réticences ?

— C'est... compliqué.

— À cause de ton mari ?

Mon regard croise le sien, teinté de regrets.

— Oui, un peu.

Milo se gratte la joue et semble réfléchir un moment.

— Et tu ne voulais pas m'en parler ?

— J'essaie de ne pas parler de lui. Notre relation est récente et... il n'est plus là.

Milo s'approche de moi.

— Il était toute ta vie. Vous avez eu des enfants ensemble et on se fiche de savoir si j'apprécie le fait que cet homme ait existé ou pas. Je ne suis pas jaloux de Peter.

Ma bouche est sèche et je pose ma main sur la sienne.

— Je ne sais pas quoi dire...

— Écoute, je ne m'y connais peut-être pas beaucoup en relations mais j'en connais un rayon sur l'honnêteté. Est-ce que je t'ai déjà montré que ça m'embêtait ?

— Non ! réponds-je rapidement. Pas du tout. Je sais ce que j'éprouve à la simple évocation de Kandi et je ne voulais pas que tu ressentes la même chose pour Peter.

Il sourit lentement.

— Kandi était là et c'était une éventualité. Peter n'est plus là. Il appartient à ton passé, et ce passé, je ne pourrai jamais le récupérer. Mais si un looser débarque maintenant et essaie de t'enlever à moi, je l'anéantirai.

Je glousse.

— C'est bon à savoir.

— Mais sérieusement, il n'est pas mort depuis très longtemps. Le procès de son meurtre est en cours. Je crois que ce serait plutôt injuste de ma part d'espérer que tu fasses comme s'il n'avait jamais existé, tu ne crois pas ?

Les sentiments que j'éprouve pour Milo s'intensifient de jour en jour. Je suis étonnée de voir comment il a identifié les failles dans mon cœur pour s'y faufiler.

— Je te plais, je soupire en reposant ma tête sur son bras.

— C'est vrai, beaucoup.

— Tu me plais aussi.

Milo se penche en avant pour m'embrasser.

— Je sais.

— Ah bon ?

— C'est plutôt évident.

Je relève la tête.

— Comment ça ?

Son assurance me donne envie de le gifler et de l'embrasser.

— D'abord, tu ne peux pas t'empêcher de me dévorer des yeux, ce qui est normal.

— Tocard.

Il continue sans relever mon insulte.

— Ensuite, tu m'embrasses dès que tu en as la possibilité. Encore une fois, je trouve que c'est normal.

— Oh mon Dieu, tu vas continuer encore longtemps ?

Milo rigole doucement et effleure ma joue du bout de ses doigts.

— Et enfin, tu m'as invité pendant que tes enfants dorment chez des copains et tu as retiré ton alliance.

Sa voix devient grave et rauque.

— Je l'ai enlevée l'autre jour, j'admets.

— J'avais remarqué.

Bien sûr qu'il avait remarqué, il remarque tout.

— J'ai pensé qu'il était temps. Je souhaite... nous donner une chance et je ne veux pas que mon passé soit un obstacle, tu comprends ?

Il hoche la tête.

— Je ne veux pas te presser, Danielle.

Il ne l'a pas fait. C'est le truc. Ça ne venait pas de lui, ça venait de moi. J'étais prête.

— Tu as peut-être raison, tu me plais.

Milo sourit et son doigt suit la ligne de mon menton.

— J'ai l'impression que tu vas me montrer à quel point je te plais ce soir, pas vrai ?

Mon estomac se serre et mon cœur s'emballe. Il a raison. Dès que j'ai su que mes enfants ne dormiraient pas ici, j'ai appelé Milo pour l'inviter. Nous n'avions pas fait l'amour depuis la fois sur mon bureau. Il est gentil, il ne s'en est pas plaint mais moi, je n'en peux plus.

— Peut-être, si tu es sage.

— Je ne sais pas comment rester sage.

Je lui souris.

— Moi non plus.

— Tu as faim ? me demande-t-il.

— De quoi ?

Le sourire de Milo devient malicieux et il m'attrape par les jambes pour m'allonger sur le canapé. Il se penche au-dessus de moi.

— Et si tu me disais de quoi tu as envie, je ferai de mon mieux pour te satisfaire.

Je lève ma main pour effleurer son visage. Il vient de se raser, mais sa barbe repousse déjà, ça me fait craquer.

— Tu me fais ressentir pleins de trucs, je lui confesse.

— Quels trucs ?

Il a été sincère sur ses émotions et je vais faire pareil. Milo me redonne espoir. C'est quelque chose de précieux, dont j'ai soif, et je veux qu'il sache l'importance que ça a pour moi.

— Mon cœur s'emballe quand tu es près de moi. Ma bouche est sèche quand tu arrives le matin au travail. Tout me paraît plus facile quand tu es près de moi. Depuis que tu es entré dans ma vie, je souris à nouveau. Tu me rends heureuse Milo.

Mes yeux se remplissent de larmes mais je les retiens, je me suis déjà assez livrée.

Il pose ses lèvres sur les miennes pour un baiser d'une douceur inouïe.

— J'essaie si dur de ne pas tomber amoureux de toi.

Je lève la tête vers lui, nos yeux expriment la même chose.

— Moi aussi j'essaie.

— Et tu y arrives ?

— Pas vraiment.

Milo sourit.

— Moi non plus.

Je caresse sa lèvre inférieure du pouce.

— Que devons-nous faire pour ça?

Il se lève, passe un bras sous mes jambes et l'autre dans mon dos.

— Où est ta chambre ?

Je passe les bras autour de son cou et souris.

— En haut.

CHAPITRE VINGT-CINQ
DANIELLE

Milo me dépose sur le lit et je tremble légèrement.

Dans mon bureau, les choses se sont déroulées d'une certaine façon. Il ne s'agissait pas de ma maison et ce n'était certainement pas dans un lit. J'ai partagé ma vie avec quelqu'un ici. Mes enfants y habitent et, en un sens, je l'invite dans nos vies.

— Tu comprends que ce que nous faisons a un sens ? je lui demande pour lui donner une chance de s'échapper.

— Oui.

— On ne pourra plus revenir en arrière après ça. Nous serons un couple, que tu le veuilles ou non.

Milo s'appuie sur le lit, un bras de chaque côté de mon corps.

— Je ne vais nulle part.

Je l'espère de tout mon cœur.

— Et pour le travail ? Comment allons-nous gérer le fait que tu ne puisses pas continuer à travailler pour moi ?

— Danielle, m'interrompt Milo d'une voix douce. Arrête de parler.

J'entends mon pouls dans mes oreilles.

— Embrasse-moi.

Contrairement à la dernière fois, il prend son temps et s'approche centimètre par centimètre. Ma respiration s'accélère par anticipation. S'il ne m'embrasse pas tout de suite, je vais péter un plomb.

Je le rejoins, passe ma main dans sa nuque tendrement et l'attire à moi.

Quand nos lèvres se touchent, je gémis. Il m'embrasse à la fois avec douceur et fièvre. Je peux sentir des vagues de désir émaner de son corps.

— Putain, tu es parfaite sous toutes les coutures, me complimente-t-il avant de me placer vers la tête du lit.

Milo rampe jusqu'à moi. Je reste allongée et je sens son poids sur moi. Je sens sa queue sur mon entrejambe et j'en ai la tête qui tourne.

Je me souviens du plaisir qu'il m'a procuré la dernière fois, et qu'il sait très bien s'en servir. J'ai eu envie qu'il me touche toute la journée et j'espère être rassasiée ce soir.

— Non, je ne le suis pas.

— Pour moi, tu l'es, me répond-il en repoussant mes cheveux.

Mon cœur se gonfle et je pose mes lèvres sur les siennes. J'adore son goût, son odeur et la façon dont nos corps se touchent. J'adore quand il me regarde, je me sens forte et désirée. J'aime quand Milo est gentil avec moi mais qu'il reste professionnel avec les autres. C'est fou, parce que si je leur disais comment il est vraiment, ils ne me croiraient jamais.

Je suis la seule à le connaître entièrement.

Il n'y a pas de barrière entre nous. Il est qui il est et je peux être moi-même.

C'est rare d'avoir une relation pareille. J'ai la chance d'en avoir eu deux.

Il interrompt notre baiser et me regarde.

— Je n'ai jamais fait l'amour à personne mais j'en ai envie pour la première fois ce soir.

Je souris.

— Je veux la même chose.

— Tu es sûre ?

— Absolument.

Milo se redresse sur ses genoux et m'attire vers lui. Mes doigts défont les boutons de sa chemise, un à un, puis je la fais passer sur ses épaules.

Il soulève mon chemisier pour dévoiler mes seins et émet un son guttural.

Je le regarde descendre du lit.

— Lève-toi, m'ordonne-t-il.

J'ai la poitrine serrée mais j'obéis.

— Enlève ton pantalon, poursuit-il.

— Je préférerais t'enlever le tien.

Il soulève ses sourcils en souriant.

— Je t'en prie.

Je commence à défaire la ceinture et ses mains passent dans mes cheveux alors que ses lèvres viennent s'écraser sur les miennes.

Milo m'embrasse comme s'il revenait à la vie. Le temps n'existe plus, je suis ensorcelée.

Mes doigts hésitent un peu avant de déboutonner son pantalon et nos bouches sont encore soudées. La langue de Milo s'enroule sur la mienne et se mesure à elle. Il gagne, bien sûr.

Les doigts de Milo passent dans mon pantalon pour le baisser.

Quand je n'arrive plus à respirer, il me relâche.

Il descend plus bas, les yeux rivés aux miens, pour l'enlever entièrement, puis fait glisser le sien.

Nous sommes nus, l'un face à l'autre, complètement vulnérables.

Nous restons immobiles pour saisir ce moment.

— Tu me fais confiance ? m'interroge-t-il.

— Oui.

— Alors, laisse-moi te donner du plaisir, me demande-t-il en glissant une mèche de mes cheveux derrière mon oreille. Donne-moi ton cœur.

— Tu l'as déjà.

Il s'en est emparé quand je n'étais même pas sûre de pouvoir le partager.

— C'est ce que je voulais entendre, poursuit-il d'une voix faible.

Sa main glisse dans mon cou, vers mon bras et nos doigts s'entrelacent.

— J'ai le tien, je l'interroge ?

— Il t'a appartenu à la minute même où j'ai posé les yeux sur toi. Tu étais cette femme, solide, même quand elle se sentait perdue. Si seulement j'avais su que tu allais chambouler mon univers.

Je touche son visage avec mon autre main.

— Si seulement j'avais su que l'homme qui voulait me détruire allait être l'homme qui me reconstruirait. Je ne me serais jamais battue contre toi.

— Maintenant, je vais te faire l'amour, m'annonce Milo en m'allongeant sur le lit.

Nos lèvres se touchent et les grands discours sont terminés.

Les mains de Milo effleurent ma peau et je ferme les yeux, me délectant de chaque seconde. Il est doux, pas comme sur mon bureau où nous avons agi comme des lapins. Aujourd'hui, je veux prendre mon temps avec lui.

Je gémis quand sa langue dessine des spirales autour de mon mamelon, avant de le prendre entièrement dans sa bouche, pour le sucer et le lécher.

Il descend plus bas, sa langue montre le chemin. Je ferme les yeux, je me prépare pour le tsunami de plaisir qu'il va me donner.

Doucement, il arrive vers mon bas-ventre et Milo me rappelle pourquoi j'en avais si envie.

— Bon sang ! j'halète alors qu'il touche mon clitoris.

Ma tête se balance d'avant en arrière pendant qu'il continue à me faire perdre le contrôle de moi-même. Je glisse mes doigts dans ses cheveux bruns et j'essaie de m'ancrer sur cette Terre.

Il est trop doué.

Comme si c'était seulement possible.

— Milo, je gémis. Oh mon Dieu juste là. Je ne... Je vais... Je. Oh. Oui !

Mes gémissements se transforment en hurlement alors que l'orgasme me secoue.

Il remonte vers mon visage et m'embrasse.

— Je ne m'en lasserai jamais.

Je souris, en ouvrant les yeux.

— Moi non plus.

— Alors, c'est une bonne chose que nous ayons tout le temps de le refaire, encore et encore, me dit Milo d'une voix chargée de désir.

— Allonge-toi, bébé, je lui ordonne.

— Oui madame.

Il se retourne sur son dos et je m'empare du préservatif posé sur la table de nuit. Je l'enfile, puis le chevauche. Ma main est posée sur son cœur dont je sens les battements rapides. Il est aussi nerveux que moi.

C'est si facile de dire que ce que nous faisons a du sens, c'est plus compliqué de le mettre en œuvre.

— Tout va bien ?

— Ça va aller dans une seconde, lui réponds-je en me balançant en avant pour le positionner là où j'ai besoin qu'il soit.

Je sais qu'il ne me demande pas si je vais bien physiquement. Nous sommes dans ma maison, dans le lit que j'ai partagé avec mon mari, et je vois Milo hésiter. Cependant, je n'hésite pas du tout. Il ne s'agit de personne d'autre que de nous deux. Je me sens émotive car je suis submergée par l'espoir.

Milo ne devait avoir aucune importance dans ma vie. Je n'avais pas prévu de retomber amoureuse. Mais je l'ai fait et aujourd'hui, j'en suis heureuse.

Je dois croire que, parce qu'il m'aimait, Peter aurait voulu la même chose.

Si c'était moi qui étais partie la première, je l'aurais voulu pour lui.

Son gland glisse en moi et je prends son visage dans mes mains pour me forcer à garder les yeux ouverts. Je baisse les hanches et le sens me remplir, centimètre par centimètre.

Milo commence à fermer les yeux et je marque une pause.

— Je veux que tu regardes, lui dis-je. Je veux que tu sentes la connexion physique entre nous.

— Je suis trop bien en toi.

— Tu me remplis, Milo. Dans tous les sens du terme.

Ses mains saisissent mes hanches pour me faire descendre jusqu'au bout.

Je n'en peux plus. Je gémis si fort que c'en est presque gênant.

— Mon Dieu !

Il me maintient sur lui et me force à bouger lentement et délibérément. Nos regards sont soudés et aucun de nous ne veut détourner les yeux.

Chaque fois que Milo imprime une rotation à ses hanches, j'en perds la tête. Je me balance d'avant en arrière. Mon cœur vibrant à l'unisson de mon corps.

Le plaisir monte à chaque va-et-vient.

— Je veux que tu jouisses encore, me lance Milo à travers ses dents serrées. Je veux te sentir autour de ma queue.

Son pouce s'appuie sur mon clitoris avec un mouvement circulaire.

— Oui, là, Milo !

J'explose à nouveau. Je bascule sur son torse et il me retourne sur le dos. Il pousse encore plus fort et des gouttes de transpiration perlent sur son visage alors que je m'accroche à ses bras.

— Je suis si bien en toi, répète-t-il entre deux coups de reins. Je vais jouir, regarde-moi.

Une vague de plaisir passe sur son visage pendant l'orgasme.

Après un brin de toilette, nous nous blottissons l'un contre l'autre, ma tête contre son épaule. Son doigt glisse le long de ma colonne vertébrale.

— Je n'aurais cru aimer ça un jour, réfléchit Milo tout haut.

— Les câlins ?

— Oui, confirme-t-il en embrassant mon front. J'ai toujours trouvé que c'était complètement stupide mais j'en comprends l'intérêt maintenant.

Je relève la tête et appuie mon menton dans ma main.

— Je suis juste spéciale.

— Je te le confirme.

— Quand l'as-tu compris ?

Milo penche sa tête et ferme à demi les yeux pendant qu'il réfléchit.

— Je ne suis pas sûr. Je crois que c'est quand j'ai cru que tu allais finir en prison pour avoir semé le désordre dans un tribunal. Mon job allait me revenir sans avoir rien fait.

J'éclate de rire.

— Idiot. Je n'arrive pas à croire que tu aies pensé ça.

— Pourquoi pas ?

— Parce que... Je ne sais pas.

Milo rit dans sa barbe.

— La réponse à un million, mon ange.

— La réponse à un million, mon ange, je répète pour me moquer.

— Continue comme ça et tu vas te prendre une bonne fessée.

— Tu vas le regretter.

— Oh, tu crois ça ? me demande Milo.

— Je rends coup pour coup.

Il lève un sourcil.

— Tu m'excites quand tu fais ta coquine.

Je m'esclaffe.

— Tu ne tournes pas rond.

— Tu n'as encore rien vu.

— Ah, bon ? je le provoque un peu. Comme quoi ?

Il soupire.

— Je suis en train de tomber amoureux de ma patronne, ce qui pose problème parce que mon objectif initial était de la détruire. Je me trouve donc dans une situation plutôt délicate puisque je dois soit démissionner et trouver une autre place correspondant à mes aptitudes, soit rester pour être son « larbin », comme elle le dit si bien.

Est-ce qu'il vient juste... est-ce qu'il a dit... je crois qu'il vient de dire qu'il est en train de tomber amoureux de moi. Je jure que c'est ce que j'ai entendu.

Après ça, je n'ai plus écouté un seul mot qu'il a prononcé. Il a dit amoureux. Je le sais.

Mon cœur s'emballe alors que j'essaie de digérer cet aveu. Est-ce que je l'aime ? Est-ce que je suis en train de tomber amoureuse ? La réponse est oui à la deuxième question, mais j'ai tant d'autres choses à prendre en considération.

— J'ai l'impression que tu as envie de t'enfuir, me dit Milo.

— Pas du tout, je rétorque en secouant la tête.

— Menteuse.

J'expire longuement et m'assieds en m'entourant du drap.

— Tu viens de dire que tu étais en train de tomber amoureux de moi.

Il se redresse et acquiesce.

— Je croyais que c'était plutôt évident.

— Évident comment ?

— Est-ce que j'ai l'air d'un gars qui préfère venir voir un film sur ton canapé plutôt que d'aller au pub ? Est-ce que j'aurais demandé à ma mère de m'expédier mes vieux comics si j'avais juste envie de te baiser ? Je te garantis, Danielle, que je ne suis pas cet homme.

— C'est juste que… Tu l'as dit tout haut.

Milo m'observe avant de se remettre à parler.

— Je l'ai dit parce que c'est vrai.

Je touche sa main.

— Je suis en train de tomber amoureuse de toi aussi.

Il fait glisser sa main de mon épaule vers mes doigts.

— Maintenant que nous sommes d'accord là-dessus, que fait-on pour tout le reste ?

— Je ne sais pas.

Je n'en ai aucune idée, quelles sont nos options ?

— Je vais démissionner.

— Quoi ? je m'exclame en retirant ma main. Mais pourquoi penses-tu que c'est la solution ?

— Parce que c'est possible. Soyons honnêtes, je suis un tantinet surqualifié pour être ton assistant. En plus, tu ne me demandes même pas de faire la moitié des choses que je forçais mon assistante à accomplir, sourit Milo.

— Je ne veux rien savoir, dis-je en levant une main.

— Pas ce *genre* de choses, se défend-il.

Me voilà soulagée.

— Tout de même, ta démission n'est pas une solution, ni pour toi ni pour moi.

Je ne peux pas démissionner. Milo ne devrait pas avoir à le

faire non plus. Lui et son frère ont besoin de ces moments, qu'ils le sachent ou pas. Leur relation a été si tendue pendant si longtemps. Ça leur a fait du bien de se voir au travail.

Si l'un des deux s'en rendait compte, ce serait mieux.

— Je ne vais pas me cacher comme si nous faisions quelque chose de répréhensible. Même si baiser sa patronne, c'est plutôt scabreux.

— T'es un trou du cul.

— J'adore ton cul, ma belle.

Je lève les yeux au ciel.

— Si tu démissionnes, tu ne le reverras jamais plus.

Il se rallonge, tout en restant en contact avec ma peau.

— Alors, c'est quoi ton plan ?

Je ris

— J'en sais rien ! C'est pour ça que nous en parlons.

— Moi je préfère l'action, ça m'ennuie de parler.

Comment a-t-il réussi à survivre si longtemps ? Je me pose parfois la question. Mais c'est pour ça que lui et Callum ne s'entendent pas. J'ai besoin de connaître tous les détails pour prendre la meilleure décision possible. Je ne suis pas un éléphant dans un magasin de porcelaine.

Les hommes sont tous les mêmes.

— Très bien, mais nous devons essayer de trouver la meilleure solution. Tu as besoin de ce travail Milo.

— Toi et mon frère, vous devriez arrêter de prendre vos rêves pour des réalités, ricane Milo.

— Comment est-ce que tu peux travailler ici ? je commence, ayant décidé de le guider vers la réponse.

— Tu te moques de moi ?

— Non, je te demande comment tu as le droit de travailler pour Dovetail.

Sérieusement, je n'arrive pas à croire qu'il n'ait pas encore pigé.

— Mon frère est le patron.

— Oui, réponds-je en soupirant. Es-tu américain ?

Milo se frotte les tempes.

— Évidemment que non.

— OK, donc, encore une fois, comment peux-tu résider aux États-Unis ?

Il prend une seconde pour vraiment réfléchir à ce que j'essaie de lui dire et je vois un éclair de compréhension dans ses yeux.

— Merde ! Je dois bosser pour ce blaireau parce que j'ai besoin d'un visa !

Ding, ding, ding.

— Ok, donc, pose-toi une minute et essaie de trouver une façon de régler ce problème.

Sa bouche s'ouvre et je n'ai pas besoin de le laisser parler pour savoir ce qu'il va dire. Je pose mes doigts sur ses lèvres pour le faire taire.

— Ne me dis pas qu'on doit se marier parce que nous n'en sommes pas du tout encore là.

— Très bien.

J'essaie de ne pas rire, mais son visage renfrogné me complique la tâche.

— Milo, si un jour nous sommes prêts à franchir ce cap, ça ne sera pas parce que tu ne veux pas qu'on se voie en cachette au bureau. Ce sera parce que nous ne pouvons pas vivre l'un sans l'autre.

Il m'attrape par les bras, m'attire vers sa poitrine et je lâche un cri perçant.

— Qui a dit que je pouvais vivre sans toi ? me réplique-t-il.

Là, il perd la raison.

— Je ne doute pas que ce soit dur de vivre sans moi. Je suis fabuleuse. Mais parlons d'autre chose, OK ?

— OK, mais seulement si tu m'embrasses.

Là, d'accord.

CHAPITRE VINGT-SIX
MILO

— Je suis heureux, maman. Elle me plaît beaucoup.

Ça fait vingt minutes qu'elle me rebat les oreilles sur le fait que Callum et moi l'avons abandonnée. Je jure qu'elle n'était pas aussi dramatique quand nous étions petits. Que s'est-il passé ?

— Je suis contente pour toi mais je ne veux pas que mes garçons vivent si loin de moi.

— Je ne reviens pas à Londres avant longtemps. Mais tu peux peut-être venir en vacances dans quelques mois ? Il va y avoir un grand barbecue où tu pourrais t'amuser. Et puis tu as sûrement envie de voir Colin ?

Son premier petit-fils. Je pensais qu'elle aurait déjà emménagé avec mon frère à l'heure qu'il est.

— Peut-être, soupire-t-elle.

— Ça nous ferait très plaisir. Je crois que tu t'entendrais bien avec elle. Elle a une fille et un fils qui n'ont jamais goûté au chocolat anglais.

Elle ne répond pas mais je peux entendre son sourire. Ma mère a travaillé pendant vingt ans chez Cadbury, la plus grande marque de chocolat du pays. Les friandises sont son talon d'Achille et je sens qu'elle aime l'idée de pouvoir partager ça avec eux.

— Alors, je n'ai pas le choix.

Je souris.

— Non, tu n'as pas le choix.

— Est-ce que cette fille te plaît vraiment, Milo ?

Je m'assieds dans une chaise et regarde la vue de Tampa en pensant à elle.

— Je crois que je l'aime, maman.

Cette révélation lui coupe le souffle.

— Oh !

— Je sais. Je ne sais pas ce qu'il m'arrive mais elle est géniale et incroyable. Quand elle n'est pas là, elle me manque. Quand elle est là, j'ai envie de rester auprès d'elle pour toujours.

Ma mère renifle et finit par fondre en larmes.

— Oh, mon chéri, c'est fabuleux. C'est juste... fabuleux.

— Alors tu viendras nous voir ?

— Oui, je veux la rencontrer, répond-elle en riant. Je te rappelle bientôt.

— Bonne nuit, maman.

— Bonne nuit, Milo, je t'aime énormément, quoi que tu penses de moi.

Elle raccroche avant que je puisse répliquer, mais je suis heureux qu'elle accepte.

J'envoie un SMS à Callum.

Moi : Maman va venir en vacances.

Callum : Comment as-tu fait? Elle m'a dit d'aller me faire voir.

Je souris à cette bonne occasion qu'il me donne.

Moi : Parce que je suis son fils préféré. Elle voulait juste flatter ton ego en te faisant croire que tu étais mieux que moi. Grande nouvelle : tu ne l'es pas.

Callum : Va te faire voir.

Moi : Grandis un peu, frérot. Bon, je te préviens quand j'ai plus d'infos.
Callum : Parfait.

Il y a autre chose dont je dois parler avec Callum. Mais je n'ai pas envie de le faire par SMS ou téléphone. Je préfère le faire en personne.

Moi : Je peux passer ?
Callum : Tout va bien ?
Moi : Oui, espèce de blaireau qui fourre son nez partout, je peux venir ou pas ?
Callum : Oui, bien sûr, je t'attends.

Quel débile.

Le trajet en voiture jusqu'à chez lui dure dix minutes. Lui et Nicole vivent dans un appartement comme le mien, ils sont juste plus près de la plage.

Je me sens nerveux quand j'arrive devant sa porte. Je vais démissionner, une fois de plus.

La première fois a été plutôt désastreuse. Je suis impatient de voir comment ça va se passer cette fois-ci. Je sais qu'il attend ce moment depuis longtemps mais je crois qu'il préfère quand tout se passe selon ses propres termes.

Je tape un coup et Nicole ouvre la porte.

— Le retour du frère prodigue.

— Salut, réponds-je en lui embrassant la joue.

— Il paraît que ta mère va venir nous voir ?

Les nouvelles vont vite.

— Je lui ai demandé de venir pour le 4 juillet. Elle dormira chez vous, bien entendu.

Nicole éclate de rire.

— Bien sûr, ce n'est pas comme si tu avais de la place et que c'était plus calme chez toi. Il faut absolument qu'elle vienne se serrer chez nous. On lui fera peut-être de la place sur le canapé.

Callum arrive en se massant la nuque.

— Ça suffit Nic, nous avons toute la place qu'il faut, intervient-il en l'embrassant sur la tempe. Et comme ça, j'aurais le plaisir de te voir rester tranquille pendant son séjour.

— Oui, j'adore être forcée d'être gentille avec toi parce que cette femme me terrorise.

— Notre mère, te terroriser ? je lance dans un éclat de rire. Tu n'es pas sérieuse.

Nicole me fusille du regard.

— Oui, elle n'est pas obligée de m'aimer, contrairement à vous deux.

C'est vrai, mais elle n'est pas si effrayante. Elle est douce quand on la caresse dans le bon sens du poil.

— Laisse-lui le temps. Elle est vieille et n'aime pas le changement, je la rassure.

— N'importe quoi, se résigne Nicole. Je vous laisse papoter, je vais me promener avec Colin.

— Sois prudente, lui recommande Callum d'une voix plus intense que d'habitude.

Je constate que son instinct de protection est à son maximum.

Elle lève les yeux au ciel.

— Détends-toi, on est à Tampa et...

— Et le mari de ta meilleure amie s'est fait assassiner il n'y a pas si longtemps, finit Callum pour elle.

— Ce n'était pas un hasard, bébé mais d'accord, on sera prudents.

Nicole me lance un clin d'œil avant de sortir de la pièce.

— Tu veux une bière ? me propose Callum.

— Volontiers.

Nous entrons et, une fois de plus, l'intérieur me laisse bouche bée. Mon appartement est simple et je n'ai que très peu de meubles. Cal a plus d'affaires que n'importe qui. Je sais bien que si ma femme était décoratrice d'intérieur, je vivrais dans un endroit comme ça aussi, plutôt que dans une garçonnière comme c'est le cas aujourd'hui.

Mais ça ne change rien au fait que lorsqu'on entre chez lui, on reste sur le cul.

Callum décapsule une canette avant de me la tendre. Ça va faire mal. Je tombe la bière en moins d'une minute et repose la bouteille violemment sur la table.

— Les nouvelles doivent être mauvaises, me dit Callum en se grattant la tête. Lâche le morceau.

— Je démissionne.

La subtilité n'a jamais été mon point fort.

— Tu démissionnes ?

— Oui.

Il secoue la tête.

— OK, pourquoi ?

J'ai une foule de raisons que je pourrais lui servir. Mais Callum, en dépit de tous ses défauts, a toujours été honnête avec moi. J'ai envie de lui rendre la pareille.

— Parce que je suis en train de tomber amoureux de ma patronne et je ne crois pas que ce soit une bonne idée de rester dans ces conditions.

— Tu es amoureux ! s'exclame-t-il en riant. Toi ?

— Va te faire voir ! Oui. Je ne vois pas ce qu'il y a de drôle.

Callum hausse les épaules et me tend une nouvelle bière.

— Parce que tu as toujours été contre l'idée d'être amoureux, tu avais peur d'être faible.

— Je le suis ! je hurle. Je démissionne de mon fichu boulot pour elle.

Il souffle longuement par le nez et opine.

— J'ai déménagé ma société aux États-Unis pour Nicole. Mais tu ne peux pas partir, Milo.

— Ce n'est pas toi qui décides.

— Non, acquiesce-t-il. Mais il y a une autre option.

La sonnerie de son téléphone nous interrompt. Il porte un doigt à ses lèvres et répond.

— Allô ?

Je gronde dans ma barbe.

— Milo, me lance Callum en me retenant par le bras alors que je sors de la pièce. Oui, je comprends, je préviendrai Milo, bien sûr.

Sa voix se teinte de panique.

— Envoyez-moi tous les détails par SMS.

— Que se passe-t-il ? je lui demande le cœur battant.

Quelque chose cloche. Je connais mon frère, et la dernière fois qu'il m'a regardé comme ça, c'est à la mort de notre père.

CHAPITRE VINGT-SEPT
DANIELLE

— Que va-t-il se passer maintenant ? me demande Ava tandis que nous sommes au tribunal, dans l'attente de la lecture du verdict.

Je ne suis plus revenue depuis mon dernier coup d'éclat. Sûrement parce que de toute façon, cela ne change rien. Peut-être parce que je ne voulais plus entendre de mensonges. Ou sûrement aussi parce que j'avais beau vouloir en finir avec tout ça, j'ai concentré mon énergie ailleurs.

Quoi qu'il en soit, Richard a appelé et m'a conseillée de venir aujourd'hui. Il savait que le jury allait rendre sa décision.

Comme promis, j'ai permis à Ava de rater les cours et nous sommes venues ensemble.

— Ils vont appeler la cour à l'ordre et vont lire le verdict. S'il est jugé coupable, ils décideront de la sentence. S'il est innocent, nous partirons immédiatement, avant d'être prises d'assaut, compris ?

Elle hoche la tête.

Tenir ma promesse a été incroyablement dur. Je ne pensais pas que ce serait si compliqué. Elle est mature pour son âge d'une certaine façon, mais il s'agit de son papa. C'est le premier homme qu'elle ait jamais admiré, aimé et comparé aux autres garçons.

Non seulement il est parti mais en plus, elle va entendre des choses qu'elle préférerait peut-être ne pas savoir. Je suis une adulte et j'ai quand même pété un plomb.

— Je ne l'ai jamais vu, me fait-elle remarquer. Tu sais, l'assassin de papa.

— Je ne voulais pas que tu le voies.

Mon téléphone vibre mais je ne le regarde pas. Ce moment est trop important pour que je m'intéresse à autre chose. Je sais que Parker est en sécurité à l'école. Kristin sera là à la sortie. Apparemment, Aubrey avait de gros projets avec lui.

— Pourquoi ? me demande Ava.

— Parce qu'il est la dernière personne sur laquelle ton père a posé les yeux. Je le déteste de nous avoir volé ça. Je voulais que tu restes innocente et te protéger. Mais je vois que tu es capable d'affronter ça. Tu es une fille forte et belle, Ava Kristin. Je suis très fière de toi.

Le masque de colère qu'elle a arboré pendant ces deux dernières années a disparu. Je retrouve son vrai visage.

— Moi aussi, je suis fière de toi, maman.

— Moi ?

— Oui, tu sais... Tu as rencontré quelqu'un et c'est cool de te voir heureuse. Enfin je pense. Bon, je m'en fiche un peu mais si nous devons passer du temps ensemble, je préfère que tu ne sois pas une co...

— Attention à toi, je la préviens.

Elle hausse les épaules en souriant.

— Désolée, je voulais faire comme tante Nicole. L'honnêteté est le seul principe auquel nous adhérons.

Je lève les yeux au ciel.

— C'est un club très fermé, fillette.

Ava commence à parler mais la porte latérale s'ouvre et Adam McClellan entre. J'attrape sa main pour lui offrir mon soutien et pour obtenir le sien. Chaque fois que je le vois, je le déteste encore plus.

— Tu regardes devant toi, OK ?

Ses yeux plongent dans les miens et je vois qu'elle a peur.

— Tu es en sécurité, Ava, tu n'as rien à craindre. Quoiqu'il arrive aujourd'hui, tu es en sécurité, tu es aimée et tout ira bien, d'accord ?

— Il est assis juste là.

— Je sais, je la rassure en lui serrant la main. Tu regardes devant toi ou vers moi.

Elle me serre la main en retour et soupire. Je cherche Milo du regard. Il a dit qu'il viendrait mais je n'ai pas eu de nouvelles. C'est étrange parce qu'il est la seule personne qui a toujours été là dans cette pièce quand j'ai eu besoin de lui, même quand je ne le savais pas moi-même.

Quelques battements de cœur plus tard, le juge entre et appelle la cour à l'ordre.

— Le jury est-il prêt à rendre son verdict ? demande-t-il.

— Oui, votre honneur.

— Huissier, je vous en prie... poursuit le juge en tendant la main pour qu'il lui passe l'enveloppe.

Mon estomac se serre en même temps que ma gorge quand je le regarde lire. Son visage reste impassible, quelle que soit la décision. Je me souviens que Peter s'en plaignait souvent.

C'est nul d'être assis de ce côté-là.

Chaque seconde qui passe s'étire interminablement.

Ava s'agrippe à mon bras et le serre fort.

Le juge rend l'enveloppe au juré. Je suis sûre que ce petit manège a été pensé pour rendre les gens cinglés. Il n'y a pas que le meurtrier qui attend de connaître son sort. C'est nous tous. Les gens qui aimaient mon mari, notre famille et tous ceux qui nous ont vus endeuillés. C'est important.

— S'il vous plaît, lisez le verdict, demande la juge avec autorité.

J'ai la nausée. Mon estomac se contorsionne, mes mains transpirent et j'ai envie de pleurer, même si je ne connais pas encore la conclusion.

C'est trop.

— Concernant les accusations de meurtre au premier degré, le jury a déclaré le prévenu, Adam McClellan, coupable.

Je suis submergée par le soulagement et mes larmes

commencent à couler. Ava éclate en sanglots et m'entoure de ses bras.

— Concernant les accusations de possession illégale d'arme à feu, coupable.

Je me fiche du reste. J'ai ma vengeance, je peux à nouveau respirer. Ils continuent à énumérer les charges et je me détends entièrement. Je n'ai pas tout fait capoter. Nous avons gagné. Nous avons obtenu justice pour ce que cet homme nous a fait subir.

Ava et moi restons collées l'une contre l'autre en nous tenant les mains, pendant que la date du verdict est indiquée.

— C'est tout ? demande-t-elle les joues trempées de larmes.

— C'est tout.

Nous nous levons et la procureure s'approche de nous.

— Je suis heureuse que nous ayons obtenu justice pour Peter, dit Rachel.

— Nous le sommes également. Je sais que quand il était encore là, vous étiez adversaires…

Elle secoue la tête.

— Non, nous faisions équipe avec la loi. Peter n'a peut-être pas choisi le même côté que moi mais il méritait qu'on lui rende justice.

— C'est vrai.

Ava sèche ses larmes et se tient droite.

— Je voudrais être présente et dire quelques mots sur la sentence.

Rachel me lance un regard avant de revenir sur Ava.

— Si ta mère est d'accord, je crois que ça pourrait aider.

— Maman ?

Je ferme les yeux et souffle longuement par le nez.

— Si c'est ce que tu veux, je ne peux pas t'en empêcher. Mais tu dois bien te comporter. Je ne te lance pas un ultimatum, je te demande juste de réfléchir à la vision que tu veux qu'ils aient de toi, quand tu seras devant la juge.

C'est dur d'être parent. D'un côté, on doit enseigner à nos enfants à être indépendants et de l'autre, on veut les préserver dans une bulle, les serrer contre soi et les protéger de tout. Je ne sais jamais quel côté choisir. Je déteste me trouver le milieu.

— Je sais, je veux juste m'exprimer, m'explique-t-elle.

— Moi aussi, ma puce.

Richard s'approche de nous et nous serre dans ses bras.

— Je suis heureux que justice soit rendue à Peter.

— Moi aussi.

— Peter aurait gagné ce procès, déclare-t-il en riant. Je ne pouvais penser qu'à ça. S'il avait été avocat de la défense, il aurait démonté la procureure. C'était un excellent avocat, et le meilleur des amis. Il me manque.

Je réprime l'envie de lui coller une gifle pour cette pensée, puis je lui souris. Il a raison. Il était brillant, il aurait réussi. Et mon mari était assez arrogant pour qu'on pense ces choses de lui. Il se croyait génial et il sourit probablement en nous regardant de son petit coin de paradis parce que son associé pense la même chose.

— Oui, j'acquiesce en secouant la tête. Il l'était.

Richard sourit.

— Il vous aimait. Il parlait de passer plus de temps avec vous, pour voir les enfants grandir.

— C'est dommage qu'il ne l'ait pas fait.

Je vois un éclair de regret traverser son regard.

— Si tu as besoin de quoi que ce soit, Danni, n'hésite pas à venir nous voir. Tu fais partie de la famille.

Je n'ai jamais fait confiance aux collègues de Peter. Leur relation était trop dysfonctionnelle et hypocrite. Mais je ne veux pas être malpolie.

— Merci, Richard, j'apprécie.

Ava s'excuse pour aller appeler ses amis. Je voudrais appeler les miennes. D'ailleurs où sont-elles passées ? Et mon petit ami ? Doux Jésus, employer ce terme à trente-neuf ans me fait tout bizarre.

Je fouille mon sac à la recherche de mon téléphone et vois deux appels manqués de Milo.

Milo : Tu ne réponds pas, mais je suis à l'aéroport. Je pars pour Londres. Appelle Nicole quand tu as une

minute. Je suis désolé.

Mon estomac se serre.

— Excuse-moi, dis-je à Richard.

Je sors en composant le numéro de Nicole. Ça sonne. Ça sonne encore.

— Allez, réponds, je murmure.

— Salut, répond-elle après ce qui me semble être une éternité.

— Salut, que se passe-t-il ?

— D'abord, tu vas bien ? Il est coupable ?

Je n'ai pas du tout envie d'en parler, mais Nicole peut se montrer… entêtée quand elle veut quelque chose.

— Oui. Coupable. Que se passe-t-il avec Milo ?

Elle soupire.

— Tout ce que je sais, c'est que Callum et lui sont partis pour Londres. Leur mère est malade et je crois qu'elle le leur a caché. Mais elle s'est écroulée et ils ont dû la rejoindre tout de suite.

— Oh mon Dieu.

— Oui, je ne sais pas, Danni, hésite-t-elle. Milo parlait de faire venir sa mère pour le 4 juillet pour te rencontrer toi et les enfants. Et puis ils parlaient boulot quand le téléphone de Callum a sonné. Je ne sais pas ce qu'ils vont faire mais mon mari m'a dit qu'il m'appellerait quand il en saurait plus.

Je me masse le front.

— OK, tiens-moi au courant.

Ça sent mauvais. Milo a parlé de sa mère restée seule à Londres, et de sa culpabilité. Je n'ose même pas imaginer ce qu'il ressent maintenant.

Et je me souviens d'un autre truc que Nicole a dit. Milo est allé voir Callum pour lui parler de moi et de son travail ?

Oh, j'espère qu'il n'a pas démissionné. Sa façon de se comporter parfois me donne envie de lui hurler dessus. Nous en avons parlé mais apparemment, il n'écoute rien.

OK, ça ne sert à rien de s'énerver. Il est à Londres et je dois attendre son retour pour en parler.

Ça fait quatre jours. Quatre jours. Quatre appels téléphoniques. Quatre fois où j'ai eu envie de sauter dans un avion pour Londres.

Je ne peux pas y aller, je le sais bien. Mais j'ai juste envie d'être près de lui.

Et puis Sierra, cette assistante par intérim que Kristin m'a recommandée, est risible. Elle doit faire partie de la famille d'Erica, la précieuse collègue de Kristin.

D'abord, elle a confondu le sucre avec le sel pour mon café.

Puis, elle a réussi à renverser du café salé partout sur mon bureau, éclaboussant une proposition sur laquelle je travaillais. Ensuite, je ne sais toujours pas comment elle s'est débrouillée mais elle est allée dans ma boîte de réception et a effacé tous mes messages pour faire du ménage.

Dieu merci, le département informatique a fini par mettre une sécurité enfant sur son ordinateur.

Je n'en peux plus.

Je n'aurais jamais cru que Milo me manquerait professionnellement mais me voilà en train d'espérer qu'il rentre rapidement.

Je reçois un appel vidéo et souris quand je vois son visage s'afficher.

— Salut, je lance avec un soupir rêveur.

— Salut, ma belle.

— Comment va ta mère ?

— Pas bien.

Il a l'air fatigué. Je peux voir dans ses yeux qu'il est stressé et ça me désole. Milo a toujours réponse à tout, il est arrogant à sa façon et sarcastique. Il n'est jamais maussade, je n'aime pas ça.

— Je suis désolée, que disent les docteurs ?

Milo fait craquer les os de son cou et s'affale sur son lit.

— J'y retourne demain matin mais ça s'annonce mal. Nous avons réussi à lui obtenir une vraie chambre plutôt que le débarras dans lequel elle était jusqu'à présent.

— C'est bien que tu sois près d'elle.

En mon for intérieur, j'ai égoïstement envie qu'il soit plutôt près de moi. Mais il est là où il doit être. Avec le décès brutal de son père, il est certain qu'il doit être proche de sa mère.

— Ça me débecte. Je voudrais pouvoir la mettre dans un avion et l'emmener au chaud. J'ai oublié à quel point on se gelait les couilles ici. Tampa offre un climat plus attrayant.

J'ai envie de beaucoup de choses mais je sais qu'il a besoin de lâcher du lest.

— Tout de même, je reprends avec un sourire triste. Tu es là où se trouve ta mère. Je suis sûre qu'elle se sent mieux depuis que toi et Callum êtes arrivés.

Milo grogne quelque chose et ses yeux se rétrécissent.

— C'est un blaireau. Je ne sais pas pourquoi ma mère ne l'a pas vendu quand il était petit. Il se croit si intelligent. Ça m'énerve à un point ! Je te jure, il pense qu'il est toujours responsable de tout et que je me la coule douce. Qu'il aille se faire foutre.

J'éclate de rire devant sa colère.

— Arrête, il a probablement peur aussi.

Il me regarde comme s'il voulait ma mort.

— Peur ? Je n'ai pas peur. Je suis furieux, ça oui.

— Je vois bien.

— Il pense qu'il peut aller n'importe où et décider à la place de tout le monde. Je ne crois pas. Je suis peut-être plus jeune mais mes couilles sont plus grosses. Je te le garantis.

J'en reste muette de surprise. Je vois bien qu'il en veut à son frère, mais à ce point-là ?

— Milo, profite de cette opportunité.

— Quelle opportunité ?

— De te conduire en adulte, bon sang. Toi et Callum devez faire la paix. Tu sais mieux que tout le monde que la vie est courte et la seule certitude qu'on ait, c'est qu'on va mourir. Alors, ça suffit. Si Callum mourait, tu te sentirais comment ? Effondré, voilà la réponse. Alors sois l'homme dont je suis tombée amoureuse. Celui qui sait montrer de l'empathie.

Milo fait une grimace, et finit par acquiescer.

— Mais seulement parce que tu utilises un vieux tour pour me manipuler à ta guise.

— Oui, je connais plein de vieux tours. D'ailleurs, j'ai décidé que tu n'avais plus à me faire de vidéo avec le lapin.

— Vraiment ? me demande-t-il, ravi.

— Oui, je vais être sympa et te laisser ce coup-là. Même si je suis convaincue qu'à ma place, tu n'en ferais pas autant.

— Tu dois me comprendre, répond-il, narquois. Ça aurait été si drôle de te voir décrire à mon frère mes exploits sexuels.

— Tu es dingue.

— C'est vrai mais tous les deux, nous sommes parfaits.

Je souris et lui envoie un baiser.

— Va dormir. Tu me manques.

— Tu me manques aussi. Comment ça va avec ta nouvelle assistante ?

— Ne m'en parle pas.

— Ah, calme-toi. Callum rentre dans deux jours. Tu pourras te plaindre à son retour.

— Il rentre ?

Depuis qu'ils sont partis, je n'ai pas reçu énormément d'informations, ce que je comprends tout à fait. Milo et Callum doivent prendre soin de leur mère, pas me tenir informée minute après minute. La plupart du temps, c'est Nicole qui m'a tenue au courant. Mais, elle n'a rien dit de ce retour lors notre conversation d'hier.

Milo opine.

— Oui, on a besoin de lui à Tampa, et je ne suis pas spécialement indispensable au fonctionnement de la boîte.

— Tu l'es pour moi.

— C'est gentil. Cependant, on a besoin de moi ici.

— Pendant combien de temps, tu crois ?

— Je ne sais pas, soupire Milo. Je ne peux pas la laisser seule ici.

— Je ne te demanderais jamais une chose pareille.

— Je sais.

Il se glisse sous les couvertures, et je voudrais pouvoir caresser son visage.

— Le verdict sera annoncé la semaine prochaine.

Ça m'a beaucoup pesé cette semaine. Je veux que ça se termine C'est la dernière ligne droite.

Les yeux de Milo deviennent tristes.

— Je voudrais pouvoir être à tes côtés. Tout va se jouer dans les jours qui viennent. Peut-être que je serai là.

— Je n'en parlais pas pour ça.

— Mais c'est quand même ce que je pense.

Mon assistante intérimaire passe sa tête par la porte.

— Tu m'as appelée ?

— Non, réponds-je en étirant la syllabe. Je suis au téléphone.

— Oh ! glousse-t-elle. Je comprends mieux. Je croyais que tu parlais toute seule et j'allais te laisser finir, et puis je me suis dit que tu me parlais peut-être.

Seigneur tout puissant.

— Merci d'être venue vérifier, Sierra, j'arrive à lâcher.

— Bien sûr, c'est mon travail de m'assurer que tu as tout ce dont tu as besoin.

Et c'est mon travail de me demander comment la nouvelle génération réussira à reprendre les rênes.

Génial, maintenant je suis une vieille qui se plaint des jeunes d'aujourd'hui.

— Excellent travail, petite, la complimente Milo. Danielle adore parler seule, alors veille à vérifier souvent.

Je le fusille du regard et me tourne vers elle.

— N'écoute pas un mot de ce qu'il raconte.

— Oh, c'est un homme au téléphone ? C'est ton petit-ami?

— Va travailler, je lui ordonne.

Quand elle sort de la pièce, je ferme les yeux et entends Milo ricaner.

— Je te déteste.

— Non pas du tout, rétorque-t-il, narquois.

— D'accord, mais j'ai envie de te détester et je devrais le faire.

Il éclate de rire et finit par bâiller.

— Désolé de t'interrompre, mon cœur, mais je tombe de fatigue. On peut se parler demain ? Je peux t'appeler vers sept heures, avant que tu ne partes travailler.

— OK, dors bien.

— Ça, c'est sûr, affirme-t-il.

Quatre jours, et Dieu seul sait combien d'autres.

CHAPITRE VINGT-HUIT
MILO

— Maman, il faut que tu manges quelque chose.

— Je n'ai pas d'ordres à recevoir de ta part, souffle-t-elle, outrée.

L'indignation incarnée.

Je suis à Londres depuis quinze jours et j'ai envie de m'arracher les yeux. Ma mère se sent un peu mieux mais nous avons passé une mauvaise nuit.

Satané docteur, incapable de faire son travail comme il faut et de lui donner un traitement qui la soulage.

— Mange avant que je perde mon calme.

Elle n'a pas l'air de s'inquiéter le moins du monde.

— Quand retournes-tu aux États-Unis ?

— Quand tu arrêteras de n'en faire qu'à ta tête et que tu mangeras.

Elle croise ses bras sur sa poitrine.

— Alors j'entame une grève de la faim.

— Toujours dans le drame.

— Mes fils me manquent.

Sa lèvre inférieure se met à trembler et mon cœur de glace fond d'un seul coup.

Je n'aime pas la voir contrariée. Je sais que j'agis parfois en dépit du bon sens mais ma mère a un grand cœur et elle a beaucoup trop souffert.

— Ne pleure pas, je la supplie.

— Ne pars pas.

— Maman, tu sais pourquoi je veux retourner en Amérique.

Elle hoche la tête.

— J'aurais voulu la rencontrer.

Nous avons passé beaucoup de temps ensemble ces deux dernières semaines et elle n'a pas mâché ses mots. Bien sûr, elle veut que je sois heureux mais elle voudrait que je le sois à Londres. J'espère qu'elle finira par comprendre que ça n'arrivera pas et qu'elle viendra en Amérique, là où sa famille se trouve dorénavant.

— Pourquoi est-ce que tu ne la rencontrerais pas ?

— Je ne peux plus voyager maintenant, Milo. Je suis mourante.

Je lève les yeux au ciel.

— Tu n'es pas mourante. Tu vas te battre et tu vas guérir, parce que tu es trop têtue pour mourir.

Elle m'observe attentivement.

— Je me demande d'où tu tiens ça.

— Regarde dans le miroir, réponds-je en riant.

— Oh, Milo, que vais-je faire de toi ?

Je hausse les épaules.

— Tu vas aller mieux pour pouvoir voyager et rencontrer ton petit-fils. Et pourquoi pas aussi faire connaissance avec la femme que j'aime ?

Elle lève la main pour toucher ma joue.

— Je ne sais pas si c'est possible mon chéri. Je ne sais pas si je reprendrai des forces un jour ou si je vais aller mieux. J'ai un cancer des poumons. Je ne peux pas prendre l'avion ni faire grand-chose d'autre d'ailleurs.

C'est ce qui m'inquiète. Elle a l'air faible et épuisée. J'ai envie de croire qu'elle va s'en remettre mais je n'en sais rien.

Et puis ça me tracasse qu'elle se retrouve seule sur un autre continent.

— Tu le feras parce que je ne peux pas te perdre. Pas encore. Il y a des enfants que tu dois rencontrer et aimer.

Son regard s'éclaire et son visage prend une expression résolue. Je sais que cette idée la rend heureuse.

— Parle-moi encore de Parker. Il me rappelle le petit garçon que tu étais.

Je m'appuie contre le dossier de ma chaise.

— Tu manges et je parle, OK ?

Elle opine, choisit un biscuit et je commence par sa passion pour Thor.

***

— Que puis-je faire pour toi, Cal ? je demande au téléphone tout en enfilant ma veste.

Je suis déjà en retard pour le rendez-vous de maman à l'hôpital. Elle va m'en vouloir pour l'éternité.

— Il faut qu'on parle.

Ça doit être mauvais. Callum n'appelle pas juste pour papoter. D'habitude, il passe son temps à me faire des reproches et raccroche avant que j'aie pu répondre. Tocard.

— J'ai un problème avec le bureau de Londres.

Je m'arrête net.

— Pardon ?

— Edward a démissionné.

— Edward, notre cousin à qui tu as confié le bureau plutôt qu'à moi ? Celui-là ? Je demande pour être sûr.

C'est le point que Callum oublie tout le temps. Non seulement il est parti en Amérique en emmenant avec lui presque la totalité de la société mais il a laissé une équipe à Londres pour gérer les projets en cours. Bien qu'il connaisse ma réticence à quitter Londres à l'époque, il ne m'a pas demandé à moi, son frère, de diriger le bureau de Londres. Non, il l'a demandé à notre branleur de cousin.

C'est pour ça que je détesterai mon frère jusqu'à la fin de mes jours. Parce que c'est un connard.

Encore une fois, la ressemblance entre Thor et Loki est frappante.

— Oui, ce cousin-là.

— Pourquoi est-ce que tu m'en parles ?

Il soupire.

— Parce que je veux que tu occupes ce poste. Tu es déjà sur place et tu es le seul en qui j'ai confiance.

Les battements de mon cœur s'accélèrent légèrement.

— Tu veux que je dirige le bureau de Londres ?

— Tu préfères être un assistant ou le vice-président de Dovetail à la tête de ce bureau ? explose-t-il.

— Et une fois que j'ai fini de te rendre ce service, j'aurai quel poste ? Hein ? Je vais classer des papiers pour toi plutôt que pour ma petite amie ? Tu vas continuer à me punir ?

Je ne rentre pas dans son petit jeu. Je veux qu'il le mette par écrit et qu'il me paie ce que je vaux.

— Non Milo, je veux que tu occupes ce poste de façon permanente.

Je reste planté là, devant la porte de mon appartement. Il veut que je devienne vice-président.

De façon permanente ?

Et pourquoi ? Et quand ? Pourquoi change-t-il d'avis tout d'un coup ?

— Tu te fous de moi ?

Il lâche un éclat de rire.

— Non, c'est ce dont je voulais te parler quand tu es venu me voir chez moi. Nous avons été interrompus par le coup de téléphone concernant maman.

Je ne sais pas quoi dire. C'est complètement inattendu.

— J'essaie de digérer cette information. Tu veux que je me réinstalle à Londres ?

— Non, soupire-t-il. Ce n'est pas ce que je veux. Mais maman a besoin de l'un de nous deux auprès d'elle et je veux que tu intègres la société au poste qui t'était destiné.

Je m'appuie contre le mur, déchiré.

— Et Danielle ?

— Quoi Danielle ? Je suis content que tu l'aies rencontrée

mais c'est tout frais entre vous. Ce n'est pas exactement une relation sur le long terme.

— Va te faire voir !

— Tu peux m'en vouloir, mais nous n'avons pas d'autre choix, répond Callum.

Sa voix exprime le regret pour la première fois.

— Je ne peux pas déménager à Londres, poursuit-il. Mon travail est ici, celui de Nicole aussi. Et nous avons Colin. Toi tu es célibataire.

— Non, je ne le suis plus.

Je ne suis peut-être pas marié mais je suis amoureux pour la première fois de ma vie. Elle vaut tous les efforts que j'ai envie de faire pour elle, et il veut m'éloigner d'elle.

Merde ! Putain de merde !

— Non, tu ne l'es pas. Mais réponds à ma question. À quand remonte ta dernière relation sérieuse ?

Je n'ai pas besoin de lui répondre parce que nous connaissons tous les deux la réponse.

— Exactement, reprend Callum. J'ai beaucoup d'affection pour Danielle. Elle a une grande place dans notre vie, ici. Je n'ai pas envie de lui faire du mal et à toi non plus, Milo. Tu peux penser ce que tu voudras, je tiens à toi. À toi de prendre ta décision mais le bureau est à toi si tu le veux. De toute façon, il faudra que tu sois là-bas pour t'occuper de maman.

Il est en train d'arracher mon cœur de ma poitrine.

— Il faut que j'y réfléchisse, je ne peux pas te répondre maintenant.

— Je te donne une semaine pour me donner ta décision mais il faut que tu y ailles dès demain pour réparer les erreurs d'Edward, soupire Callum.

Je n'ai aucune obligation envers lui mais je ne vais pas le contredire. Honnêtement, c'est ce que j'ai toujours voulu. Nous avons construit cette société à deux. J'aime Dovetail autant que mon frère et maintenant, il veut me donner ce pour quoi je me suis donné tant de peine. Je ne sais pas si je peux refuser. C'est pour en arriver à ce résultat que je me suis rendu aux États-Unis.

— Tu me donneras le temps dont j'ai besoin, je rétorque.

— Tête de nœud.

— Abruti.

— J'attends de tes nouvelles dans une semaine, grommelle Callum.

— Tu auras de mes nouvelles quand je l'aurai décidé, je riposte avant de raccrocher.

Mon téléphone sonne à nouveau et c'est un SMS de ma mère qui me demande où je suis.

Je vais m'occuper d'elle d'abord, et puis j'appellerai l'autre femme de ma vie pour essayer de prendre une foutue décision.

CHAPITRE VINGT-NEUF
DANIELLE

— Tu as des nouvelles de Milo ? demande Callum en entrant dans la cuisine.

— Non, mais je suis sûre que je vais en avoir bientôt, pourquoi ?

Il secoue la tête.

— Par curiosité.

J'ai l'impression qu'il me cache quelque chose. Je m'entends bien avec Callum. Je l'aime bien, je trouve que c'est un gars super mais c'est mon patron. J'ai toujours peur de dire un truc stupide et de me faire virer.

— Il y a quelque chose que je devrais savoir ? je demande après un moment d'hésitation.

— Non, non, je n'ai plus de nouvelles depuis quelques jours. Je me demandais comment ma mère allait.

Sa mère a plus de mauvais jours que de bons. Ça fait trois semaines, plusieurs heures passées au téléphone, mais toujours aucun Milo dans mes bras. Je commence à me décourager, bien que je fasse tout pour tenir le coup. Il me manque. Ça m'énerve parce que je suis faible.

Toutefois, je ne pense pas qu'il n'ait pas tenu Callum au courant.

— Il a dit qu'elle avait passé une mauvaise nuit l'autre jour mais il n'a pas appelé aujourd'hui.

— Il n'a rien dit d'autre ?

OK, c'est bizarre.

— Non, il aurait dû ?

— Je suis désolé, lâche Callum avec un rire nerveux. C'est dur d'être ici alors qu'elle est malade.

— Ne le sois pas. Je lui dirai de t'appeler.

— Merci, répond-il avec un sourire.

C'était la conversation la plus étrange de ma vie.

Je prends les boissons et vais les servir dans le salon. Demain, c'est le jour du verdict et mes amies ont décidé de rester à mes côtés ce soir. Heather, Eli, Kristin, Noah, Nicole et Callum sont apparemment là pour me pouponner.

— Merci, Danni, sourit Heather alors que je pose les verres à vin sur la table.

— Vous savez les filles, vous n'êtes pas obligées de passer la soirée ici, leur dis-je pour la dixième fois.

— Si, nous le sommes, rétorque Kristin.

Je n'arriverai jamais à les faire partir, autant arrêter d'essayer.

— Comment tu supportes l'absence de Milo ?

Nicole va droit à l'essentiel.

— Très bien, il est là où il doit être.

Et je le pense vraiment. C'est sa mère qui compte le plus en ce moment. Nous étions ensemble depuis plusieurs semaines avant qu'elle tombe malade. Je sais qu'il a envie d'être ici mais il ne peut pas.

— Je vais te dire une chose, commence Eli. Si c'était ma mère, je voudrais être à ses côtés aussi. Tu peux vraiment juger un homme à la façon dont il traite sa maman.

Je le regarde d'un air interrogateur.

— Comment ça ?

— C'est la première personne qui l'aime. Si c'est une bonne personne et, à en croire Cal, elle l'est, alors un homme apprend comment s'occuper d'une femme en s'inspirant de cette relation.

Heather hoche la tête.

— Je peux dire que c'est vrai rien qu'en voyant comment Eli chouchoute la sienne. Matt traitait mal sa mère et on sait pourquoi. Comment Trouduc était-il avec sa mère ? ajoute-t-elle en se tournant vers Kristin.

Kristin éclate de rire.

— Comme il était avec toutes les autres personnes : un connard égoïste.

Noah attire Kristin un peu plus près de lui. Je ne sais pas si elle s'en aperçoit, mais chaque fois que l'on parle de Scott, il la serre un peu plus fort. Comme s'il la protégeait rien de penser à lui. C'est mignon, je suis heureuse que leur relation soit aussi solide.

— Je suis d'accord avec Eli, intervient Noah en haussant des épaules. Je marcherais sur des charbons ardents pour la mienne. Elle l'a fait pour moi et si elle était malade, je serais à son chevet.

— C'est parce que tu es un homme bien, Noah Frazier, soupire Kristin en le regardant.

Nicole fait mine de vomir.

— Beurk, les gars, dégueu.

— Parce qu'on est amoureux ? riposte Kristin.

Oh, ça va chauffer.

— J'aime Callum plus que tout. Je donnerais tout ce que j'ai pour lui, littéralement, mais je ne vais pas défaillir en battant des cils à chaque fois qu'il dit quelque chose. C'est un homme. Il aime sa mère. Mais il m'aime aussi. Milo est un type bien et je suis heureuse pour Danni qu'ils se soient trouvés. Danni a besoin de lui aussi.

— Je n'ai besoin ni de lui ni de vous tous, je la corrige.

— Bien sûr que si, répond-elle en levant les yeux au ciel. Ce n'est pas grave.

— Les filles, sérieusement, je vais bien. Je vous aime, merci d'être venues, mais je vais m'en sortir.

— Je voudrais pouvoir retarder le tournage, dit Heather.

Est-ce qu'elles m'écoutent ? Non, jamais.

Je ne veux personne d'autre avec moi qu'Ava. Je sais que ça paraît fou et un peu bête mais nous devons traverser cette épreuve ensemble. Si elles sont là, je ne pourrais pas être moi-même. C'est dur pour moi de laisser les autres voir mes faiblesses. Peter était un homme solide. Il n'aimait pas les émotions et j'ai appris à refouler les miennes. Quand il est mort, j'ai cru qu'un barrage en moi s'était fendu et avait inondé mon univers.

J'ai pleuré plus en quelques jours que je ne l'avais fait en vingt ans.

J'ai pleuré, puis j'ai sangloté, puis j'ai hurlé.

Je croyais que tout avait été purgé mais il doit en rester, parce que je sais que demain sera dur pour moi.

— Les filles, Ava et moi allons très bien nous en sortir.

Kristin souffle longuement par les narines.

— Tu fais ta tête de mule.

Je lui réponds d'un regard qui dit *tu as peut-être raison mais c'est mon droit*.

La sonnette retentit et je sursaute.

— Je vais ouvrir. Vous pouvez continuer à déblatérer sur moi quand je ne serai plus là.

Nicole lève la main.

— Oh, c'est ce que nous avions prévu.

— Connasse.

— Bouffonne, répond-elle.

Je me dirige vers la porte et quand je l'ouvre, mon cœur s'arrête de battre.

— Milo !

— Salut, ma belle!

Il sourit et m'attire dans ses bras.

— Mon Dieu, tu es là !

Le puits de larmes que je pensais épuisé coule sur mes joues. Il est là. Je suis dans ses bras.

Je m'écarte, mes mains touchent son visage. Je pose mes lèvres sur les siennes, j'ai le goût de mes larmes dans la bouche.

Quelques secondes plus tard, il me repose et sourit.

— Je t'ai manqué, j'ai l'impression.

— Oui, tu m'as tellement manqué.

Je ne peux pas l'expliquer mais il fait partie de ma vie dorénavant. Quand il n'est pas là, je me sens vide, triste et seule. Mon cœur lui appartient et maintenant, je peux respirer à nouveau.

— Je sais que demain est un grand jour et je voulais être là.

Je place la main sur ma poitrine, puis sur la sienne.

— Merci. Et ta mère ?

— C'est juste pour quelques jours, ça va aller.

— Jours ? je répète, déjà déçue. Je croyais que peut-être...

Quand suis-je devenue si dépendante de lui ?

— C'est juste une courte visite, ma belle. Callum et moi avons engagé une infirmière qui restera avec elle jusqu'à mon retour.

Je ne veux pas penser au fait qu'il va repartir. Je veux juste penser à maintenant. Quelques jours, c'est mieux que rien.

— Je comprends, je suis juste surprise, je me justifie avant que tout s'éclaire. Callum savait !

— Oui.

Je souris. Ça explique pourquoi il se conduisait de façon si étrange.

— On peut mettre tout le monde à la porte ?

Il hausse les sourcils de façon suggestive.

— Non seulement on peut mais on va le faire.

Ça me va.

Je lui prends la main et nous entrons dans le salon.

— Tout le monde dehors ! je lance.

Ils se tournent vers nous.

— Milo ! s'écrient plusieurs d'entre eux.

Milo fait le tour de la pièce, serre des mains et embrasse des joues. Les maris ne l'ont pas encore rencontré, alors je leur laisse quelques minutes pour se présenter. En réalité, je me fiche bien qu'ils se rencontrent, je veux profiter de chaque minute.

De préférence toute seule.

Nicole s'approche et passe un bras autour de mes épaules.

— J'emmène Ava ce soir. Elle a accepté de garder Colin pour nous. Je le lui ai demandé il y a quelques jours pour qu'elle n'ait pas l'impression que tu veux juste t'envoyer en l'air avec ce canon.

— Je ne t'aimais pas jusqu'à aujourd'hui mais tout vient de changer, je lui lance en tapant ma hanche contre la sienne.

Elle est cinglée mais dans des moments comme celui-ci, je me souviens à quel point c'est une amie précieuse.

— Je te l'ai dit, je suis un satané diamant.

J'éclate de rire et l'embrasse sur la joue.

— Tu as raison. Je passerai la prendre demain pour aller au tribunal.

— Te fais pas de bile, tu peux avoir du sexe pour le petit-déj pendant que tu y es. Une saucisse dans ton muffin.

— Nicole, je la réprimande. Tu es si vulgaire parfois.

— Parfois ? répète-t-elle en riant.

— Tu as raison. Tout le temps.

C'est bon de voir que la maternité ne l'a pas changée.

— Milo ! s'écrie Parker en courant dans les escaliers. Tu es revenu !

— Oui, pour quelques jours, lui explique Milo avec un sourire et un gros câlin.

— J'ai plein de trucs à te dire, lui dit-il.

Je ne sais pas si Milo comprend ce que cela signifie pour moi. C'est crucial que mes enfants apprécient l'homme que j'aime. Ils sont mon univers entier. Cet homme a été capable d'entrer dans nos vies et de s'y intégrer. Même si je pense que je serais quand même tombée amoureuse de Milo, le fait que mon fils accoure vers lui en dit long.

Les enfants savent juger les personnalités. Je me souviens qu'Ava ne voulait jamais s'approcher de Scott. Je trouvais ça bizarre mais avec le recul, je comprends qu'elle savait que quelque chose n'allait pas chez lui. Les enfants sont innocents et ils captent ce genre de choses.

— Nous sortons de vos pattes, me dit Heather en s'approchant. Eli et moi prenons notre avion demain. J'aurais vraiment voulu être à tes côtés demain, même si je sais que Milo sera là. Sache que... je t'aime.

— Moi aussi je t'aime, réponds-je en la serrant dans mes bras. Je sais que tu voudrais être là mais tu es mariée avec une star du cinéma très demandée.

Eli rigole doucement.

— Je donne aux femmes ce dont elles ont envie.

Elle le tape sur le ventre.

— Quel ringard.

— Vous êtes tous les deux des ringards, je clarifie.

Nous nous disons au revoir et Ava finit par descendre les escaliers.

— Milo est revenu, constate-t-elle en souriant. Est-ce parce que vous allez vous rouler des pelles que je dois aller chez tante Nicole ?

— Ouais, répond Nicole. Et je suis certaine qu'ils vont faire beaucoup plus que ça.

Elle devrait porter un collier électrique et, chaque fois qu'elle dirait un truc stupide, on aurait le droit de l'électrocuter. Peut-être qu'elle comprendrait alors ce qui est approprié.

Mais d'un autre côté, elle aimerait peut-être un peu trop ça.

— Dégueu, je te jure.

Nicole éclate de rire.

— Tu as posé la question, gamine.

— Mens-moi la prochaine fois, fait Ava en frissonnant.

— Sérieusement, je ne savais pas qu'il serait là. Je passe te prendre demain matin, je lui explique.

— Bien sûr maman. Prends les bonnes décisions, utilise un préservatif et tout ça, me recommande Ava en agitant la main. Je suis trop vieille pour avoir une petite sœur ou un petit frère.

— Oh mon Dieu.

Pitié, que quelqu'un lui vienne en aide.

Nicole est sur le point de faire pipi dans sa culotte. Elle se tord de rire à mes dépens.

— Quoi ? demande Ava d'un air innocent.

— Oh, que tu conseilles à ta mère de mettre un préservatif. Je n'aurais jamais cru vivre une telle farce. Mais voilà, la félicite Nicole en tapant dans ses mains. Bravo, petite !

Ava s'incline.

— Je joue ici tous les soirs, messieurs dames.

Une fois que tout le monde s'est bien moqué de moi, je prépare les affaires des enfants. Parker n'a pas envie de laisser Milo et je trouve ça très mignon.

— OK, mais est-ce que tu prononces tous les mots bizarrement ?

Milo s'indigne.

— Je ne parle pas bizarrement, c'est toi qui parles bizarrement.

— Tu ne dis même pas toilettes, l'attaque Parker.

— Parce que ce sont des cabinets.

— Une carabine ?

— Non, des cabinets, explique Milo.

Parker le regarde comme s'il était fou et glousse.

— Les gars, vous êtes hilarants. Allez viens Parker, il est temps d'aller chez tante Kristin.

— Mais Aubrey va vouloir me déguiser et se marier, grommelle-t-il.

Milo rit dans sa barbe et je lève les yeux au ciel.

— Tu survivras.

Milo m'aide à gérer Parker et à le convaincre. C'est juste comme s'il savait d'instinct comment être l'homme de la situation. Pour quelqu'un qui n'a jamais eu d'enfants ni de relation sérieuse avec une femme, c'est un petit ami génial. Il est venu jusqu'ici, pour trois jours, parce qu'il savait que j'aurais peut-être besoin de son soutien.

— Au revoir, maman.

— Au revoir mon grand, lui dis-je en le serrant à nouveau dans mes bras.

Puis il se tourne vers Milo.

— Au revoir, Milo, tu m'as vraiment manqué ! lance-t-il en passant ses bras autour de son cou pour le serrer.

— Toi aussi tu m'as manqué.

Kristin me prend la main et la serre. Nous savons toutes les deux ce que c'est quand un homme arrive dans notre vie alors qu'on a déjà des enfants. C'est effrayant et on doit sauter à pieds joints les yeux fermés. Il faut espérer que tout le monde y trouve son compte. Heureusement, tout se passe merveilleusement bien pour l'instant.

Ça me prouve que nous sommes sur la bonne voie.

Nous mettons tout le monde dehors et nous restons plantés là. Seuls.

Et passée la première respiration, nous nous jetons l'un sur l'autre.

Mes bras s'enroulent autour de son cou, il me plaque contre lui et nos lèvres sont partout. Nous nous embrassons sauvagement, puis tendrement, laissant nos bouches glisser dans le cou de l'autre puis revenir. J'ai faim de lui.

Nous gémissons à l'unisson quand nos mains explorent le corps de l'autre. Chaque caresse est meilleure que la précédente.

Milo pousse mon dos contre le mur, son corps brûlant et la fraîcheur du mur me font frissonner. Nous ne disons pas un mot. Nos bouches sont soudées, nos langues s'ébattent dans un baiser qui en dit plus long que des mots.

Il m'éloigne du mur et me pousse plus loin dans la maison, nous nous accrochons chacun l'un à l'autre. Mes mains cherchent désespérément sa peau, alors je lui enlève sa chemise et la jette à terre. Milo m'imite et soulève mon T-shirt au-dessus de ma tête en un seul geste, sans s'arrêter de marcher.

— Mon Dieu, c'est si bon, dit-il.

— Tu m'as manqué, je souffle avant que nos lèvres se ressoudent.

Fini de parler.

Je défais le bouton de son pantalon. Il s'en débarrasse, toujours à la recherche du lit ou de la première surface sur laquelle nous pouvons nous appuyer. Je veux qu'il se déshabille. Je veux qu'il me touche.

Son absence a duré trop longtemps.

J'ai tellement besoin de lui.

Il descend mon short alors que je me retrouve dos au canapé.

— J'ai envie de toi, me dit-il avant de m'embrasser à nouveau.

— Moi aussi.

Ses mains sont partout sur mon corps. Il masse mes seins, mes mains attrapent sa queue et il déplace une main vers mon clitoris. Il n'y a aucune subtilité dans nos caresses. Nous ne pouvons pas nous arrêter et nous en voulons encore plus. Milo me prend dans ses bras, mes jambes s'enroulent autour de lui et il se dirige vers le milieu de la pièce.

Nous sommes tous les deux complètement nus. Il m'allonge sur le tapis et se met à genoux.

— J'ai pensé à toi dans cette position tous les jours depuis que je suis parti.

Je souris.

— Je suis contente de t'avoir manqué.

— Tu m'as beaucoup manqué.

— Montre-moi à quel point, je lui réclame.

Le sourire de Milo devient malicieux.

— Avec grand plaisir.

Il se penche au-dessus de moi, ses mains de chaque côté de ma tête, ses lèvres effleurant à peine les miennes.

— Milo, je gémis faiblement.

— Il y a d'autres endroits où je veux d'abord poser ma bouche.

Et c'est ce qu'il fait. Il fait glisser sa langue le long de mon cou, se déplace lentement sur chacun de mes seins, puis se dirige vers ma chatte pour lécher et jouer avec mon clitoris.

— Oui, je gémis en empoignant ses cheveux.

Le plaisir vient si rapidement que ça me paraît irréel. Je ne sais pas s'il s'agit de l'adrénaline ou si c'est parce que je rêve de ces retrouvailles depuis trois semaines mais je suis bouillante. Chacune de mes cellules brûle de désir et chaque sensation est décuplée. Chaud, froid, plaisir, douleur, c'est si bon.

Il me donne tant de plaisir.

Je commence à trembler alors que l'orgasme s'approche.

— Je vais jouir !

Mon dos se cambre quand les sensations me submergent. J'ai l'impression que mon corps va imploser sous la charge de plaisir qu'il est en train de me donner.

Puis, il insère un doigt et le tourne. C'est tout ce qu'il fallait. Je suis complètement ailleurs.

Je me tortille sur le sol, hurlant son nom, puis il revient vers moi.

— Ahurissant.

Je souris.

— Je t'aime.

Les mots sont sortis si rapidement, je retiens ma respiration pendant une seconde. Je savais que je l'aimais, c'est la vérité, mais j'ignorais que j'allais lui avouer tout de suite.

Nous avons parlé de tomber amoureux mais nous ne nous le sommes jamais dit... expressément.

Jusqu'à maintenant.

Milo ne répond pas et je me sens complètement stupide. Il me regarde, ébahi.

— Tu n'es pas obligé de le dire aussi, j'interviens rapidement. Tout va bien. C'est juste, je ne sais pas, ça m'est venu naturellement.

Merde.

On dirait une biche dans les phares d'une voiture. *Bravo Danielle.*

Il pose ses doigts sur ma bouche pour me signifier de me taire.

— Je t'aime, Danielle.

À mon tour d'être surprise.

— C'est vrai ?

— On ne peut plus vrai, répond-il en souriant.

— Oh, je soupire doucement. Je n'avais pas l'intention de... le dire de cette façon.

Milo pose ses mains sur mon visage.

— Nous ne faisons pas grand-chose comme prévu, pas vrai ?

— Non, tu as raison.

Milo pose ses lèvres sur les miennes et pendant une seconde, je lis la crainte dans son regard.

— Je ne veux pas te perdre.

Je passe mes doigts sur sa mâchoire.

— Tu ne me perdras pas.

— Bon sang , j'espère que tu dis vrai.

Milo se penche légèrement en avant et j'écarte les jambes pour le laisser me pénétrer. Nous ne disons pas un mot de plus. Nos corps parlent pour nous.

Mais quand tout est fini, ma poitrine se comprime d'angoisse. Quelque chose ne va pas. Mais je ne sais pas ce que c'est.

CHAPITRE TRENTE
DANIELLE

— Ce n'était pas si terrible, admet Ava en mangeant une frite. Ce n'était pas drôle mais je crois que papa aurait été content.

Milo opine.

— J'ai trouvé que c'était excellent. Toi et ta mère avez assuré à tous les niveaux.

Ava et moi avons toutes les deux décidé de ne pas prendre la parole devant le juge. Nous avions trop de choses à dire et nous n'étions pas sûres de pouvoir les exprimer. Nous avions peur de dire quelque chose que nous pourrions regretter plus tard. Parfois, le silence est plus éloquent que les cris.

Adam McClellan m'a suffisamment spoliée. Je ne vais pas lui donner mes mots en plus du reste. Il a été condamné par un jury et le juge nous a rendu la justice dont nous avions besoin.

— Je crois que papa serait fier de toi.

— Tu penses qu'il regrette ? s'interroge-t-elle. Qu'il est assis dans sa cellule et qu'il se demande comment il est devenu si horrible ?

— Non, je crois que les gens comme lui ne ressentent ni le remord ni l'empathie. Tu as remarqué ? Même à la fin, il se comportait comme s'il n'avait rien fait de mal. Quand on est coupable, on doit accepter les conséquences de ses fautes. C'est ainsi que l'on *devrait* se conduire dans la vie. Il faut savoir reconnaître quand on a mal agi. On a tous le pouvoir de changer les choses, ma fille chérie. Tu as fait des erreurs toi aussi mais regarde comment tu t'en es sortie.

Ava baisse les yeux vers son assiette et je passe un doigt sous son menton pour voir son visage.

— J'étais tellement en colère à la mort de papa.

— Je sais.

Milo s'éclaircit la gorge.

— Mon père a été tué et je ne ressentais que de la colère.

Elle le regarde bouche bée.

— Tu avais quel âge ?

— Ton âge, répond-il.

— Je suis désolée, réagit-elle d'une voix tremblante.

Son téléphone sonne, il consulte l'écran et arrête la sonnerie.

— Désolé, s'excuse-t-il en reprenant ma main et en dirigeant de nouveau son attention vers Ava.

— J'aurais préféré que tu ne rejoignes pas ce club mais je veux que tu saches que quoi qu'il arrive, tu pourras toujours te confier à moi.

Ava penche la tête avec un sourire.

— Tu sais, je n'étais pas trop fixée à ton sujet mais tu es un mec sympa.

— Donc je n'ai plus à redouter une de tes remarques déplacées ?

— Probablement pas. Je tourne une nouvelle page mais le livre reste le même.

— Bien essayé, réponds-je en riant. Tu t'es bien amusée mais maintenant c'est fini, sinon je te punis à nouveau.

Elle souffle.

— Maman, tu es nulle. À quoi ça sert d'avoir un petit ami trop sexy si je ne peux pas te mettre un peu mal à l'aise ?

— Tais-toi et mange.

Nous passons le reste du repas à rire et à nous raconter des anecdotes sur nos vies. Ava lui pose des tonnes de questions sur Londres. On dirait qu'elle pense que les choses n'ont pas évolué depuis 1810 et qu'ils vivent comme dans un roman de Jane Austen.

— Nous avons des voitures ! s'amuse Milo.

— Et elles marchent à l'essence ? Ou est-ce qu'il faut les démarrer avec une manivelle ?

Il lève les yeux au ciel.

— Je t'assure que nous sommes bien plus civilisés que tu ne le penses. Et je crois bien que nous avons bénéficié de la technologie moderne avant vous.

Je reste là, à compter les points du match. Les réparties fusent d'un côté et de l'autre et je suis sûre que la balle de match est pour bientôt.

— Et vous vous éclairez à la bougie ou est-ce que vous avez l'électricité ?

Milo me regarde et devient méfiant.

— Tu te moques de moi ?

Ava, un. Milo, zéro.

Elle hausse les épaules.

— Ça se pourrait.

— Nous vivons comme vous vivez en Amérique. Nous avons des voitures, de l'électricité, de belles boutiques et une histoire. Tu pensais vraiment que la reine n'avait pas l'électricité ?

Ava éclate de rire.

— Oh tu devrais voir ta tête !

Elle continue avec son plus bel accent anglais :

— Oh, cette fille, je n'en crois pas mes oreilles ! Elle est estomaquée par l'électricité.

— Si on se marie un jour, on est obligés de la garder ? demande Milo.

Je manque de m'étouffer avec mon verre d'eau.

— Ça dépend à quel point je l'apprécie à ce moment-là.

— Elle est plutôt agaçante.

— C'est vrai, j'acquiesce avec une moue en tapant la table des doigts.

— Maman !

— Ava.

Elle s'appuie contre le dossier de sa chaise avec les bras croisés.

— Tu es méchante.

— Et toi tu es une sale gosse quand tu t'y mets.

Le téléphone de Milo sonne à nouveau et il le replace dans sa poche. Son expression m'inquiète.

— Est-ce que tout va bien ?

Il secoue la tête et me lance un sourire forcé.

— C'est mon frère.

— C'est au sujet de ta mère ?

Il a parlé avec son infirmière ce matin et m'a assuré que tout allait bien. Toutefois, elle est très malade. J'imagine que les choses peuvent évoluer rapidement.

— Non, c'est autre chose.

— D'accord ?

C'est plus une question qu'une affirmation.

— Oh ? intervient Ava, le menton dans la main. Tu as un secret inavouable ?

Le nœud dans mon ventre se serre davantage. Il se passe quelque chose. Il se conduit bizarrement depuis son retour de Londres.

Milo se met à rire.

— Je n'ai pas de secret. Et si on rentrait pour regarder un film ?

Je me tais parce que je ne veux pas le mettre mal à l'aise ici et maintenant. Cependant, nous allons avoir une discussion, ça, c'est sûr. Mais que se passera-t-il si je découvre qu'il me cache des choses encore pires que ce que j'imaginais ?

Nous sommes blottis dans le canapé, ma tête sur son épaule, dans ses bras, et les enfants dorment dans leur chambre.

Parker et Milo ont joué aux jeux vidéo, ce qui m'a permis de découvrir que Milo était un mauvais perdant. Ava est sortie avec ses amis.

C'était une soirée agréablement calme. Sereine.

À propos du deuil. J'ai toujours cru que c'était du baratin, jusqu'à ce que j'en fasse moi-même l'expérience. Maintenant que je sais que l'assassin de Peter passera le restant de ses jours derrière les barreaux, je commence à accepter sa mort.

J'observe Milo et je ne peux m'empêcher de me demander si mon mari nous regarde et sourit en ce moment.

Milo et Peter sont complètement différents mais Milo est l'homme qu'il me faut.

— Je suis triste que tu partes demain.

— Ça ne me rend pas heureux non plus. Rien ne me rend heureux en ce moment.

Je soulève la tête.

— Tu n'es pas heureux avec moi ?

Il secoue la tête.

— Mais si, ma chérie, je suis comblé avec toi.

Ça, c'est mignon.

— C'est difficile, car je sais bien que tu dois être auprès de ta mère, mais si je n'écoutais que moi, je préférerais que tu restes ici.

Milo soupire longuement.

— Il faut qu'on parle.

Je me redresse immédiatement, angoissée.

— Que se passe-t-il ?

— Tu sais que mon cousin Edward dirigeait le bureau de Dovetail de Londres.

J'acquiesce, je lui ai parlé quelques fois depuis mes débuts dans la boîte. C'est un idiot mais je ne pouvais pas vraiment le dire à Callum. Il s'arrangeait toujours pour compliquer une situation pourtant facile à gérer.

— OK, donc il faisait un peu de la merde. Je suis sûre que tu as dû entrer en contact avec lui une fois ou deux.

Puis sa phrase me revient en mémoire.

— Oui. Mais tu as dit... « dirigeait » ? Au passé ?

— Oui.

— OK, donc qui gère le bureau maintenant ?

Je connais déjà la réponse. Je peux la lire dans ses yeux.

— Moi.

Le sol se dérobe. Tout le sentiment de sécurité et l'impression que ma vie avançait dans le bon sens s'évapore. Milo n'aurait pas l'air si torturé si la situation était temporaire. Il n'éviterait pas les appels et les SMS de Callum. Il me l'aurait dit mais il ne l'a pas fait.

— Depuis combien de temps tu es au courant ?

Milo ferme les yeux et quand il les ouvre à nouveau, j'y lis de la culpabilité.

— Une semaine. Je ne pouvais pas te le dire, Danielle. Il y avait ma mère et ta date du verdict . Je ne suis même pas sûr d'accepter.

— Que veux-tu dire ?

Il se lève et commence à arpenter la pièce.

— Bon sang, je ne veux pas vivre à Londres. Je ne veux pas y retourner comme ça. Je veux rester ici, je ne peux pas être heureux autrement. J'ai la nausée juste à l'idée de m'éloigner de toi.

— Je ne comprends pas, Callum t'offre la société et tu veux refuser ? À cause de moi ?

Il marque une pause, le regard planté dans le mien.

— C'est exactement ce que je viens de te dire. Je vais refuser.

J'entends la conviction dans sa voix mais je lis aussi le conflit dans ses yeux.

C'est ce qu'il a toujours voulu. Il est revenu à Dovetail pour reprendre son travail. Au lieu de ça, il a la possibilité de diriger le bureau de Londres. Je ne vois pas comment il pourrait refuser.

Qu'il ait besoin de l'argent ou pas, il n'est pas satisfait d'être mon assistant. Milo est beaucoup trop intelligent pour ça et je ne sais pas quel poste il pourrait occuper à Tampa. Le bureau démarre tout juste et... Edward n'aurait jamais dû être nommé à ce poste.

Je ne peux pas lui demander de rester.

Je le sais au plus profond de moi. Ce serait égoïste de ma part, ce ne serait pas de l'amour. On doit faire des concessions sur son propre bonheur pour rendre l'autre heureux. Milo est prêt à refuser la chance de sa vie pour moi. Et moi, je vais renoncer à lui. Parce que je l'aime.

— Milo, je commence en attendant qu'il me regarde dans les yeux. Tu dois accepter. C'est pour ça que tu t'es battu. Pour le poste que tu mérites. Et puis, tu dois être aux côtés de ta mère. Elle a besoin de toi... tu ne peux pas y renoncer pour moi. Pas comme ça.

— Si, hurle-t-il. Je vais y retourner et guérir ma mère. Tout ira bien.

— La guérir ? Elle a un cancer et elle a besoin de toi.

— J'ai besoin de toi, rétorque Milo. Quelqu'un y a pensé à ça ?

Ma poitrine me fait tellement souffrir que je pourrais m'écrouler. Je ne veux pas lui faire de mal, je ne veux pas avoir mal non plus. Pourquoi ne pouvons-nous pas être heureux, juste cette fois ?

— Ce n'est pas le bon moment, je me force à dire.

Chaque mot me plante un poignard supplémentaire dans le cœur.

C'était notre moment, mais on nous l'a arraché.

— Je n'abandonnerai pas, poursuit-il avec défi. On fera la navette On s'appellera tous les jours.

Il perd la raison et je dois y mettre un terme.

— Tu sais bien que c'est impossible.

Mes yeux se remplissent de larmes et je fais tout mon possible pour les empêcher de couler. J'ai aimé deux hommes dans ma vie et maintenant, je les ai perdus tous les deux. Sauf que celui-ci, je le laisse partir de mon plein gré.

— Je t'aime ! Je t'aime et je ne veux pas te perdre !

Milo s'accroupit et me prend les mains.

— Je ne vais pas y arriver.

Une partie de mon cœur se brise. Je ne peux pas lui demander de rester. J'ai terriblement envie de le faire mais je ne le ferai pas.

— Tu dois y aller. Nous le savons tous les deux.

— Merde ! Je savais que tu réagirais comme ça, lance-t-il en se relevant. Je l'avais prédit. Je t'avais dit que tu finirais par me repousser.

— Bien sûr que je le fais, c'est la meilleure des choses à faire, Milo. Tu n'es pas un petit assistant. Tu es fait pour diriger ce bureau. Londres, c'est chez toi, et ta mère est malade. Ça ne me fait pas plus plaisir qu'à toi mais c'est comme ça.

Les larmes que je retenais si fort finissent par couler.

J'ai si mal.

— Ne pleure pas, me supplie-t-il. Je t'en prie.

— Je ne pleure pas, réponds-je en cachant mon visage pour essayer de me ressaisir, sans succès.

— Danielle, me dit-il d'une voix douce. Regarde-moi mon ange.

Je relève doucement la tête et lis ma douleur dans ses yeux.

— Je ne voulais pas tomber amoureuse de toi. Je ne voulais pas aimer un autre homme parce que j'aurais trop souffert de le perdre. Mais je me retrouve quand même ici, amoureuse, et je dois te laisser partir.

— On va trouver une solution.

Je secoue la tête parce qu'en vérité, il n'y en a pas. Oui, nous pourrions essayer et ça pourrait marcher pendant quelques mois. Mais j'ai des enfants. Je ne peux pas sauter dans un avion pour lui rendre visite quand j'en ai envie. Quand il sera à la tête d'un empire, il n'aura pas le temps de revenir ici. Petit à petit, les appels téléphoniques s'espaceront. Nous serons trop occupés et le temps accomplira son œuvre.

J'ai été trop bête de me laisser entraîner dans ce tourbillon parce que tout était si beau.

— Il faut être honnête, dis-je d'une voix tremblante alors que la douleur me transperce le cœur. Tu dois partir. Ta mère a besoin de toi et ton frère aussi. Nous n'avons pas d'autre choix, Milo.

Sa tête retombe sur mes genoux et mes doigts glissent dans ses cheveux bruns. C'est plus dur que tout. J'essaie de ne pas craquer. Ce n'est pas ce qu'il voulait et ça ne sert à rien de lui rendre la tâche plus difficile.

Quand ses yeux émeraude trouvent les miens, ils sont remplis de larmes.

— Je ne voulais pas que les choses se passent de cette façon.

— Je sais.

— J'avais de grands projets pour nous.

— Parfois, nous devons emprunter un autre chemin que celui que nous avions prévu, je le console doucement.

Il prend mon visage dans ses mains et abaisse ses lèvres sur les miennes.

— Pourquoi a-t-il fallu que je te trouve, simplement pour te perdre ensuite ?

Je ne sais pas mais je suis morte au fond de moi.

Peut-être que Milo est entré dans ma vie pour me montrer que j'étais capable d'aimer à nouveau. Il m'a donné une chose dont je n'avais pas conscience de la nécessité. Mais surtout, il m'a rendu plus heureuse que je ne l'avais été depuis des années.

J'ai osé espérer et je me retrouve à nouveau clouée à terre. Mais au moins, je sais que l'espoir existe.

Une larme glisse sur ma joue.

— Je t'aime Milo. Je t'aime et ça me détruit de devoir te laisser partir. Mais je sais que c'est le bon choix.

— On pourrait essayer ? On pourrait voir si ça peut marcher ? me demande-t-il.

Je soupire longuement.

— Ça ne marchera pas ! Ça ne marchera pas et ça se finira dans la tristesse et encore plus de souffrance. Il faut laisser tomber tout de suite.

Il secoue la tête et recommence à marcher.

— Putain ! Mon frère savait qu'il allait nous détruire.

J'essuie mes larmes et essaie d'ignorer l'immense détresse qui gonfle ma poitrine. Je reste assise là. J'essaie d'imaginer une vie sans pouvoir le toucher. Je ne pourrais plus l'embrasser, ni voir son sourire ni sentir sa chaleur. Milo est comme un soleil, on ne peut pas s'empêcher d'être attiré par sa lumière.

Ces dernières semaines, j'ai eu froid. C'est ainsi que je me sentirai à partir de maintenant.

Une fois de plus, mon monde est plongé dans l'obscurité.

CHAPITRE TRENTE-ET-UN
MILO

Comment lui dire adieu ?

Je me suis posé cette question cent fois au cours des douze dernières heures. Et pourtant, me voilà à l'arrière d'une voiture qui m'emmène à l'aéroport.

Danielle n'a rien dit depuis notre conversation d'hier soir. Nous n'avons pas dormi, comme si ne pas rester entrelacés était une perte de temps stupide.

D'une façon ou d'une autre, nous sommes restés liés toute la nuit. Soit ma main sur la sienne ou sa main sur la mienne.

— Ça va aller ? je lui demande à nouveau.

Elle essaie de sourire mais je vois des larmes briller dans ses yeux.

— Ce n'est pas la première fois, je survivrai.

Je ne sais pas si *je* survivrai.

Si c'était juste un boulot, je dirais à Callum de se le mettre où je pense. C'est ma mère, l'élément de l'équation que je n'avais pas prévu. Quelqu'un doit s'en occuper, et il est logique que ce soit moi. Le travail n'est qu'une conséquence de certaines circonstances.

J'ai retourné le problème dans tous les sens et je n'ai pas trouvé de solution. Elle refuse de quitter Londres, donc je dois aller la rejoindre.

Je porte nos doigts entrelacés à mes lèvres.

— J'espère que tu sais que je t'aime.

Sa tête repose contre mon bras.

— Je t'aime aussi. Ce serait génial si ça suffisait pour être heureux. Tout ceci ne serait qu'un rêve et au lieu d'aller à l'aéroport pour se quitter, nous partirions en voyage.

— Oui, ce serait merveilleux.

— Si seulement l'amour pouvait lier deux continents, poursuit Danielle, rêveuse.

Si seulement…

Nous arrivons à l'aéroport et la tension s'intensifie. Bordel, je ne suis même pas sorti de la voiture que je veux déjà revenir.

Je dois pourtant faire tout mon possible pour lui faciliter la tâche. Je n'ai pas d'autre choix. Danielle doit repartir seule et je ne sais pas si elle ira bien. Sera-t-elle triste et en pleurs ? Restera-t-elle solide avant de craquer plus tard ? Va-t-elle réussir à se contrôler ?

Le chauffeur se gare et je veux profiter de chaque seconde.

— Tu m'accompagnes ?

Elle regarde vers le chauffeur puis revient sur moi.

— Je ne sais pas.

— S'il te plaît, je la supplie. Je veux retarder le moment le plus possible.

Danielle glisse une mèche de cheveux derrière son oreille et essaie de faire comme si elle ne venait pas d'essuyer une larme. Merde. Ça ne va pas. Rien ne va, j'ai l'impression de faire une erreur.

Puis je pense à la façon dont j'annoncerai à ma mère que je ne reviendrai pas.

Je l'imagine seule à Londres, sans personne pour veiller sur elle. Si c'était moi ou Cal qui étions malades, elle ne nous abandonnerait jamais. J'y ai réfléchi pendant des heures et je sais qu'il y a un choix égoïste et le bon choix.

Je tends ma main vers Danielle et lui demande de me donner juste cinq minutes de plus.

— OK, accepte-t-elle en plaçant sa main dans la mienne.

Je demande au chauffeur d'attendre le temps qu'il faudra et d'envoyer la facture à Callum. Nous sortons de la voiture en silence et dès que je suis assez proche, je saisis de nouveau sa main.

Danielle reste muette pendant que je m'enregistre puis nous trouvons une banquette avant le contrôle de sécurité.

Inutile de prononcer un mot car notre douleur est évidente. Elle pose sa tête sur mon épaule et renifle.

— Je m'étais juré de ne pas pleurer, confesse-t-elle.

Chacune de ses larmes creuse un trou dans mon cœur. Je me décale pour la redresser et voir ses yeux bleu foncé.

— Si tu me demandais de rester, je ne serais pas assez fort pour le refuser. Et s'il n'y avait pas ma mère, j'aurais déjà démissionné comme je l'avais prévu. Pour toi, j'aurais tout abandonné.

Sa lèvre commence à trembler.

— Je ne peux pas te demander de faire ça. Pas parce que je ne t'aime pas assez pour le vouloir mais parce que tu dois aller là où on a besoin de toi.

Et c'est le pire dans tout ça. Si cela ne tenait qu'à nous, nous serions au lit et pas ici. J'ai l'impression de ne jamais obtenir ce que je veux dans la vie. C'est comme tout le reste. Pourtant, je sens que j'ai besoin de l'exprimer tout haut. Je veux que Danielle sache ce que je ressens pour elle et pour nous.

— Dès qu'elle va mieux, je reviens te chercher, je lui jure. Je sais que tu crois que le temps va atténuer les sentiments que j'ai pour toi mais écoute-moi... ça n'arrivera jamais. Je t'aime et je me fiche qu'un océan nous sépare.

— Arrête, me supplie-t-elle. Dis-moi juste que tu vas m'oublier. Dis-moi que c'était la pire idée que tu aies eue.

Des larmes coulent sur son visage.

— Dis-moi que tu ne m'as jamais aimée, insiste-t-elle. S'il te plaît.

Je secoue la tête.

— Je ne te mentirai pas.

Elle laisse échapper un léger sanglot et je l'attire contre ma poitrine. Je la sens pleurer plus fort et je déteste tout et tout le monde en ce moment. Ma mère, Callum, ma vie entière. Aussitôt le bonheur trouvé, je dois le laisser filer entre mes doigts.

Je lui masse le dos et elle commence à se calmer. Danielle

relève la tête, essuie son visage et respire profondément plusieurs fois.

— Bordel ! Je te jure, j'allais me montrer forte et te laisser partir.

Mon alarme sonne, c'est l'heure de partir. La souffrance s'intensifie.

— C'est l'heure.

Elle frotte ses mains sur son pantalon et serre les poings.

— OK.

Nous nous dirigeons vers le contrôle de sécurité et ses bras passent autour de mon ventre.

— Tu vas tellement me manquer.

— Ce n'est pas la fin.

Elle sourit timidement.

— Tu vas être un super vice-président. Je suis très fière de toi.

Nous nous tenons au début de la queue, et je prends ses deux mains.

— J'ai laissé quelque chose pour Parker et Ava à la maison. Tu veilleras à le leur donner ?

Elle hoche la tête.

— Bien sûr.

— Et j'ai laissé quelque chose pour toi aussi.

— Ah oui ?

— Mon cœur. Il est à toi.

Ses yeux se remplissent à nouveau de larmes et je la regarde lutter pour les retenir.

— Le mien est à toi.

— Je t'aime, Danielle Bergen.

— Je t'aime, Milo Huxley.

Je pose mes lèvres sur les siennes et l'attire contre mon torse. Quand nous nous séparons, nos fronts restent collés et nous restons ainsi le temps d'un battement de cœur.

— Je dois y aller.

Sa main touche ma poitrine, juste sur mon cœur, et je me demande si elle peut sentir sa douleur à travers la peau.

Je ne comprends pas comment elle peut imaginer que je vais monter dans cet avion et que je ne lui parlerai plus jamais. J'étais sérieux quand je lui ai dit que je n'abandonnerai pas. Je ferai tout pour revenir au plus vite auprès d'elle. Je ne veux pas perdre Danielle. Un jour, je ne sais ni quand ni comment, nous serons réunis.

Cela ne fait aucun doute.

— Ce n'est pas la fin, je lui dis à nouveau. Nous nous retrouverons bientôt.

Elle m'embrasse et recule d'un pas.

— J'espère que tu dis vrai.

— Crois-moi.

Danielle recule encore d'un pas mais nos mains restent attachées.

— Tu dois y aller.

J'opine. Je ne trouve pas les mots parce que je refuse de lui dire adieu. Ce mot est trop définitif, douloureux, et c'est un mensonge. Je ne laisserai pas notre histoire se terminer ainsi.

Je ne sais pas comment en changer la fin mais il le faut.

Nos doigts commencent à glisser alors que nous nous éloignons.

— Bientôt.

— Bientôt, répète Danielle.

Nous nous écartons encore d'un pas et nos doigts ne se touchent plus.

Maintenant, je sais ce que l'on ressent quand on a le cœur brisé.

CHAPITRE TRENTE-DEUX
DANIELLE

— Maman ? me demande Ava d'une voix tendre tout en me caressant le dos.

Je suis rentrée depuis deux heures. Il est dans son avion pour Londres. Chaque kilomètre qu'il parcourt me rappelle que nous ne serons plus jamais ensemble.

Je sais qu'il pense autrement, j'aime qu'il soit si déterminé mais je ne vais pas nourrir de l'espoir pour terminer brisée. C'est déjà assez difficile. Garder espoir ne fera que prolonger mon agonie.

— Ça va, dis-je à Ava.

— Non, tu ne vas pas bien.

Non, je ne vais pas bien. Il me manque. Je ne sais pas quand mes sentiments pour lui ont commencé à être si intenses, mais ils le sont.

— Je vais aller mieux.

— Je peux aller te chercher quelque chose ?

Je dois vraiment avoir l'air d'en chier si ma fille est sympa avec moi.

— Est-ce que Parker va bien ?

— Oui, il regarde la télé. Je le laisse faire un marathon de super-héros, dit-elle en souriant.

Je me rassieds et inspire profondément par le nez. Je dois lui montrer comment traverser une peine de cœur avec grâce. Et là j'échoue lamentablement. Je pose ma main sur sa jambe.

— Merci, ma puce. Parfois, on a juste besoin de pleurer un bon coup avant de se ressaisir et de repartir du bon pied.

— Tu n'es pas obligée d'être forte pour moi.

Je ris doucement.

— C'est exactement ce que je suis obligée d'être. Ça a beau faire mal et ça va même empirer, je vais survivre. Je ne peux pas m'écrouler, la vie nous réserve toujours son lot de déception. Milo et moi avons eu... une parenthèse enchantée, et personne ne pourra jamais nous l'enlever. Il m'a rendue heureuse.

Je souris en pensant à lui.

— Il m'a appris que je pouvais aimer à nouveau.

Parfois tout est si compliqué et pourtant, d'une certaine manière, si simple.

— Quand tu aimes vraiment quelqu'un, son bonheur est ce qui compte le plus. Il faut faire ce qui est juste pour cette personne, même si ce sacrifice est douloureux. J'aime suffisamment Milo pour savoir qu'il devait aller à Londres, même si cela signifiait que j'allais le perdre.

Ava passe ses bras autour de ma taille et me serre. Je l'entends renifler et je l'embrasse.

— Ne pleure pas, Ava.

— Pourquoi vouloir tomber amoureux si ça se termine comme ça ?

J'aimerais bien le savoir aussi. Et puis je repense à tous les moments que nous avons partagés. Les baisers, les rendez-vous, les nuits passées comme dans un rêve. Je me souviens de la façon dont il me regardait quand il pensait que je ne le voyais pas et de la façon dont il regardait mes enfants. Tout ça serait perdu, c'est ça le plus triste.

— Considère les choses dans leur ensemble, je lui conseille. Je préfère avoir vécu ces quelques jours avec Milo plutôt que de ne jamais avoir connu ce bonheur.

— C'est la chose la plus triste que j'aie jamais entendue.

Je rigole et m'assieds.

— Oui, c'est vrai. Allez viens, on va regarder des films de super-héros et faire des câlins à ton frère.

Ava renifle bruyamment.

— Je lui ai déjà interdit de regarder Thor.

Je l'embrasse sur la joue.

— Bien vu.

Qui aurait pu prédire que Milo me rendrait ma fille ? Non, ça n'a jamais été une erreur de tomber amoureuse de lui. C'était un cadeau. Que je chérirai pour toujours.

— Je ne parle toujours pas à Callum, me dit Nicole. Même pas quand il essaie de me toucher.

— Pourquoi ? Ce n'est pas de sa faute, réponds-je en ignorant sa dernière phrase.

Milo est parti depuis cinq jours. Il m'a appelée tous les jours, comme il l'avait promis et refuse de me laisser croire que tout est fini. Il est officiellement vice-président de Dovetail Enterprises depuis deux jours.

— Détrompe-toi. C'est sa faute, bon sang. Il aurait pu trouver quelqu'un d'autre.

J'aime son esprit de solidarité et de sororité. Mais ce n'est pas la faute de Callum. La situation est ce qu'elle est, Milo devait être vice-président. C'est un Huxley qui a contribué à bâtir cette entreprise.

— Tu penses que Milo et Callum vont arriver à se reparler un jour ? Tu penses que si Callum nommait un autre cousin à sa place, les choses iraient mieux ? Ce n'est pas logique. Il devait nommer son frère. Et Milo devait faire ce choix. Par ailleurs Nicole, aurais-tu accepté de vendre ta boîte et de déménager à Londres pour t'occuper de sa mère ?

C'est ce point qui me laisse perplexe dans son discours. Elle ne serait jamais allée en Angleterre. Sa vie est ici, tout comme la mienne.

— Ça n'a aucune importance. Milo et toi, vous étiez heureux et amoureux. Il aurait pu faire venir son cul cagneux ici mais elle a refusé. Et on ne peut pas forcer une femme atteinte d'un cancer à s'envoler pour les États-Unis.

— Et tu préférerais qu'elle soit plus proche ? je lui demande en sachant ce qu'elle pense de sa belle-mère.

— , Mais bien sûr que non, mais au moins tu serais heureuse.

Je souris et la serre dans mes bras.

— Tu m'aimes.

— Ne me le rappelle pas.

— Mais si, tu m'aimes ! je continue avec un sourire, parce que tu te plierais en quatre pour que je sois heureuse.

— Ça suffit.

— Tu as des émotions, je vois bien.

— Danni, ferme-la avant que je ne te fasse taire, me menace Nicole.

Elle est cinglée mais c'est trop mignon qu'elle accepte de supporter sa belle-mère pour moi. Nicole déteste les mères. Toutes. Sa propre mère, sa belle-mère et le fait d'être mère elle-même. C'est assez drôle en fait. J'aurais préféré que Mme Huxley déménage, mais elle a catégoriquement refusé. On ne peut pas forcer une vieille femme à changer de pays contre son gré.

— Milo et moi, ce n'était pas écrit, lui dis-je en m'affalant sur son luxueux canapé.

— Putain, tu te fous de moi.

— Tu sais, quand Colin parlera, son premier mot sera probablement putain ou une autre grossièreté si tu ne fais pas plus attention.

— J'espère que ce sera le cas, putain, rigole Nicole, comme ça je serai sûre qu'il est de moi.

— Tu t'es déjà posé la question ? Ça ne te suffit pas que Colin soit sorti de ton vagin ? je lui demande, même si j'ai un peu peur de sa réponse.

— Non, mais... Tu sais ce que je veux dire. Allez, on retourne aux choses sérieuses. Callum ne se fera plus jamais sucer et je vais devenir abstinente. Je vais être encore plus chiante que d'habitude, jusqu'à ce qu'il répare ce qu'il a fait.

Voilà pourquoi toutes les femmes devraient avoir une bande comme la mienne. Heather est rationnelle, elle nous garde les pieds sur terre. Kristin est la mère poule qui veille toujours à notre bien-être. Et puis, il y a Nicole, la folle à lier qui, quand on a le cœur brisé, vient ramasser les morceaux et nous faire rire à nouveau. Elle nous rappelle que tout va bien, et que si ce n'est pas le cas, elle fracassera la personne qui nous a fait du mal.

— Tu sais, de nous toutes, Ava est celle qui te ressemble le plus, je lui confie.

— Moi ?

— Oui, c'est une lunatique qui menace d'exploser à tout moment. Et quand elle fait feu, elle fait mouche.

Nicole me donne un coup de coude.

— Je suis ta préférée, tu peux le dire.

— La ferme.

— Dis-le, insiste-t-elle.

— Non, tu n'es pas ma préférée, tu es dans le bas du panier.

Elle renifle bruyamment.

— Menteuse.

— Si tu le dis.

— Je peux te poser une question, me demande-t-elle tout à coup.

— Hum, si je te dis non, tu la poseras quand même ?

Elle serre les lèvres.

— Oui.

— C'est bien ce que je me disais.

Elle marque une pause de quelques secondes, ce qui ne lui ressemble pas, et prend sa main dans la mienne.

— Pourquoi est-ce que tu ne le suis pas à Londres ?

Je relève la tête brusquement.

— Quoi ?

— Milo, pourquoi ne l'as-tu pas suivi ?

Nicole m'observe et attend ma réponse. Je reste muette de stupeur parce que la réponse est évidente. Je ne comprends pas pourquoi elle pense que je voudrais, ou même pourrais y aller. Ma vie est ici. Ma famille, mes amis sont ici. L'école de mes enfants est ici. Et j'ai un super boulot.

— Parce que... tu sais bien.

Elle secoue la tête.

— Toutes les raisons que tu as trouvées sont merdiques et tu le sais. Tes parents voyagent en Europe plus souvent qu'ils ne restent à Tampa. Tu ne peux pas me dire que c'est pour Ava et Parker parce que ce sont des enfants. Tu peux les obliger.

Je reste assise à l'écouter démonter chaque raison que j'avais et je la déteste un peu de me mettre dans cette position.

— Ce n'est pas la question, j'essaie de me justifier avant qu'elle ne me coupe la parole.

— Ton travail serait absolument le même en Angleterre, donc n'y pense même pas. Et puis tu coucherais avec le vice-président donc, une fois de plus, la ferme. Ta maison ? Vends-la. Peter n'est plus là et tu as retrouvé l'amour avec Milo. Je ne te dis pas que c'est facile ni que c'est parfait. Mais il n'y a aucune raison pour que vous soyez séparés. C'est toi qui le choisis.

— Et les filles et toi, tu n'as pas pris notre amitié en compte ?

— C'est la raison la plus stupide. Notre famille ne dépend pas d'un lieu, répond-elle en me caressant la joue. Elle est dans nos cœurs. Nous ne sommes jamais loin, un avion, un appel vidéo. C'est tout. Mais ton cœur, il est en Angleterre, ma vieille. Que vas-tu faire ?

Je reste assise là, traversée par un million d'émotions contradictoires, mais celle qui revient le plus souvent, c'est le manque.

Je ne sais pas si je suis assez solide pour le faire.

— Faire quoi ? demande Callum en entrant dans la pièce.

— Nous parlons du fait que tu es un crétin qui a envoyé son frère à Londres et qui a brisé le cœur de ma meilleure amie, lui assène Nicole avec dédain en croisant les jambes et les bras.

Je suis bien contente que Nicole soit de mon côté. Elle me fait un peu peur.

— Je n'ai pas agi pour blesser qui que ce soit, soupire-t-il. Je m'en veux de t'avoir fait du mal. Je m'en veux qu'il soit au plus bas. C'est mon frère et je l'aime mais cette situation était inextricable, se défend Callum.

— Pourquoi Milo n'a-t-il pas toujours été ton vice-président ? Pourquoi lui offrir le job maintenant ? je lui demande.

Callum s'assied à côté de Nicole, qui donne un sens nouveau au mot « froideur ».

— Milo a disparu en France pendant un mois, sans prévenir personne. Une autre fois, il a décidé de louer un yacht aux frais de la société, pendant la clôture de fin d'exercice de la boîte. Sans oublier que personne ne savait où il se trouvait quand il a appris que j'allais venir aux États-Unis et qu'il n'était pas présent à mon mariage, explique-t-il en touchant l'épaule de Nicole qui continue à l'ignorer. Milo n'a jamais été un collaborateur fiable pour l'entreprise, du moins jusqu'à ce qu'il devienne ton assistant, Danielle. Je ne pouvais pas lui confier la direction du bureau de Londres car je ne lui faisais pas confiance. Mais il a changé. Merci de lui avoir donné ce truc qui lui manquait.

— Je n'ai rien fait d'autre que de l'aimer, lui dis-je.

Callum sourit.

— Tu lui as donné quelque chose que ni moi ni ma mère n'étions capable de lui offrir. Il t'aime, c'est certain. Il me l'a fait savoir à chacune de nos conversations. Il insiste aussi sur le fait que je dois lui trouver un remplaçant car il n'a aucune intention de rester à Londres.

Je suis touchée qu'il ait parlé ainsi à son frère. Il a beau me le dire, sachant que nous souffrons tous les deux, le fait qu'il n'ait pas peur d'en parler à Callum me fait du bien.

— Il est parti uniquement parce que notre mère est malade. Il aurait démissionné sinon, d'ailleurs il l'avait déjà fait, continue-t-il.

— Il avait démissionné ?

— Oui, mais je ne l'ai pas laissé faire. Parce qu'il t'aime, tu sais. N'en doute pas.

Callum a raison. L'amour de Milo est la seule chose qui soit certaine pour moi en ce moment.

— Nous nous aimons, je confirme.

Il soupire et se tourne vers sa femme.

— Je sais que tu es en colère contre moi, ma chérie, mais tu n'étais pas exactement fan de Milo, avant.

Elle se radoucit légèrement.

— C'était avant qu'il ne tombe amoureux.

— Je m'en veux de vous voir souffrir tous les deux. Je m'en veux vraiment, et je veux vous offrir quelque chose, reprend Callum en se raclant la gorge. Tu veux entendre ma proposition ?

— Moi ? je lui demande. Je ne suis pas en colère contre toi, Callum. Pas du tout. Je comprends. La vérité, c'est qu'il y est allé pour s'occuper de votre mère. Je ne peux pas vous en vouloir pour ça.

— Merci de ta gentillesse, me répond-il. Voici ma proposition. Si tu veux aller à Londres, tu peux choisir le poste que tu voudras dans l'entreprise. Je peux même en créer un pour toi. Je m'occuperai de toutes tes dépenses pour le déménagement et pour le reste aussi. Si tu souhaites que Parker et Ava étudient dans des écoles privées, je paierai. Si tu veux une nouvelle maison, on peut aussi s'en occuper. Je te promets que je n'ai jamais voulu vous séparer et si c'est l'argent qui pose un problème... Ce n'est plus le cas. Je veux que mon frère ait la vie qu'il mérite. Je ferais tout ce qu'il faut pour lui donner la seule chose qui lui importe... toi.

CHAPITRE TRENTE-TROIS
DANIELLE

— Préparez-vous à l'atterrissage.

Je suis en train de le faire. Je suis vraiment en train de le faire.

Je vais atterrir à Londres dans quelques minutes pour retrouver mon homme.

Après ma conversation avec Nicole et Callum, je ne pouvais plus penser à autre chose. J'avais choisi d'abandonner. Il n'avait pas le choix et je pensais que je ne l'avais pas non plus. Mais je l'ai.

Alors j'ai confié Ava et Parker à Heather. Et je suis venue ici.

L'avion atterrit et j'allume mon téléphone. Il se met à sonner tout de suite.

Ava : J'ai hâte de savoir ce qu'il va se passer.

Ava : Tu as atterri ?

Ava : Tu étais trop radine pour acheter du wifi pendant le vol ?

Je lève les yeux au ciel en répondant.

. . .

Moi : Je vais bien. Je viens d'atterrir. Pas la peine de payer le wifi quand on va dormir tout le long. Je ne suis pas radine, je suis intelligente. Tu es toujours sûre de vouloir déménager ?

Elle dort probablement. Mais c'est elle qui a fait ma valise et qui m'a pratiquement mise dehors. Mes enfants étaient tous les deux très excités par la perspective d'aller vivre à Londres. Ava veut recommencer à zéro et Parker veut un accent comme Milo.

Je pensais qu'ils allaient piquer une crise mais ils ne l'ont pas fait.

Alors j'ai pris l'avion.

Ava : Je suis sûre, maman.
Moi : OK, je t'aime.
Ava : Oui oui.

Voilà, ça c'est ma fille.

Je reçois une autre série de messages.

Milo : J'ai appelé et je suis tombé sur ton répondeur. Tout va bien ?
Milo : Où es-tu ? Je t'appelle depuis deux jours. S'il te plaît, j'ai besoin d'entendre le son de ta voix.

Il ne sait pas qu'il va me voir bientôt.

Moi : Je t'appelle bientôt, promis. Où es-tu ?
Milo : Je suis chez moi.

. . .

Dieu merci. J'ai demandé à Callum de m'envoyer toutes les infos pour pouvoir me rendre chez lui. Mes nerfs sont à vif, mais mon excitation est à son comble.

Je récupère mon sac sur le tapis et passe le service d'immigration. Dès que je sors du terminal, je vois un chauffeur avec une pancarte qui porte mon nom.

— Bonjour, vous êtes Mme Danielle Bergen ? me demande-t-il avec un accent anglais.

— Oui, c'est moi. Je ne savais pas que j'avais une voiture.

Il sourit.

— J'étais le chauffeur personnel de M. Huxley, il a tout arrangé pour vous.

— Merci.

— Tout le plaisir est pour moi. Je m'appelle William.

— Ravie de vous rencontrer, William.

Nous nous rendons à la voiture et il me laisse m'installer à l'arrière. William m'informe que le trajet va durer environ quarante-cinq minutes.

Je suis partie de Tampa à vingt-et-une heures et il est dix heures du matin ici. Mon corps est complètement déphasé.

William m'indique quelques bâtiments historiques sur le chemin, me parle de Londres, mais tout ce qui m'intéresse, c'est Milo.

Moi : À quelle heure vas-tu voir ta mère ?

Milo : Dans une heure environ. Tu peux arrêter de te cacher et me laisser voir tes yeux ?

Moi : Arrête d'insister.

Je souris parce que dans moins de dix minutes, il verra beaucoup plus que mes yeux.

Puis il envoie un nouveau SMS.

· · ·

Milo : Pour l'amour du ciel, mais pourquoi ne dors-tu pas à cette heure-là ?

Merde, le décalage horaire.

Moi : Insomnie.

Ce n'est pas un mensonge. Je suis à fleur de peau. Ça ne fait pas si longtemps que nous nous sommes vus, mais plus on s'approche, plus mon cœur bat rapidement. Il y a une chance qu'il me rejette. Ce n'est pas probable mais j'y pense quand même. Trois semaines, c'est assez long pour que certaines choses changent.

Rien n'a changé pour moi mais Milo n'a jamais eu de vraie relation. Il a toujours été seul et quand nous sommes tombés amoureux, nous avons dû nous séparer dans la foulée.

— Nous y voici, Mademoiselle.

William sort de la voiture et mes mains se mettent à trembler.

Je sors de la voiture et regarde la maison. Elle est magnifique et je n'ai pas encore vu l'intérieur.

— C'est la maison ?

— Oui, madame. M. Huxley vit dans la maison du fond, explique William.

OK. J'ai fait tout ce chemin pour lui dire ce que je ressens. Pour lui ouvrir mon cœur et voir si c'est ce qu'il souhaite.

Je me dirige vers les marches et me retourne.

— William ? Vous pourriez m'attendre… au cas où ?

Il hoche la tête.

OK, au moins, j'ai un plan B. Si Milo n'est pas prêt à accepter ce que je lui prépare, je peux rentrer chez moi, pleurer un bon coup et passer à autre chose. C'est le pire qui puisse arriver.

Encore un pas, la porte n'est plus très loin. Je dois juste sonner.

J'appuie sur un petit bouton discret, le cœur battant.

La porte s'ouvre et la Terre s'arrête de tourner.

Milo porte un jogging noir, il est torse nu. Ses cheveux sont mouillés parce qu'il sort de la douche et je peux sentir l'odeur de son savon.

— Danielle ? prononce-t-il d'une voix confuse.

— Je t'avais dit que tu me verrais bientôt, je lui lance en souriant et en attendant sa réaction.

Il s'approche et lève la main lentement comme si j'étais une apparition et qu'il avait peur que je disparaisse s'il me touchait.

— Tu es vraiment là ?

Je pose mes doigts sur son visage.

— Oui.

Ses lèvres dessinent un sourire, puis il passe ses bras autour de moi pour m'attirer contre lui. Sa bouche est sur la mienne une seconde plus tard. Dans ma poitrine, l'étau se desserre.

Il me soulève et passe le pas de la porte. Je souris et me tourne vers William.

— Plus la peine d'attendre.

— Passez un excellent séjour à Londres, Mme Bergen.

Milo éclate de rire.

— Oh pas de doute à ce sujet.

Il ferme la porte avec son pied et me rappelle à quel point c'est bon de passer du temps avec lui.

— Tu restes combien de temps ? me demande Milo alors que nous nous reposons dans le lit en désordre.

Les deux dernières heures ont été fabuleuses. Nous sommes ensemble, heureux et prenons les choses à la légère.

En réalité, nous ne nous sommes presque pas parlés. Juste quelques mots.

Maintenant, il faut se jeter à l'eau.

Je me redresse et serre mes genoux contre ma poitrine.

— À toi de voir.

— Je ne te suis pas.

Je mords ma lèvre inférieure, j'essaie de trouver une façon de lui dire sans trop m'imposer dans sa vie. Est-ce que je lâche le morceau d'un coup ? Est-ce j'amène la nouvelle doucement ? Je ne suis pas sûre parce que Milo et moi sommes toujours un jeune couple.

Tant pis. Je suis ici. Autant savoir tout de suite.

— J'ai démissionné, je lui annonce avant de marquer une pause.

— Tu as quoi ?

— Je ne travaille plus pour Dovetail aux États-Unis.

Milo passe une main sur son visage.

— Tu as trouvé un autre travail ?

— Eh bien, on m'a proposé un autre poste.

Je vois ses yeux se remplir de colère.

— Mon connard de frère t'a virée ?

— Non. Je t'ai dit que j'avais démissionné. Ton frère n'a rien fait.

Il descend du lit et commence à arpenter la pièce.

— Tu défends cette tête de nœud ? Vraiment ? Il m'envoie me perdre ici parce que sa satanée vie est trop parfaite pour venir lui-même et maintenant tu es de son côté ?

OK, je gère la situation...

Je dois arrêter de tourner autour du pot.

— S'il te plaît, assieds-toi.

— Non, je ne vais pas m'asseoir ! s'énerve Milo.

— Milo, j'ai pris un avion pour venir te voir et avoir cette conversation avec toi. Je suis épuisée et tu m'as manqué plus que de raison. J'ai démissionné de mon travail, j'ai appelé une agence immobilière et j'ai demandé aux enfants s'ils voulaient vivre en Angleterre, alors merde... assieds-toi.

Ses yeux s'écarquillent et il arrête de bouger.

— Tu veux venir ici ?

— Pas vraiment, mais c'est là où tu es.

Son sourire s'élargit.

— Tu veux être ici, avec moi ?

Est-ce qu'il a entendu un seul mot de ce que je lui ai dit ?

— Je veux être avec toi. Si tu es à Londres, c'est là où je veux être. Mais seulement si tu le veux aussi.

Milo s'assied à côté de moi. Ses mains sont sur mon visage.

— Si je le veux aussi ? Tu es aveugle ou quoi ? Je t'ai promis que je reviendrai parce que c'est une torture, bon sang. Je te veux avec moi. Non, c'est un mensonge. J'ai besoin de toi. J'envisageais de prendre une infirmière et de la faire vivre avec ma mère pour pouvoir remonter dans un avion.

— Eh bien, c'est une torture pour moi aussi et... je ne vois aucune raison qui m'empêche de vivre ici. Dès que j'en trouve une, je la réfute aussitôt.

— Tu es en train de me dire que tu veux déménager ici ?

J'opine.

— Je suis en train de te dire que je le veux plus que tout.

Son sourire s'élargit davantage.

— Et tes enfants ?

— Ava est déjà en train de travailler sur son accent et Parker veut seulement vivre près de toi.

— Et ton travail ?

— Il n'a pas d'importance en comparaison avec tout le reste. Je sais que c'est rapide et peut-être que tu n'es pas prêt à nous accueillir, les enfants et moi.

— Épouse-moi, m'interrompt Milo.

À mon tour de rester ébahie. Je le fixe et attends la blague. Impossible qu'il vienne de dire ça. Il n'est pas sérieux.

J'ouvre la bouche pour parler mais sa main la couvre avant que j'aie l'occasion de répondre.

— Non, attends. Je t'aime. Je ne veux plus jamais passer autant de temps loin de toi. Je sacrifierais tout pour toi, je donnerais tout ce que j'ai pour t'avoir. Rien d'autre n'a d'importance. Je sais que tu voulais aller lentement mais pas moi. Je veux tout. Je ne veux pas vivre sans toi une journée de plus. Si c'est trop rapide, nous pouvons avoir de longues fiançailles. J'ai passé ma vie entière à attendre quelqu'un qui me fasse l'effet que tu me fais. Et puis te voilà, chérie. Tu es là et je suis là, devant toi, à te demander de regarder ce que je ressens au fond de mon cœur.

Il prend ma main et la pose sur sa poitrine. Le cœur de Milo bat la chamade et les larmes coulent le long de mon visage.

— J'ai envie de t'épouser, Danielle. Je veux que tu deviennes ma femme et je veux devenir ton mari. Donc, Danielle Joanne Bergen, veux-tu m'épouser ?

Je regarde l'homme que j'aime à travers mes larmes. Il n'a pas hésité une seule seconde. Il m'a dit tout ce que j'aurais voulu qu'il me dise. Oui, c'est rapide, mais je ne rajeunis pas. J'étais mariée à un homme qui m'a rendue heureuse, même s'il n'éveillait pas autant mes émotions qu'avec Milo. Milo embellit ma vie comme jamais. Il piétine mes idées reçues sur l'amour et en crée de nouvelles époustouflantes.

Je suis venue jusqu'ici pour trouver une façon d'être ensemble et la voilà.

— Oui, je souffle.

— Oui ?

J'acquiesce.

— Oui, je veux t'épouser.

Il manque de me faire un plaquage en m'attirant dans ses bras et en me serrant contre lui. Le sourire sur son visage me coupe le souffle. Je ne lis pas de peur dans ses yeux. Seulement de l'amour et de la joie.

Après nous être copieusement embrassés, nous sommes toujours aussi souriants. Il m'attire contre sa poitrine et nous nous regardons.

— Je vais t'offrir une vraie bague aujourd'hui.

— Je n'ai pas besoin d'une bague.

— C'est très gentil de ta part mais je veux que tu aies une bague.

Je secoue la tête.

— Pourquoi ?

— Pour que le monde entier sache que tu n'es plus sur le marché.

Les hommes.

Tous les mêmes.

— C'est une acquisition ?

Il arque un sourcil.

— Tu n'es pas une propriété, mais je souhaite tout de même t'acquérir.

Quel idiot.

— Je pense que tu l'as déjà fait, à plusieurs reprises.

— Oui, et c'est de mieux en mieux.

C'est vrai.

— Je crois bien que ce n'est pas fini.

Milo pose un doigt sur mon nez.

— Je suis très heureux, et toi ?

— Tu me rends heureuse. À la mort de Peter, je me croyais incapable d'ouvrir à nouveau mon cœur.

Je m'assieds pour être sûre de capter son attention.

— Je croyais que nous avions tous droit à un grand amour, et puis que c'était tout. Quand tu es entré dans ma vie, je n'étais pas prête. Je ne me suis pas assez préservée de tomber amoureuse. Aujourd'hui, je suis plus heureuse que je ne l'ai jamais été. Si je ne m'étais pas permis de craquer pour toi, nous ne serions pas ici en ce moment.

Il me sourit d'un air suffisant.

— C'est ce que tu penses. Je t'aurais eue à la longue, j'aurais brisé toutes tes défenses, les unes après les autres. Tu serais devenue mienne.

— C'est ce que tu aurais fait ?

Si nous nous étions rencontrés à un autre moment, je me demande si les choses se seraient passées ainsi. Nous prenons nos décisions selon les moments de notre vie et un seul choix peut influer sur toute une série d'événements. Si je n'avais pas accepté ma promotion, Milo n'aurait jamais été mon assistant. Notre relation entière aurait été différente. Peut-être serions-nous tombés amoureux, mais qui sait ?

— Au moment de notre rencontre, quelque chose en moi a changé. Je ne l'ai compris que plus tard. Entre toi et moi, il allait se passer quelque chose. Alors que je croyais que tu étais mariée, je me souviens avoir ressenti de la haine pour cet homme inconnu. Je n'ai pas identifié ce sentiment car il ne m'était pas familier mais je l'ai ressenti.

— Tu détestais Peter ?

— Non, soupire-t-il. Je détestais le bâtard qui partageait ta vie. Pas Peter mais son concept.

Je souris et lui caresse la joue.

— C'est mignon.

— Si je t'avais dit que j'étais marié, tu aurais ressenti la même chose ?

— Pas au début, lui réponds-je sincèrement. J'étais déboussolée quand je t'ai rencontré. C'est quand je t'ai vu avec Kandi-la-pute qui n'arrêtait pas de te mater et que j'ai eu envie de lui arracher les yeux. Alors j'ai compris.

Milo me caresse le long du cou et du bras.

— Je ne l'aurais jamais touchée. Tu sais pourquoi ?

— Pourquoi ?

— Parce que tu es la seule que je voulais ce soir-là.

Je le regarde et je suis convaincue d'une chose. Nous étions destinés à nous rencontrer. Quelles que soient les circonstances, la fin aurait été la même. J'allais tomber amoureuse de Milo.

— Alors, tu veux vraiment te marier avec moi ?

— Ma couleur préférée a toujours été le orange. Tu sais ce que c'est maintenant ?

Je secoue la tête.

— Le bleu, comme tes yeux, il n'y a pas de plus belle couleur au monde, me dit-il en caressant la peau sous mon œil. J'ai toujours cru que j'étais attiré par les blondes, jusqu'à ce que je pose les yeux sur toi. J'ai compris qu'aucune autre femme ne pourrait t'arriver à la cheville. Je ne *veux* pas me marier avec toi, Danielle : je *vais* me marier avec toi. Maintenant, on va s'habiller pour aller rendre visite à ma mère et lui annoncer la bonne nouvelle. Puis on va commencer ton déménagement.

Je passe mes bras autour de son cou et l'embrasse.

— Je t'aime.

— Je t'aime. Maintenant, lève-toi et habille-toi, nous sommes déjà en retard. Je vais devoir expliquer à ma mère que je ne suis pas arrivé à l'heure parce que j'étais en train de baiser ma fiancée.

Oh mon Dieu, je dois rencontrer sa mère. Si elle est vraiment comme Nicole l'a décrite, je suis dans la merde.

CHAPITRE TRENTE-QUATRE
MILO

— Je suis contente que tu sois venu, me lance ma mère alors que j'entre. Oh ! Tu as amené quelqu'un.

Je tiens la main de Danielle. Elle était si nerveuse pendant le trajet, c'était adorable.

— Maman, je voudrais te présenter Danielle, ma fiancée.

Autant lâcher le morceau tout de suite. Lui faire sortir les yeux de la tête pour qu'elle puisse se calmer. Je n'ai jamais été réputé pour prendre des pincettes, pourquoi commencer maintenant ?

— Fiancée ?

— Oui. Je lui ai demandé de m'épouser aujourd'hui et elle a accepté.

Ses yeux s'écarquillent puis se radoucissent.

— Je vois.

Danielle m'envoie un coup de coude et s'approche d'elle.

— Je suis ravie de vous rencontrer, Mme Huxley.

— Mon Milo est un homme très spécial. Vous devez être une femme tout aussi spéciale pour qu'il vous demande en mariage.

— Nous avons effectivement une relation très spéciale, lui dit Danielle avant de se tourner vers moi.

Quand nos regards se croisent, je me demande comment j'ai vécu si longtemps sans elle. Depuis que nous nous sommes rencontrés, tout est tellement... mieux. Le soleil brille plus fort, les journées sont plus colorées et ma vie a du sens. Je comprends mieux pourquoi mon frère est parti en Amérique. Quand on aime une femme de cette façon, on fait tout ce qu'on peut pour la garder.

Avant Danielle, rien que le mot mariage me révulsait. Dans mon esprit, c'était un châtiment à perpétuité. Une seule personne ? Mais qui voudrait déguster un seul parfum de glace pour le restant de ses jours ? Pas moi. Pas jusqu'à ce que je rencontre Danielle. Et maintenant, je ne veux plus goûter rien d'autre qu'elle.

— Milo, dit ma mère. Laisse-nous quelques minutes.

Ma mère est la personne la plus douce que je connaisse. Sauf quand il s'agit de ses garçons. Cependant, il me semble que cette conversation est inévitable. Je m'approche d'elle, l'embrasse sur la joue et lui chuchote à l'oreille :

— Sois gentille avec elle, maman, elle est importante pour moi.

Elle pose sa main sur ma joue.

— Va, mon garçon.

Pas exactement les mots d'encouragement auxquels je m'attendais.

Je touche la main de Danielle et sors de la pièce, en espérant qu'elles s'en sortent toutes les deux vivantes et que ça se passe mieux qu'avec Nicole.

Une fois dans le couloir, je décide d'appeler mon frère.

— Maman va bien ?

— Oui, pourquoi n'irait-elle pas bien ?

— Parce qu'il est tôt et que je suis resté debout toute la nuit avec Colin qui a décidé de vivre la nuit, pour changer, grommelle-t-il.

— Danielle est ici, lui dis-je en ignorant ses plaintes.

— Oui, je sais.

— Elle a dit qu'elle avait démissionné.

— Oui, encore une fois, je suis au courant, soupire Callum. J'espère que tu n'as pas tout fait foirer quand elle est arrivée.

Je ne suis pas idiot, je sais ce que je fais avec les femmes. Pas comme lui.

— Je lui ai demandé de m'épouser.

Il s'étouffe.

— Tu quoi ?

J'entends Nicole parler derrière lui.

— Qu'est-ce qu'il dit ?

Callum déplace le téléphone et répète ce que je viens de lui dire.

— Tu as quoi ? m'interroge la voix de Nicole qui s'est emparée du combiné.

— Je l'ai demandée en mariage, ça te pose un problème ?

Nicole reste muette un moment et soupire.

— Non, c'est mignon et romantique. Bien joué, Milo.

— Eh bien, je l'aime et je ne veux plus jamais vivre sans elle. Elle a démissionné de son travail, elle est d'accord pour venir à Londres et hors de question qu'elle vive ailleurs que chez moi.

Encore un silence.

— Nicole, tu es encore là ?

— Je suis là, renifle-t-elle. Tiens, je te passe ton frère.

Callum reprend le combiné.

— Bravo, tu l'as faite pleurer. Maintenant, je vais encore devoir l'écouter pour m'expliquer que tu es le meilleur Huxley.

— Ça n'a jamais fait aucun doute, je plaisante.

— J'espère que tu sais que je n'ai jamais eu l'intention de vous séparer. Je ne voulais ni être cruel ni te faire croire que tu n'as aucune importance à mes yeux. Il n'y avait vraiment aucune autre option.

Dans un petit coin de mon cœur, je le sais. Mais, on m'a arraché à la personne que j'aimais, sans que j'aie eu mon mot à dire. Le fait que ce soit mon frère qui a provoqué cette rupture enfonce le couteau dans la plaie. Ma colère était-elle non justifiée ? Peut-être.

— Je te pardonnerai... quand j'aurai vu mon cadeau de mariage.

Il éclate de rire.

— Pour ton cadeau de mariage, j'ai créé un autre poste de vice-président, pour que Danielle soit ton égale dans l'entreprise.

— Mon égale ? Je suis vice-président, putain ! Jamais je ne retravaillerai sous ses ordres, merde.

Mon blaireau de grand frère se marre à l'autre bout du fil.

— Co-vice-président. Ta future femme est l'autre. Je te souhaite une excellente journée, Milo.

Je reste ébahi et ce crétin raccroche avant que j'aie eu le temps de prononcer un mot.

Une fois de plus, Danielle va trouver un moyen de me faire payer, et ce pour toujours, ce qui me convient parfaitement.

Trois mois plus tard

— Est-ce que tu vas finir par porter quelque chose ? me demande mon mari.

— Non, je ne crois pas.

— Donc tu vas rester assise sur tes fesses pendant que je trimballe tous les cartons ?

Je hausse les épaules.

— Oui, c'est ça.

— Et moi qui pensais que nous étions des partenaires égaux, se moque Milo alors qu'il transporte un autre carton dans la maison.

Oh, les hommes peuvent être bêtes parfois. Bien sûr que nous sommes égaux... quand ça nous arrange.

Je prends ma tasse de thé et en bois une gorgée. Je me suis dit que je devais commencer à m'habituer à ma nouvelle terre d'accueil. Aux États-Unis, personne ne boit du thé. Tout le monde est obsédé par le café. Mais en réalité, je préfère le thé, donc ça me convient bien et en plus, il est délicieux ici.

— Je suis juste les instructions de Nicole.

Il fait une pause et me regarde.

— Quelles instructions, ma chérie ?

Je lui lance un sourire taquin.

— De superviser.

Nous vivons à Londres depuis un peu plus d'un mois et nos meubles sont finalement arrivés d'Amérique. Ma maison s'est vendue rapidement, l'année scolaire était presque terminée, nous avons fait nos adieux et nous avons pris notre avion vers notre nouveau foyer à Londres.

J'ai commencé à travailler il y a deux semaines en tant que co-vice-présidente de Dovetail Enterprises. C'était un peu fou mais génial. Callum veut que l'équipe dirigeante soit exclusivement composée de membres de sa famille et maintenant que nous sommes officiellement de la même famille, tout est en ordre.

En plus, je crois qu'il voulait vraiment embêter son frère, ce qui me convient aussi.

Sa combativité le fait travailler plus dur.

— Tu pourrais superviser tout en portant un carton ?

— Je le pourrais mais tu n'as pas demandé gentiment, je réplique, narquoise.

— Tu vas voir si je vais être gentil !

— Je l'espère bien, mon petit mari.

Le regard de Milo s'adoucit. Dès que je prononce le mot « mari » ou que je lui rappelle que je suis sa femme, tout son visage s'éclaire. J'aime que ça le rende si heureux. À dire vrai, ça me rend heureuse aussi.

Milo n'a pas perdu de temps pour organiser le mariage. Il disait qu'il ne voulait pas me laisser l'occasion de changer d'avis.

Notre mariage a été intime mais parfait. Nous avions une semaine entre le déménagement et l'obligation d'être à Londres, donc nous avons pris un avion pour les îles et nous nous y sommes mariés. Les enfants, nous, Nicole et Callum. Et c'est tout.

Nicole était bien entendu chargée de filmer mais au lieu de ça, elle a fait une vidéo en direct et tous nos amis ont pu nous voir. C'était idéal.

— Tu vas vraiment rester assise ? demande-t-il en riant.

— Tu pourrais venir me chercher, ou me forcer à me lever.

— Je pourrais, ou nous pourrions parier que tu viendras à moi...

Milo et ses paris.

— Tu es sûr que tu veux parier avec moi ? je lui demande

d'une voix teintée de sarcasmes. La dernière fois que tu as essayé, tu as perdu.

Milo repose le carton et se dirige vers moi. Ses bras m'emprisonnent sur le canapé et il sourit.

— Je crois plutôt que j'ai gagné.

— Tu crois ça ?

Il sourit.

— Carrément. Et puis, tu ne voudrais pas tenir tête à ton mari ? Si ?

Je fais mine d'y réfléchir et soupire.

— Quel dommage que tu sois si sexy. C'est très dur de te résister.

— Je savais que tu dirais ça.

— Ça va, les chevilles ?

Il approche ses lèvres des miennes.

— J'essaie juste de me défiler.

Juste au moment où nos lèvres sont sur le point de se toucher, la voix d'Ava retentit et brise le moment.

— Maman ! Tu peux dire à Parker qu'il n'a pas le droit de mettre son bordel dans ma chambre !

Milo s'écarte de moi.

— Sérieux ? Vous êtes toujours en train de vous rouler des patins... C'est relou, déclare-t-elle les bras croisés.

— Oui, c'est vrai qu'être marié et amoureux, c'est nul, je réplique.

Elle est vraiment épanouie depuis que nous avons décidé de venir vivre ici. Ava adore l'art et Londres est un endroit génial pour ses études. Nous lui avons déjà trouvé des cours dans un de ballet qu'elle adore, en plus son professeur a travaillé avec de célèbres danseurs.

Ava s'assied sur le canapé à côté de moi.

— N'es-tu pas enchanté que nous soyons mariés et que tu aies le droit de m'aider à les élever ? Je lance à Milo les sourcils relevés.

Il m'embrasse rudement et s'écarte.

— Je le suis.

— Maman ! s'écrie-t-elle en se couvrant les yeux.

J'empoigne le bras de Milo qui commence à s'éloigner.

— Embrasse-moi encore.

Ses lèvres forment lentement un sourire sexy.

— Avec joie.

— Beurk, souffle-t-elle. Je monte torturer Parker.

— Bye !

Milo éclate de rire et glisse une mèche de cheveux derrière mon oreille.

— Je suis content d'être leur papa bonus. Je sais que tu t'inquiètes et je comprends. Mais je les aime autant que toi.

— J'ai de la chance de t'avoir rencontré.

Il m'embrasse sur le front.

— Et moi j'ai gagné le gros lot, ma belle.

Je me demande s'il mesure la profondeur de mon amour pour lui. Ce mariage est complètement différent de mon premier. Je suis plus âgée, plus sage et je comprends mieux les efforts nécessaires au fonctionnement d'une relation. Je n'ai pas de grandes idées sur ce que peut être un couple parfait. Je sais qu'il y aura des moments où je le détesterai. Des jours où je me demanderai ce qui m'est passé par la tête et même des jours où j'aurai envie de laisser tomber.

Et puis il y aura d'autres jours, comme aujourd'hui. Rien d'autre n'a plus d'importance qu'un autre baiser de l'homme que j'aime. Les enfants ont beau se conduire comme des idiots et sa mère, qui est super d'ailleurs, réclamer de l'attention, je vois la beauté dans notre amour.

Il s'écarte et me pose un doigt sur le nez.

— Profite bien d'Ava.

Oh que oui.

Ava et Parker ont chacun leur chambre au troisième étage. Milo et moi sommes au deuxième. Sa maison est magnifique, c'est réellement le plus beau bâtiment que j'ai vu de ma vie. Il l'a acheté en ruine et a mis Dieu sait combien de temps et d'argent à le rénover.

Avant, il y avait une chambre d'amis et un bureau. Il a rapidement tout modifié pour nous accueillir avant notre emménagement.

— S'il vous plaît, arrêtez de vous battre, je leur demande à tous les deux.

— Milo m'a dit que je pouvais prendre cette chambre et que si j'avais besoin de plus de place pour mes comics, je pouvais les mettre dans celle d'Ava.

— Pas vrai ! hurle Ava.

— D'accord, bon, tu as ta chambre, Parker. Si quelque chose ne rentre pas, ce qui m'étonnerait fort, il faudra que tu t'en débarrasses.

Ce point résolu, je me retourne vers ma fille.

— Et toi, tu pourrais être plus gentille avec lui et lui laisser de la place puisque tu as pris d'office la plus grande chambre.

Je claque dans mes mains et hoche le menton. Voilà, c'est fait.

Comme Milo a déjà tout ce qu'il faut, nous avons vendu quasiment tous nos meubles. Il n'y avait pas de raison de tout ramener ici, à part quelques objets de valeur sentimentale.

Je descends, Milo est en train de déballer un carton. Il retire une boîte en bois avec mes initiales gravées sur le dessus. Je reste immobile comme une statue. Peter me l'avait offerte le jour de notre mariage. Il voulait la remplir de souvenirs. Toutefois, elle n'en contient pas, elle renferme ses cendres.

— Mon cœur, tu veux qu'on la range où, cette boîte ?

Je m'avance et touche le couvercle.

— Je ne savais pas quoi en faire.

— Qu'est-ce que c'est ?

— C'est Peter.

Milo me prend la main.

— Et si nous la posions sur la cheminée ? Il fait partie de notre famille et je ne veux pas que les enfants pensent que je veux le remplacer un jour. Si Peter n'avait pas existé, alors Ava et Parker non plus. Si les choses ne s'étaient pas passées ainsi, tu n'aurais jamais travaillé pour Cal et je ne t'aurais jamais rencontrée. Je lui dois le bonheur de ma vie et il sera toujours le bienvenu dans notre maison.

Mon autre main est posée sur sa joue.

— Pourquoi trouves-tu toujours les mots justes ?

Son regard se soude au mien.

— Parce que tu es parfaite pour moi. Nos cœurs battent à l'unisson. Nous avons trouvé notre rythme. Maintenant… poursuit-il avec un sourire. Attrape un carton et mets-toi au boulot. Je vais avoir besoin d'un massage tout à l'heure.

Et voilà Milo. Gentil, sexy. Le petit filou qui m'a volé mon cœur.

Merci d'avoir lu **Si seulement**.

J'espère que vous avez aimé l'histoire de Danielle et de Milo.

Si vous souhaitez rester informé de mes dernières publications, inscrivez-vous sur ma newsletter :
https://geni.us/CMFrenchNL

inscrivez-vous ici :

https://geni.us/CMFrenchNL

Appel à tous les Bloggeurs et Bookstagramers français !

Vous seriez intéressé(e)s pour recevoir des SP de mes publications françaises ? Vous voudriez nous aider à promouvoir?

https://forms.gle/gPmcmZRf3cUePH3f9

Suivez-moi sur Facebook: https://geni.us/CMFBFrench

Suivez-moi sur Instagram: https://geni.us/CMInsta